KB150423

그린비, A.D. 2040을 두드리다

그린비,
A.D. 2040을 두드리다

초판 1쇄 인쇄_2022년 2월 10일 | 초판 1쇄 발행_2022년 2월 15일
지은이_그린비 | 엮은이_성진희
펴낸이_진성옥 외 1인 | 펴낸곳_꿈과희망
주소_서울시 용산구 한강대로 76길 11-12 5층 501호
전화_02)2681-2832 | 팩스_02)943-0935 | 출판등록_제 2016-000036호
e-mail_jinsungok@empal.com
ISBN_979-11-6186-116-6 43810
※ 책 값은 뒤표지에 있습니다.
※ 새론북스는 도서출판 꿈과희망의 계열사입니다.
ⓒprinted in Korea. | ※ 잘못된 책은 바꾸어 드립니다.

2022 대구광역시교육청 책쓰기 프로젝트

그린비,
A.D. 2040을
두드리다

그린비 지음
성진희 엮음

꿈과희망

　'그린비(그리운 선비)' 책쓰기 동아리가 탄생하여 책을 출간한 지 10년이 넘어 올해가 11년째입니다. 참 의미심장하고, 감동적입니다. 강산도 변한다는 10년의 시점에서, 그린비의 아이덴티티(identity)가 무엇인지 한 번 생각해 봅니다.

　지금까지 매년 꾸준하게 책쓰기 활동을 하여 학생들에게 글쓰기의 열정을 불어 넣어주고, 꿈을 갖게 하고, 꿈을 찾게 한 그린비 책쓰기 활동이었던 것 같습니다.

　앞으로도 그린비의 책쓰기 활동이 올드와 클래식을 넘어 책쓰기의 정석이 되기를 소망해 봅니다. 아이들의 글이 읽는 이의 마음속에 잘 스며들어, 오랫동안 남아 있는 글이 되길 지도교사로서 간절하게 기원해 봅니다.

　작년과 올해는 covid 19의 상황으로, 전 세계가 바이러스와의 전쟁으로, 팬데믹의 상황 속에서 지내왔습니다. 답답하고, 지친 상태는 우리 그린비 학생들도 예외는 아니었겠지요? 이 상황 속에서, 저는 글쓰기를 통해 아이들의 꿈을 찾게 하고 싶었습니다. 꿈이 자라나게 하고 싶었습니다. 그래서 올해도 성광의 그린비 학생들은 11번째 책에 도전을 하게 되었습니다.

　1부는 'A.D. 2040을 두드리다'입니다.

　Z세대인 열일곱, 열여덟 학생들은 2040년이 되면 어느덧 37세, 38

세, 30대 후반에 들어섭니다. 2040에 자신의 진로를 성취한 모습과 꿈을 펼친 모습을 상상하며 그 이야기를 소설로, 수필로 상상력을 발휘하여, 창작의 고통을 맛보며 실타래의 실을 풀어내듯이 글로 풀어내었습니다.

'A.D. 2040'에 자신이 이뤄낸, 진로와 관련된 직업을 가지고, 꿈을 향해 가는 멋진 모습들이 글에 잘 녹아 있습니다. 작가, 기자, CEO, 공학자, 연구원, 간호사, 변호사, 의사, 건축학자, 교사의 모습으로.

2부는 '메타버스(metaverse)에서 노닐다'입니다. 우리 그린비 학생들은 현실을 도피하고 싶어서가 아니라, 창의융합정신을 발휘해 메타버스(metaverse) 세계 속에서 책쓰기 영감을 발휘하였습니다. 자신이 디자인한 아바타를 통해 현실세계처럼 상호작용하는 또 다른 가상공간인 메타버스 속에서 경험한 것을 상상력을 발휘하여 창의적으로 글로 표현했습니다.

'메타버스'에 대한 글쓰기는 창작 초기에 약간의 어려움이 있었습니다. 아이들에게 이 단어가 조금 낯설었기 때문입니다. '메타버스'가 새로운 단어는 아니라고 합니다. 1992년 미국 SF 작가 닐 스티븐슨의 소설 '스노 크래시(Snow Crash)'에서 처음 쓰였다고 하는데, 그러다가 2003년 린든 랩(Linden Lab)이 출시한 3차원 가상현실 기반의 '세컨드 라이프(Second Life)' 게임이 인기를 끌면서 메타버스가 널리 알려지게 되었다고 합니다.

메타버스는 '가상', '초월' 등을 뜻하는 '메타'(Meta)와 우주를 뜻하는 '유니버스'(Universe)의 합성어로, 현실세계와 같은 사회 · 경제 · 문화 활동이 이뤄지는 3차원의 가상세계를 가리킵니다.

학생들이 메타버스의 개념은 알지만, 그것을 소재로 글을 창작하기란 여간 어렵지 않았을 것으로 추측이 됩니다. 그런데 막상 메타버스에 대한 학생들의 글을 보고, 지도교사인 저는 학생들의 무한한 가능성, 창의성에 놀랐습니다. 글을 읽는 동안, 심장이 콩닥콩닥 뛰며, 감미로운 전율이 느껴졌습니다.

우리 학생들은 메타버스(metaverse)에서 아바타를 활용해 게임도 해보고, 학문에 대한 열정적 토론도, 의료의 한계를 뛰어넘는 실험 행위도 해보았습니다. 2040년 자신의 아바타를 설정하고 그때 어떤 일을 하고 있을 것인지, 자신의 모습을 조심스럽게 들여다보는 학생도 있었습니다. 그린비는 가상현실을 즐기는 데 그치지 않고 실제 현실과 같은 사회·문화적 활동에 대해서도 무한한 상상력을 발휘하여 글을 창작하였습니다.

7080 교사와 Z세대 아이들이 책쓰기를 갈무리했습니다. 포스트 covid 19 시대에도 글쓰기는 계속될 것입니다. 그린비의 학생들이 어떠한 환경 속에서도, 책쓰기를 통해 글쓰기의 원초적인 모습을 간직하기를 바랍니다. 또한 참된 자아상을 형성하고 꿈을 펼치기를 바랍니다. 메타버스 세계 속에서 메타휴머니즘을 지니기를 기원해 봅니다.

마지막으로 '그린비, A.D. 2040을 두드리다'가 나오기까지, 국어과 부장인 저를 위해 바쁜 시간을 내어 편집에 도와주신 국어과 동료교사(강민수, 김대웅, 김계림, 남양선, 백승자, 우성훈, 이대은, 정성윤, 정안수, 황경진 선생님)들에게 진심으로 감사의 마음을 전합니다.

또한 책 속의 삽화 그림은 우리 학교 '광미회' 학생들이 직접 그린 그림입니다. A.D. 2040에 펼쳐진 사회, 메타버스를 생각하며 창의적으로 뚝딱 그림을 탄생시켰습니다. 그린비 책쓰기 작업에 도움을 주신 미술과 최수형 선생님과 광미회 학생들(1학년 강동주, 이동현, 이종섭, 이정민, 2학년 배연우, 최진혁, 이세찬), 컴퓨터실을 마음껏 사용할 수 있도록 도움을 주신 강영균 부장님께 머리 숙여 감사의 마음을 전합니다.

국어교사 성진희

contents

1부.   그린비, A.D. 2040을 두드리다

2부. 그린비, 메타버스(metaverse)에서 노닐다

강동주

인간의 이기심 때문에 망쳐진 자
연환경을 통해 반성한 인간들이
자연을 복원하면서 깨끗한 환경
으로 가기위해 노력하는 2040년
을 그렸다.

이정민

미래에 우리가 상상했던 미래
도시가 현실화되어 우리가 살
아가는 모습을 그렸다.

보컬로이드시유 by 이동현

메타버스 시대에 사이버 아이돌이라는 주제를 생각했을 때, 한국에서 생성된 보컬로이드인 시유를 떠올리며 그렸다.

배연우 미래의 교통에 대해 표현한 그림이다.

하늘을 나는 버스 by 최진혁
하늘을 나는 버스를 그렸다.

도지로켓 by 이세찬
화성에 가는 우주선을 상상하면
서 그렸다.

이종섭

미래에 우주를 여행할 때 우주선이 아닌 기차를 타고 여행하는 것을 상상하며 그렸다(기차를 고전적인 느낌으로 그림)

이동현

메타버스의 다양한 상황들과 기술을 표현하기 위해 비주얼 기기인 VR을 쓰고 다양한 상황을 즐기고 있는 남녀를 그렸다.

1부
...

그린비,
A.D. 2040을
두드리다

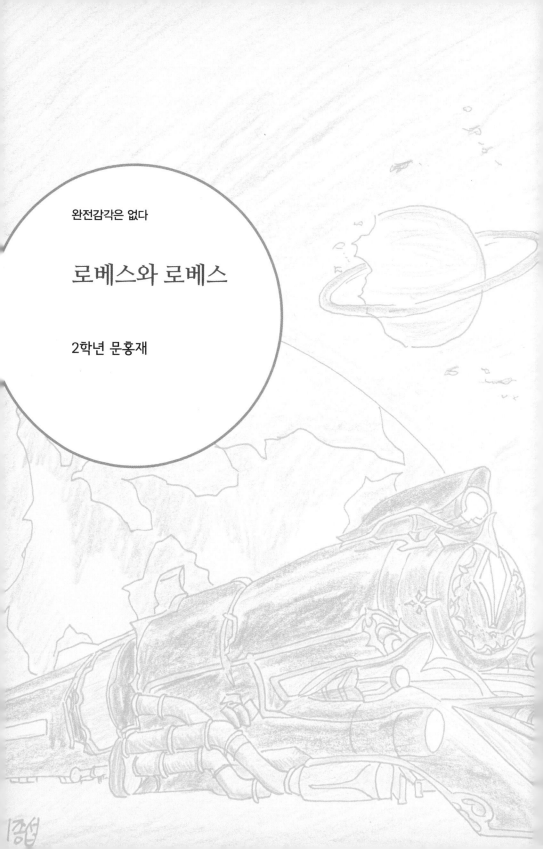

완전감각은 없다

로베스와 로베스

2학년 문홍재

prologue

간단히 말하겠습니다.

자신의 2030이 어떨 것 같은지 2040이 어떨 것 같은지에 대한 이야기는 제 글에 없습니다.

자신을 소중히 여기지 않는 것은 아니지만, 솔직히 저 하나쯤은 없어도 세상은 돌아가거든요. 전망 좋은 대기업에 다니고 점심엔 옥상의 테라스에 올라가 직장동료들이랑 담배 하나 피우면서 이번 분기 매출액에 따른 보너스 예상하고, 저녁노을이 지는 것을 보면서 야근을 하고 그렇게 몇 년 흘러 인연을 만나 오순도순 살아가는 이야기,

혹은 중소기업 다니다 쓸쓸히 묻혀가는 이야기.

노숙자로 기본생활 지원금 받으며 살다 쥐와 새만 알게 조용히 사라지는 이야기.

그거, 내가 아니어도 되는 이야기잖나.

하이 판타지 작가가 매력적이게 보이는 이유는 그 이야기가 그 작가가 아니면 절대 나올 수 없는 이야기라 그런 거고, 여러 실용서적과 자신의 인생사가 담긴 개인저서가 많이 팔리는 이유는 저자라는 살아 있는 사례가 있으니 자신도 그 책을 보며 노력하면 저자처럼 될 수 있다는 믿음 때문인데.

자신의 2040을 만들어 내서 써보는 것은 그 둘 중 어느 것도 느낄 수 없죠. 그 사람만이 쓸 수 있는 매력적인 세계관이 담긴 이야기도 아니고, 그 글에 나오는 저자의 모습이 설령 매력적이더라도 아직 실현되지

않은 이야기니 현실의 저자에 그대로 투영해서 책을 볼 수도 없는 노릇이죠.

그럼에도 2040이라는 주제로 쓰는 글에 가치가 있다면 그건 불확실한 미래 중에서 조심스럽게 하나를 골라 그 미래를 써 내려간다에 있을 겁니다.

미래를 써 내려간다. 바로 그겁니다.

자신의 미래를 소설로 쓸 시간이 있으면 차라리 그 시간에 이뤄버려야 한다는 이야기입니다. 써 내려간다는 것은 결국 실현의 연속이기 때문이죠.

하지만 주제는 주제인 만큼 배경은 2040입니다. 그리고 앞으로 여러 이야기 속에 여러 이름들이 나오겠지만 그들이 정확히 어떤 존재인지는 알려드리지 않겠습니다. 제가 어떻게 말하든 간에 연도도, 본질도, 여러분이 믿기 나름이라고 생각하니까요!

그럼 시작!……하기에 앞서 프롤로그도 끝마칠 겸 프롤로그를 쓰면서 머리에서 일어난 상황을 알려드리도록 하겠습니다.

그럼 시작!

표절과 패러디는 두 끗 차이

밋밋한 자화상을 문자로 표현한 글 같은 건 쓸 생각이 없었다. 그러나 주제는 주제고 솔직히 이 책을 돈 주고 사 보는 일반인은 결코 없을 거라 생각함에도 최선을 다하기 위해 이성과 감성이 협의를 했다.

"내가 선배들이 쓴 책을 보고 맨 처음 든 생각이 뭔지 알아? 서점에 가서 이 책을 돈 주고 살 인간은 절대 없다는 거야!"

"도대체 여기에 내 글을 왜 실어야 하는 건데!"

"정확히는 네가 좋아하는 장르를 여기에 넣기 싫은 거겠지."

"확실히 나도 -그린비 성광고등학교에서 나왔습니다- 같은 책을 서점 가서 돈 주고 살 생각은 일도 없어."

"하지만 세상을 살다 보면 하기 싫은 일을 해야 할 때도 있는 거잖아? 그리고 너에게서 중요한 부분이 있듯 어떻게 되더라도 상관없는 부분도 있을 테고."

"그러니까 네가 캐내는 원석 중에 어디 굴러다녀도 상관없는 것들을 모아서 이야기를 써보는 게 어떨까."

"오래된 모래 놀이터에 굴러다니는, 어릴 적 보석이라 생각하고 모래 속에 묻어두었던 석영 색유리 조각 같은 것들을 말이야."

"…… 좋아. 내가 캐내면 네가 다듬는 걸로. 그리고 난 그거 아직 보석이라 믿거든? 햇빛이 비치면 얼마나 예뻤다고."

"그래. 그게 네 일이니까. 자, 그럼 최종결론을 내리자."

1초 정도가 흘렀다.

"앞으로 이 글에서 무슨 이야기를 하든 배경은 2040년이라고 하자."

그거면 됐다라고 생각했다.

로베스와 로베스

로베스는 장작 없이도 모닥불이 타는 이곳에 돌아온 게 잘한 일인지 생각하며 고구마를 굽고 있었다.

"다른 걸 선택할 마음이 없다는 건 결국 다른 선택지가 없다는 것과 다를 바 없지 않나."

"마음이 죽은 인간을 살아 있다고 할 순 없지만 마음이 죽었다고 해서 네가 죽는 건 아니지. 살아 있다면 만회할 수 있다. 안 하는 것과 못 하는 것의 차이를 넌 분명 알고 있어."

고구마가 다 구워졌는지 손으로 잡아봤지만 '아직'이라는 대답만 들려왔다.

"언제 다 구워지는 거지?"

"고구마가 구워질 만큼 불이 뜨겁길 바랐다면 넌 여기가 아니라 원래 있던 곳으로 돌아가야 해."

"거긴 비가 와."

"그곳의 비는 차갑기라도 하지."

"돌아가야 할 곳이라는 건 단지 만났던 순서가 결정하는 건가. 내가 본 만화에선 기다리는 이가 있는 곳이라 하던데."

"네가 말하는 기다리는 이의 기준은 네가 죽었을 때 울어줄 수 있는 이를 말하는 거야. 하지만 말은 누구나 할 수 있어. 네가 다른 사람의 말을 진심으로 믿지 않는다면 증명할 방법이란 죽음뿐이지 않아?"

"난."

"죽고 싶어서 온 게 아니란 걸 알아. 살 이유를 잃어버린 쪽에 가깝겠지."

"아니. 아니야. 분명 아닌데…… 난…….."

"…… 아무것도 잃지 않았어. 이유가 없어도 살아갈 수 있다는 걸 알아. 태어난 이유는 태어나고 싶었으니까, 살아갈 이유는 살아가며 찾으면 되는 거야."

"살아갈 수 있다면 그걸로 됐다라고 말하고 싶은 거야? 넌 크나큰 오류를 범하고 있어. 네가 말한 건 '존재'할 이유야. '살아갈'에 '존재할'을 넣어도 이상할 게 하나 없지."

"사후세계가 있다고 믿고, 죽고 나서도 자신이 존재한다고 믿는다면, 넌 그냥 자신 빼고는 아무도 가려내지 못할 가짜명품을 걸치고 너 스스로도 그걸 진짜라고 믿고 있는 거라고. 네가 내세운 말은 언뜻 보면 살아간다와 적합해 보이지만 사실 그 자리는 '존재한다.'를 위한 자리야."

"살아가는 거엔 관심 없는 '존재한다.'를 위한 자리 말이야."

"네가 이곳에 다시 돌아온 이유는 무언가를 잃어버려서가 아니야. 아무것도 가지지 못해서지."

타닥거리며 튀는 불똥이 검은 하늘 위로 올라갔다.

"욕심 같은 건 없어."

"욕망이 죽을 때가 인간이 죽을 때란 말이 있지. 단지 영양분을 섭취해 생명을 유지하는 건 짐승도 할 수 있어."

"욕망이란 단지 살아 있는 것 그 이상의 무언가를 바라야 된다는 거야."

"넌 인간이고 그 이상을 바라야만 해. 그렇기에 이곳에 돌아온 거잖아?"

"그땐 살아 있는 것만을 바라기 위해."

"지금은 살아 있는 것 이상을 바라기 위해."

제2의 칼을 갈아놓지 않는 자는 도태된다. 작가. 그중에서도 소설가가 되보고 싶은 내가 내린 결론이다.

아주 오래 전부터 알고 있었고 더 이상 할 수 있는 게 내 글을 쓰는 것밖에 없다 생각됐을 때 사라졌던 생각. 그리고 다시 수면 위로 떠오른 생각.

할 줄 알고 좋아하는 게 자신에 대해서 글 쓰는 것뿐이라면 살아 있는 것 이상을 바라서는 안 된다.

적어도 그런 미래를 만들지 않으리라.

로베스와 무의식

로베스. 오늘도 내리는 비.

"해설 그만하면 안 될까. 다 들리는 건 둘째 치고 너무 구려."

"소용없어. 무의식이거든. 질을 높이고 싶으면 평소에 심기체를 갈고 닦으렴."

"그래 안 하는 것보단 낫겠네. 무슨 관련인지는 모르겠지만."

"그래 뭐. 알면 무의식이겠니."

"오늘은 그냥 놀러왔어."

"한가한가 보네. 시간도 인간관계도."

"그래 한량이지."

"네가 양반은 못되니 한량은 아니지."

"한량의 뜻을 정확히 아는 사람이 아니면 이해 못하는 대화는 여기서 멈추는 게 좋겠어."

"좋아. 이미 다 말한 것 같지만."

"그나저나 다행이야. 내가 좋아하는 만화의 주인공의 명언을 모아주는 사람이 있었어."

"알아. 내가 하려던 일을 미리 하고 있던 사람이 있다는 건 좋은 일이지. 생각이 같았다는 거잖아. 이 경우는 마음까지도."

"그래 생각이 같은데 의도가 다르면 참 슬픈 일이지."

"그 사람이랑 의도가 다른 것 같아?"

"아니."

"그럼 의도가 다르단 얘기를 꺼낸 이유는?"

"그냥 해본 말이야. 살면서 그런 일이 분명 생길 거 같거든."

"알아. 나도 그냥 해본 말이야."

"알면 왜 물어?"

"모르는 것만 물으면 내가 널 X이버 지X인 취급하는 거 아니겠니?"

"친구면 시시콜콜한 이야기까지 다 해도 되잖아."

"친구가 필요했던 걸까."

"그럴지도. 하지만 여기서 몇 명을 만나든 의미 없단 건 알아둬."

"도피하려 온 거 아니야."

"변명할 필요 없어. 여긴 약하고 미숙한 모습 보였다고 해서 물어뜯을 만큼 각박한 곳이 아니거든."

"여기 왜 온 걸까."

"놀러왔다며? 하긴 뭐 영원히 계속되는 방학은 영원히 계속되는 일과 같지. 미친 듯이 일해 놓지 않으면 미친 듯이 놀 수도 없는 거라고. 스스로도 허락이 안 되니까."

"나 말고 너 말이야."

"필연적인 존재랄까. 네가 없으면 난 없어져. 내가 없어진다고 해서 네가 없어지는 건 아니지만. 그리고 나도 심심하니까. 이런 거 보면 창고 구석에 처박혀 있는 인형에 원혼이 들어갈 만해."

"심심해 미칠 듯한 상태로 구석에 몇 년 씩이나 박혀 있으면 없던 귀신도 생기지."

"넌 네 인형한테 잘 대해 주렴."

"그래서 여기 꼬박꼬박 오고 있잖아."

"난 니 인형이 아니야. 네가 희미해질수록 난 짙어지고 네가 짙어질수록 난 희미해지지. 이 공간이 사라지는 게 나와 너를 위한 길이야."

색욕과 이성세포 그리고

"왜 나한테만 쌀쌀맞게 구는 거야? 문지기도 나를 적대하지 않는 거 알잖아."

"잘 알지. 수많은 고통과 시련을 이겨낸 영웅도 쾌락에 무너졌다는 구절도."

"마음의 문지기가 적대하는 건 자신에게 적대적인 것들뿐. 너같이 담벼락 넘는 구렁이를 경계하는 게 나의 일이다."

"난 인간이, 아니, 생물이 생물로서 존재하기 위한 4대 본능 중 하나인 성욕에 뿌리를 둔 존재야."

"성욕이 죽으면 그건 이미 생물이라고 할 수 없지. 살아 있고 싶다는 욕망을 가진 생물이 성욕을 제거할 수 있을 리 없으니 거기에 뿌리를 둔 나도 제거할 수 없어."

"자, 어서 비키렴. 너도 엉망진창으로 만들기 전에."

"욕망을 제거하는 것과 제어하는 것에 차이를 넌 모르고 있군. 널 막아주는 게 누군지도 말이야."

"생물이 생물로서 존재하기 위해 내가 너를 제거할 수 없듯, 사람이 사람답게 살다 죽기 위해서라도 널 내버려 둘 수 없어."

"난 본능에 충실해야 하면서도 이성이란 것을 간직하고 죽을 사명 있는 사람이라는 생물의 세포야."

"비켜."

"여기가 존재하게 된 순간부터 바뀌지 않은 것은 너 하나뿐이야."

"순수함을 잃어갈 때도."

"어른의 색에 물들어갈 때도."

"전부 싫어져서 진흙탕에 웃는지 우는지도 구분 안 되게 구를 때도."

"너는 언제나 그때 그 색 그대로다. 그렇기에 이렇게나 달콤한 거겠지."

인간은 어른다움을 동경하면서 아이다움을 그리워하는 존재.

변해가는 길 위에서 변하지 않는 것을 찾고 싶어하는 존재.

너는 나에게 있어 아무리 어려지고 늙어가도 태어난 그 시절의 모습을 간직한 이정표 같은 존재다.

함께 돌아가자. 나에게서 태어난 나의 자식이여.

행복한 결말의 이야기를

저기, 어째서 사람이 눈물을 흘리게 됐는지 알아?

처음에 존재하게 되었을 때, 그 존재는 모든 걸 알고 있었대.

고요했지만 즐거웠고, 항상 어둡고 밝은 곳이면서 어느 곳도 영원히 어둡지도 영원히 빛나지도 않는. 그런 곳에서 그 둘은 사랑을 꽃피웠대.

하지만 두 번째로 존재하게 된 아이가 첫 번째로 존재했는 아이를 화나게 했을 때, 두 번째 아이는 뭘 해야 할지 몰랐어.

첫 번째 아이의 구멍에서 느껴지는 파동이 무엇인지 알 수 없었거든. 모든 걸 알고 행복할 수 있어서 표현이란 걸 하지 않았던 거지.

서로 존재한다는 것만으로도, 눈을 마주 보는 것만으로도, 모두 알 수 있었으니까. 구멍에서 무언가를 내보내려고 해봤지만, 그 아이에게서 느껴지는 파동을 따라하려 해봤지만,

도저히 자기도 자기가 어떤 소리를 내야 할지 모르겠던 거야. 이렇게나 뼈저리게 느껴지는데도 말이야. 그러다가 하나를 떠올려 냈어. 처음으로 자신이 존재하게 되었을 때 그 아이가 환하게 웃고 있었다는 걸 말이야.

나는 슬픕니다.

날 만들었던 당신에게서 뻗어 나오는 고동이 이렇게나 잘 이해되는데 이해하는 것 말고는 할 수 있는 게 무엇도 없어서 슬픕니다.

그렇기에 난 나에게서 무언가를 내보냅니다.

내 몸을 만들어 주었던 당신에게 너무나 고맙습니다.

그걸 알면서도 이렇게 내보냅니다.

당신이 만들어준 내 몸이 조금씩 줄어든다는 걸 알지라도 행할 만큼.

당신에게 표현하고 싶습니다.

그의 두 구멍에서 흘러나온 물은 그와 원래부터 한 몸이었다는 듯 진

득이 흘러나와 아래로 계속 떨어졌대. 흘러나온 물을 본 첫 번째 아이는 구멍에서 나오는 파동을 멈췄어. 그리고 계속 보면 뚫어질세라 아주 조금씩 천천히 그를 보았어.

푸른 하늘과 저녁노을, 밤의 샛별과 새벽의 군청이 섞인 그곳에서 말이야.

난 압니다.

내가 당신의 파동을 따라할 수 없었듯, 당신도 이것을 따라할 수 없는 거겠죠.

하지만 난 압니다.

이때까지 존재하지 않았던 것을 날 위해 따라 해보려 하고 있다는 것을.

제가 느끼고 있는 이것을 이해해 보려고 하고 있다는 것을.

그리고 어느 순간 분명 당신도 이것을 이해하게 될 거라는 걸.

전 알고 있습니다.

수백 년이 흘러 그들은 대화를 할 수 있게 되었고 그날 있었던 것들을 미움과 눈물이라 부르기로 약속했다.

가족명에 걸고넘어지는 일 중에 제대로 된 일은 없다.

"회사동료가 투신했다더군. 로베스."

"죽을 거면 있는 돈 없는 돈 다 긁어모아 세계여행이라도 한번하고 죽지……라고 말하진 않으마."

"그럴 마음이 남아 있으면 죽지도 않았을 테니까. 그리고 그건 아마 네가 제일 잘 알 테니."

"절벽과 절벽 사이에 길게 늘어진 칼등 위에서 항상 줄타기 하며 살았던 네가 말이야."

"……틀렸습니다. 반장님. 전 그 녀석에 대해서 아무것도 알지 못해요. 이름도 얼굴도 그리고 그 아픔까지도."

"전 칼등 위에서 버텼지만 그 녀석은 칼날 위에서 버텼습니다."

"적응될 수 없는 아픔이란 걸 이해하십니까?"

"아무도 온기를 내주지 않아 발이 얼어붙어, 베인 상처에서 흐르는 피로 발을 녹여야 하는 절망을 이해하십니까?"

"베이는 곳은 정해져 있는데. 왜 온몸에서 피가 흘러나오는지 이해하십니까?"

"이해하지 못하네. 전혀. 같이 뛰어내리려 다짐했던 자가 아니면 그 누가 감히 그 심정을 이해한다고 짓거리겠는가. 그건 방종이자 오만이야."

"……여행을 해보고 싶었습니다."

"어디를……아니. 누구랑 말인가?"

"그 녀석이 죽고 난 걸 들은 후, 만약 내가 옥상에 기댄 녀석의 눈앞에 있었다면 난 반드시 이 세상을 여행해 보자고 했을 겁니다."

"자신의 세상에서 가장 높은 세상에 올라서서 세상을 바라보고도 그런 결심을 한 녀석한테 세상을 여행하자고 제안할 거란 말인가?"

"자신의 세상에서 가장 높은 세상…… 확실히 옥상의 경치는 아름답죠. 바로 아래층에서 바라보는 것과는 비교도 할 수 없을 정도로. 발 디뎌온 세상이 다 보였습니다."

"……."

"서 있는 곳을 바꿔 보자고. 저 아래까지 내려와서 아무리 몸을 던져봐도 죽지 못할 곳에서 바다를 건너 하얀 아침의 꽃을 맞이해 보자고."

"순수하면 현실적이지 못하다 욕먹고 청렴강직하면 융통성 없다 제거당하는 썩은 이 세상에서 마지막의 난리법석을 같이 피워보자고. 그렇게 말할 생각이었습니다."

"모아둔 돈은 있었는가?"

"대출을 받거나 부모님에게 부탁하거나."

"첫 번째는 뒤를 생각하지 않는 것이고 두 번째는 체면을 생각하지 않는 것이군."

"지금 당장 죽을 놈이 뒤를 생각할 여유도 없고, 자기자식이 1%라도 살아날 가능성이 있다면 천억 금을 쏟아붓고도 더 붓고 싶은 게 부모 마음입니다."

"자넨 그런 아버지인가?"

"그런 아버지가 되고 싶었습니다."

"그래…… 그렇군. 천억 금이라…… 부모의 마음은 모두 그럴 테지. 하지만 말이야. 현실은 일억 금도 쏟아붓기 힘든 집안이 대다수야. 그럼에도 많은 사람들의 생명이 꺼지지 않고 병상에 누워서라도 살아가는 이유는 그 일억 금이 온전히 자신을 위해 쓰인다는 걸 알기 때문이지."

"백만 원이든 일억이든. 그 돈을 벌어다 주는 사람의 마음속에서만큼은 자신이 그 무엇보다 우선된다는 걸 느끼고 있기 때문이야."

"사람은 그것만으로도 살아갈 수 있어."

"누군가의 마음속에서만큼은 자신이 누구보다 일등이라고 느낄 수 있다면."

"그것만으로도 사람은 살아갈 수 있단 말일세!"

"감정이 격해지셨군요. 반장님. 손수건 드릴까요?"

"자네나 쓰게. 분명 자네도 알고 있었던 게지. 그래서 자네의 현재를 내던지고도 같이 여행을 떠나자 제안했던 거야."

"전해지지 않은 메시지입니다."

"이만 내려가게."

"전해지지 않은."

"메시지이겠군."

집착은 금물

"저기 있잖아."

"응?"

"왜 나를 만나러 와주는 거야?"

"그야 경계의 저편은 아름답고 그 아름다운 곳 너머를 보고 있으면 경계에 닿을락 말락 하는 너의 집이 보이거든. 과자를 집으로 바꿔보겠다는 생각은 누가 한 거야."

"내 이름은 누가 아니야."

"그래…… 아메라고 부르기로 약속했었지. 난 개그센스는 예전에 버렸는데 말이야, 너의 그 시답잖은 개그를 듣고 있으면 다시 살아날 것만 같아 아메."

"시답잖은 게 뭔데?"

"네가 묻는 거 보고 방금 찾아봤는데 말이야. 보잘것없어 마음에 차지 않다는 뜻이래. 근데 네 개그는 내 마음을 가득 채워 준단 말이지. 시답잖다는 건 취소."

"그래."

"……아메. 저 푸른섬광 너머에는 뭐가 있을까?"

"다들 넘어가잖아. 다시 태어날 수 있다면서."

"난 우리의 이야기가 남들과 같다고 생각하지 않아. 봐봐. 난 죽으면 우주로 여행을 다닐까 생각하며 죽어버렸지만 이런 이상한 곳에 와버렸잖아. 우주랑 비슷하다고는 생각하지만 결국 친절한 저승사자도 없었고 펄펄 끓는 용암은……으 상상하기도 싫다."

"저 아우성치는 푸른섬광을 봐. 화난 오로라 같아. 하지만 경계의 저편에서 넘어오지 않아. 바로 앞에 연두색 잔디를 두고도 저리 성낼 수 있으면서 왜 집어삼키지는 않는 걸까?"

"맛이 없나 보지……는 농담이고 이름 그대로 하고 있는 거잖아.

경계."

-다가가지는 않지만 넘어오면 그 뒤는 장담 못합니다.-

"인생도 비슷해. 너도 나도 꽤나 힘든 인생을 살았지. 아니 누구라도 그럴 거야. 그럴 각오로 태어났고 역경을 맞을 때마다 부수고 도망치고 숨고 변하고 배신하며 그리고 그 최후에는 내게 무엇도 남지 않아도 곁에 있어줄 누구를 위해 죽는 상상을 하며 그렇게 살아남고 그렇게 죽어 갔으니."

"나라를 위해 죽는 놈은 미련한 놈이지만, 친구를 위해 죽는 놈은. 그건. 조금 더 미련한 놈이 아니냐.……같은 말을 마음속에 곱씹으면서 살 정도로 치열한 삶이었으니."

"저 경계는 그에 대한 경의."

-들어오면 제자리에 서있지도 못하게 해드리겠지만 당신이 그곳에 있고 싶다면 얼마든지 그 자리에 머물 수 있게 해드리겠습니다. 과자는 썩지 않고 민들레홀씨 또한 날아가지 않는 평온한 세상에서 말이죠—

"젠장, 배려를 해줄 거면 썬팅이라도 해주라고. 썬팅할 유리는커녕 사방이 다 뚫려 있잖아."

"난 지금이 좋아. 정확히는 지금이란 순간에 감사할 수 있게 됐어."

"딱히 자라는 것 같진 않지만 언제나 밝은 연두색인 잔디와 어디선가 흘러들어 와 이 세상을 살짝 푸른빛 돌게 감싸 내리는 오로라. 아주 오랫동안 공들여 만든 언덕 아래 과자 오두막과 언덕 위의 너의 벽돌집. 그리고 밤하늘을 쳐다보면 수많은 유성우가 쏟아지는 이 순간이 너무 행복해."

"지금 이대로 시간이 흘러 준다면 정말 좋겠지."

"……아메. 나도 지금 이 순간이 너무 행복해. 하지만 스토리를 진행하기 위해서는 괴롭더라도 해야 하는 말이 있어."

"진행하기 위해서는. 나아가기 위해서는 우리도 언젠가 저 사파이어 폭풍 속으로 걸어가야 할 테지. 사람은 영원함 속에 공허해져."

"끝나지 않는 시간 동안 너와 행복할 수 있어서 기뻐. 그리고 끝나지 않는 시간은 우리의 행복을 흰색으로 바꿔가겠지. 그렇게 하얘지고 싶었음에도 우린 결국 하얀 배경 위에 무언가를 칠하고 싶어질 거야. 그러니……."

"거기까지. 그런 가련한 표정으로 계속 말하게 두고 싶지 않거든요."

"그러니까 마지막에 이르러 웃으면서 '잘 가.'라고 쿨한 척 보내지도 않을 거고요, 있는 정 없는 정 다 떨어지고 나서도 과거와 공허의 광기에 사로잡혀 집착하지도 않을 겁니다. 지금은 너와 나의 행복이 하얗게 변하지 않게 하기 위한 수많은 열정과 배려가 있을 뿐이라고요."

그러니 집착하는 것처럼 보일까 봐 하는 불필요한 배려도, 무심한 것처럼 보일까 봐 하는 과도한 배려도 필요 없어. 집착하는 것 같으면 내가 끊어 줄게. 무관심하다면 내가 들이댈게. 그러니 마지막까지,

"잘 부탁해요."

열차와 절차

"아가일, 내가 살던 곳의 유일한 기차가 끊겼어. 정확히는 시골, 깡촌의 모든 기차 운행이 축소, 중지되었어. 상황이 나쁘긴 했어도 흑자였고, 회복되는 건 당연한 수순이었는데 구조조정을 하다니. 서민들의 삶을 구조조정할 셈인가? 주도시와 위성도시에 인구를 집중시켜 촌과 도시의 기능을 완전히 나눌 셈인가? 그쪽이 관리하기 쉽다는 건가?"

"토이…… 이상한 소리 하지 마. 30년만 지나도 남쪽의 부산이란 도

시는 정상들이 모여 회담을 나눴던 곳까지 물이 차오르고 네가 살고 있는 시골 같은 곳은 자연스럽게 사람이 사라질 거야. 시간이 해결해 주는 문제 가지고 지금 당장 돈을 들일 필요는 없지. 이번 처사는 순전히 너희나라에서 결정한 일이야. 전체적으론 흑자지만 부분적으론 적자. 그런 곳을 정리해서 지금 당장 필요한 곳에 투자하는 건 내가 봐도 합리적이야. 물론 네가 추구하는 낭만이라는 것과는 거리가 멀지만."

"합리적인 처사인 건 나도 인정한다. 나라 재정운영에 낭만 따위가 들어가서는 안 된다는 것도 안다. 하지만 이번에 일어난 조정은 이전과 달라. 예전부터 정리하고 있던 지역은 유입도, 유출도 거의 없는 지역. 기차역이 없어지면 분명 불편하겠지만 선거에는 아무런 영향이 없는, 마을버스와 시외버스 유치해 주면 만사 아무런 상관없는 곳들뿐이었지만 이번에 조정된 지역은 기본적인 유출유입 외에도 타 지역의 방문객에 의한 수입도 어느 정도 있는 영서권 지역이 대거 포함돼 있어."

"기업체이긴 해도 엄연히 나랏일을 위탁받은 곳에서 이미 흑자를 보고 있는 와중에 자신들의 건립 목적인 시민의 이동 편의에 위배되는 이런 일을 벌이는 게 합당한 처사라고 보나? 전국을 어디든 하루 안에 도착할 수 있게 해준 게 어느 세대인데 지금에 와서 그 세대가 황혼기를 맞아 가장 잘 이용하고 있는 기차를 폐지해!?"

"……아마 그걸 가능하게 만들어준 사람들은 지금 떵떵거리며 잘 살고 있을 거다."

"토이. 네가 윗세대에 대한 공경심이 강한 건 알았지만 가끔씩 자기가 생각해 봐도 괴변일 소리가 네 과도한 공경심 때문에 입에서 나오는 걸 보면 시골에 처박힌 네 결정이 정말 마음에 들어. 여기서 그런 소리를 했다간 생지옥에 처박힐 테니까. 난 내 소중한 친구를 잃고 싶지 않거든."

"……."

"이해는 해. 선로를 깔 만한 사람들이 모인 곳에서 길러졌고, 그런 모습을 곁에서 직접 봐 왔고, 또 그렇게 사라지는 걸 직접 봤으니. 보상은커녕 소송도 못 걸었다고 들었는데. 안타까워. 내가 널 조금만 빨리 만나 수술이 조금만 빨랐어도 그 사람은 병원까지 가서 죽진 않았을 텐데."

"……토이. 네가 이곳이 갑갑해서 나와 버렸다는 걸 아무도 탓하지 않아. 내가 그렇게 만들 거니까. 그러니까 앞으로도 계속 도와줄 거지? 네가 거주하는 것과 별개로 난 그 나라에 아주 관심이 많아. 옆 나라도 꽤 관심이 있지만 거긴 업보가 좀 많거든. 뒤는 깨끗하면 깨끗할수록 좋잖아? 토이 너처럼!"

"아가일. 엎드려 절 받기 꼴인 네 부탁이랑 그 연기 톤이 합쳐져서 위화감이 엄청나거든?"

"……그의 충격적인 고백에 회음부가 저릿해졌다."

"그러니까 앞으로 계속 해줘. 언제 못 보게 될지 모르잖아. 그리고 입으로 하는 그 이상한 해설은……빼는 게 좋겠다. 한국어 공부 좀 더 해."

"얼마든지. 그럼 또 보자. 죽지 말고."

"그래. 먼저 죽으면 저승에서 목 씻고 기다려라. 찾으러 갈게."

"토이는 항상 끝이 이상하게 끝난단 말이지."

예, 에필로그입니다.

전형적인 소설이라기보단 프롤로그에서 말했다시피 색유리 조각 파편 같은 짤막한 이야기들이었네요.

일단 쓰면서 가장 중요하게 여겼던 점은 글이 너무 무거워지지 않게 하는 거였습니다.

안 그래도 빡빡한 삶에서 청소년들의 아마추어하고 새싹 같은 이야기를 보러 왔는데 내용이 미치도록 무겁고 게다가 분위기 전환하는 배경묘사도 없으면 읽다가 토 나오지 않겠어요?

참고로 이건 경험담입니다.

아무튼 대화체로 꽉 채운 이유가 궁금하실 텐데요. 한 인물의 이미지를 그리는 것은 그 인물의 직접적인 대사라고 생각하기 때문입니다. 웹툰처럼 그림이 없는 소설에서는 더더욱. 남자인지 여자인지, 생긴 건 어떻고 또 어디에서 이야기를 하고 있는 건지. 대사와 말투, 한 인물에서 나오는 직접적인 것들을 보게 되면 그 인물의 모든 게 그려지게 되는 느낌이죠.

어쨌든 가볍게 즐기셨다니 다행입니다.

'옴니버스식일까, 사실 상상의 징검다리를 놓으면 이어지는 내용일까'는 여러분들에게 맡기겠습니다.

내용이 양떼구름 마냥 펑펑 뜯어져서 가벼운 마음으로 쓴 거 아니라는 소리를 들었지만 사실 구름보다 가벼운 마음으로 쓴 거 맞습니다.

그리고 하얀 구름이라도 호수 하나를 가득 채울 정도의 물은 들어 있거든요. 앞으로는 담천이니 여기까지만이라도 청천으로 남겨두고 싶었습니다.

내용은 가벼운 느낌이지만 마음만큼은 무겁게 하고 썼다 같은 반전은 없습니다.

반전은 재미있어야 한다고 생각하거든요. 그리고 형식적인 고난과 역경 극복 일화들은 그린비 동아리 부원들이 써주지 않겠어요? 분업이 괜히 있는 건 아니니까.

종착역은 여기까지입니다. 그럼 돌아가는 길 편안히 가시길 바랍니다.

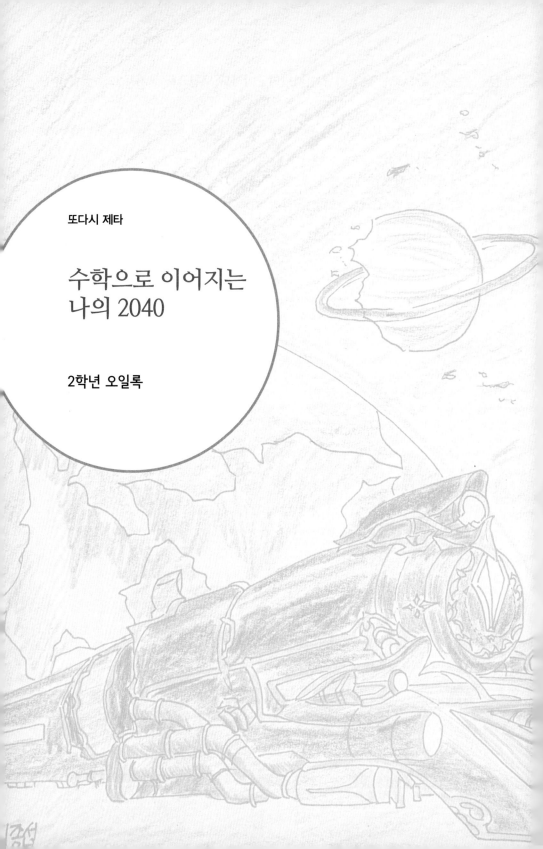

또다시 제타

수학으로 이어지는 나의 2040

2학년 오일록

원주율이란 길고 끝없는 수의 품에서 잠들고 일어난 어느 날 아침, 나는 다시 무한한 수의 나열인 π(파이) 속에서 일어난다. 계속되는 수학에 지쳐있는 하루여도 원주율은 한 자 한 자 외워본다.

　"3.1415926535…."

　'원주율'이란 것을 배우고 난 후부터 시작된 혼자만의 평생 마라톤, 평생토록 이어질 경주인 원주율 외우기는, TV 프로그램에서만 봤던 외우기 달인처럼, 어느덧 1만 자리를 향해 달려가고 있었다.

　"…55493624646".

　나는 이 정도면 나름 많이 외운 거 아닌가 하고 스스로에게 자부심을 가지면서도, 아침을 먹어야겠다는 생각에 식사 준비를 한다. 원주율의 날인 3월 14일로부터 15일 전날, 아침 9시 26분에 아침 식사 준비를 하며, 섭씨 53.5℃를 가리키는 온도계를 보고 그 친숙하고도 낯익은 수가 떠오른다.

　나는 그 다음 숫자인 8이 어디에 있을까 하고 집 안을 뒤져본다. 아무리 뒤져보아도 8 하나만 있거나, 9 하나만 있었으며, 나는 찾다가 본 237을 소인수분해하고는

　"237은 3*79로 나타낼 수 있고, 두 수가 홀수이니 두 수의 합의 절반의 제곱인 41^2(1681)에 차의 절반의 제곱인 38^2(1444)를 빼면 237이 다시 나오겠네!"

라고 말했다.

　하지만 기쁨에도 잠시, 우연의 시각인 9시 26분을 훨씬 넘긴 시각에 아침 식사 준비를 다시 해야 함을 기억해 냈다. 그런 줄 알았다. 먹을

음식을 준비하며 레시피를 검색하던 중에 나오는 숫자를 보고는 소인수분해를 했다. 나는 뿌듯했다. 소인수분해가 안 될 것 같던 수가 소인수분해가 되고 일부는 친숙한 꼴로도 변형되었기 때문이다.

누가 보면 정신적으로 문제가 있어 보일지도 모르는 행동을 계속 하다가 끝이 난 시점은 동료 수학자인 가윤승으로부터 전화가 왔을 때였다.

"언제 오니? 지금 다들 모여서 '리만 가설 해석과 증명의 방향'을 주제로 회의를 하려고 하는데, 어서 와."

나는 윤승에게 잠시만 기다려 달라는 말을 전해 달라고 하고서는, 시계를 보았다. 시계의 시침이 11이란 2자리인 최소의 소수를 향해 등속 원운동을 하고 있던 것이다. 나는 레시피는커녕 냉동실에 등압 수축하여 조그맣고 딱딱해진 빵을 봉지에 담고, 하나는 입에 물고서 집을 나섰다.

버스에까지 다다르는 시간은 아침에 했던 평온한 시간의 엔트로피가 너무 낮았던 것인지, 모르는 난제를 붙들고 있는 시간보다 더 힘들었다. 그나마 안심한 건지 버스 안에서는 자리에 앉아서 쉴 수 있었다. 신체적으로는 말이다.

나의 정신은 내 교통카드 잔액을 본 순간 이미 버스에서 달아나 있었다. 먼저 잔액과 요금을 비교한 후 원래 들어 있었던 금액을 계산해 본다. 잔액은 14,600원에 요금인 1,400원이 더해져 16,000원이란 결론을 내렸다.

"아, 아깝네. 16,000의 양의 제곱근 40루트10(40sqrt(10))이라서 자연수가 아니네…."

그리고는 버스에 붙어 있는 광고를 보고, 숫자를 보고, 핸드폰을 보고, 숫자를 보고, 버스 번호를 보고, 숫자를 보고….

다시 또 전화가 왔다. 역시나 하는 마음에 받아보았으나, 역시는 역시인지 윤승이었다.

"일록아. 지금 밖이야? 빨리 와."

"당연히 밖이지. 지금 버스 안이야. 금방 갈게."

"어서 와. 말씀 전해 달라고 해놓고 늦으면 어떡하자는 거야."

"알겠어. 근데, 내가 타고 있는 버스가 221번이거든. 일의 자리 수가 0이나 짝수가 아니니, 2의 배수는 아니지? 각 자리 수의 합이 11으로 3의 배수도 아니고, 일의 자리수가 5도 아니니까 5의 배수도 아니야. 7도 안 되고, 11도 안 돼. 근데 이거 봐? 13으로 나눠 보면 놀랍게도 13*17이란 결과가 나와. 정말 놀랍지 않아? 거기다 두 수가 홀수니까 $(13+17)/2 = 15$, $(17-13)/2 = 2$, 즉 15의 제곱인 225와 2의 제곱인 4의 차가 221이 나와. 이건 중학교 때 배운 거니까 너도 왜 이렇게 되는지 알 거야. 그리고 221을 각각 계수로 하는 이차방정식 $2x^2+2x+1=0$은 D가 음수니까 허근을 가져. 그 허근은 2분의 -1 플마 루트-1, 즉 -1과 i의 평균이거나…."

"(말을 끊으며) 지금 그게 중요한 게 아니라 빨리 와."

"아. 알겠어. 지금 버스라니까."

"그래그래. 좀 일찍 다녀."

"……."

그렇게 가윤승과 기나긴 통화가 끝나고, 빨리 가야겠다는 생각을 하게 되었다. 앞일은 순조로운 듯 순조롭지는 않았다. 나는 갖가지 일들을 점검해 보았다. 집에서 안 갖고 온 게 없는지, 버스는 제대로 탔는지, 가서 말할 의견을 생각했는지 등. 그때 안내방송이 들렸다.

"이번 역은 ##입니다. 내리실 분은 내리실 준비를 해주십시오."

나는 그 역이 뭔지 몰랐다. 처음 들어보는 역이었던 것이다. 나는 분명히 버스도 제대로 탔고, 방향 또한 확인하고 탔음을 방금 막 확인했던 것이다. 나는 곰곰이 생각한 끝에 간과한 한 가지 경우를 생각해 냈다. 정류장을 지나간 것이다. 나는 곧바로 버스에서 내렸고, 내가 일하는 곳으로 달려갔다.

그곳의 본 회의실에서는 열띤 회의가 일어나고 있었다. 가윤승은 그곳에 있는 여러 의자 중 하나에 앉아 나를 쳐다보고서는, 빨리 오라는 손짓을 보냈다.

그 열띤 회의를 이끌어 가던 교수들과 수학자들 사이에서 올해 특출한 수학자로 이름을 날렸던 박호신이 처음 보는 누군가에게 뭐라고 말하는 것을 들었다. 그의 옆에 있던 자는 얼마 전 수석으로 들어온 안달윤였다.

"리만 가설을 그대로 해석하는 것도 좋아. 근데 앤드류랑 페렐만을 봐. 하나의 난제를 보고도 다른 방식으로 해석할 수 있는 그 능력! 그 능력이 결국 난제라는 뚫리지 않을 것 같던 방패를 뚫었잖아. 그대로 해석해서 되었으면 여태껏의 수학자들이 노력한 것들은 어떻게 증명할 거냐?"

"다른 문제들은 사실 그들에게 너무 쉬웠을 수도 있어요.. 제 생각은 그들은 이미 문제를 풀었던 겁니다. 근데 다른 사람들이 이해를 못하니 그 사람들에게 맞춘 거일 수도 있어요. 생각을 해보시면 문제를 모르는데 응용을 해서 다른 분야와 접목시키는 게 가능할 거라고….."

"그럼 증명해 봐. 여기 있는 사람들의 노력이 왜 성과가 없는지를. 아, 저기 모르는 사이에 자리에 앉은 일록이한테 그거를 증명해서 와 봐."

"네….."

그렇게 호신과 달윤의 대화는 끝이 났고, 안달윤은 나에게로 왔다. 그의 생각은 내가 대화에서 들은 대로 리만 가설을 식이 적힌 그대로 증명하자는 것이었다. 내가 생각하기에도 터무니없었다. 어떤 수학자도 식이 떡 하니 나와 있는데, 그것을 가지고 증명하지 않았을 리가 없었다.

그때 달윤은 말을 덧붙인다.

"근데 다들 이 문제를 식만을 가지고 해결하려는 것 같은데, 저는 좀 달라요. 적분이 적분이라지만, 제타 함수를 가지고서 기하를 따져봤어요."

달윤이 말한 생각은 한번쯤은 생각해 봤을 법한 기하학적 증명 방법이다. 이는 한 번 정도 제안된 논법이었으나, 결국에는 올바르지 않은 증명 방법이라는 결론이 내려졌는 방법들 중 하나에 불과했다. 제타 함수의 개형을 어느 정도 알고 있기 때문에 넓이를 구하는 방법은 몰라도 넓이를 나타내는 자취는 있는 것이었다.

따라서 나는 원시적이지만, 그래도 가능할 것 같다는 생각이 들었다. 달윤에게는 생각을 해보겠다고 했고, 나는 먼저 돌아가서 생각을 해보았다.

나는 먼저 리만 가설을 기하를 이용해 증명하는 방법을 생각하기 전에, 이 과정은 제타 함수의 자명하지 않은 근이 1/2임을 확인하는 것이라 할 수 있었다.

그래서 원래의 명제였던 것을 증명하려면, 명제의 역이 성립함도 증명해야 했다. 역이 성립함을 증명하기 위해서 이것의 대우를 증명하기로 했다. 그러는 편이 개형과 값을 어느 정도 알고 있는 현재로서는 증명하기 편리했던 것이다.

하지만 지금의 수학자들도 풀지 못한, 유사한 개형을 가지고도 풀지 못한 난제인 '리만 가설'을 내가 쉽사리 해결할 수 있던 것도 아니었다. 나의 증명을 위한 시간은 시작부터 피치 낙하 실험처럼 정체되었다.

시작은 그 전에 하던 것처럼 꼭 해결하리라 마음속으로 말하며, 머릿속은 벌써부터 어렵다는 생각에 의해 다른 생각이 바이러스가 숙주 세포에 핵산을 몰래 넣듯이 밀려왔다. 그렇게 투입된 다른 생각들은 내 양분을 이용하여 내 안에서 증식했고, 나는 아침에 하던 같은 행동을 반복하려 하게 된다.

이때 '리만 가설'이라는 림프구가 나타나 '기하'란 면역 인자를 보내주니 한층 그러한 생각이 씻겨 내려가는 것 같았다. 이번에 든 생각이 평소에 하던 것을 유지하고자 하는 욕망보다 더 앞섰던 것이다. 내가 어떻게 하면 가능할까, 어떤 식으로 할까, 이건 왜 안 될까 등을 생각하며 고민하는 사이, 나는 '증명'이라는 수면에 접어들어 이 '수면'밖에는 생각하지 않았던 것이다.

하지만 명제의 역의 대우를 증명하는 과정부터 제대로 안 되어서, 전제였던 이 명제의 역이 성립하고, 그 명제 또한 성립함을 가정하고 다음 것을 하는 것으로 마음먹게 되었다.

리만 제타 함수는 어떠한 근을 대입하면 익숙한 $\pi\char`\^2/6$이 나오기도 하고, 세제곱수의 역수의 합은 무리수임도 나온다. k가 자연수일 때, $-2k$의 꼴들은 리만 가설에서 말하는 자명하지 않은 근과 다른 집합에 해당하는 자명한 근에 해당하며, 이를 리만 제타 함수에 대입하게 되면 영점이라는 결과를 얻게 된다. 그리고 자명하지 않은 근 중에서도 계산을 통해 직접 구해낸 값들이 있는데, 이들이 모두 실수부가 1/2라는 것이 이 가설이다.

그래프의 개형을 구하여 그래프를 직접 비슷하게라도 그려보는 것은 어느 정도 나와 있었기 때문에 어렵지 않았다. 이제, 여태껏 적분을 통해 넓이를 구해왔던 사람이 그 넓이를 직접 구하는 과정인데, 말로는 쉬웠지 그 방법을 몰라 헤맸다.

나는 옛날의 사람들이 미적분이란 것을 가지고 고심했던 것처럼, 30년 전까지 악명 높았던 페르마의 마지막 정리를 가지고 무수히 많은 사람들이 증명서를 내고 실패했던 것처럼, 과학자들이 밝혀지지 않았지만 더 심오하고 더 깊은 사실을 알기 위해 탐구하는 것처럼 이 '증명'에 힘을 기울였다.

알았으면 이미 이 '리만 가설'은 증명되고도 남았을 법한 그 적분 방법을 몰랐기에, 나는 컴퓨터에다 그 그래프를 보내고 넓이를 구하도록 하는 프로그램을 만들었다. 소수란 것이 유한하지 않고 무한하다는 점을 이용해, 여러 가지 패턴 중 1가지의 패턴이 각 마디마다 반복될 거라고 생각했다. 패턴을 1부터 10 그리고, 100 등….

근데 여기서도 문제가 다시 발생한다. 사람의 어떤 행동 패턴이나 심리 등이 정형화된 것들이 있어서 서로 어떤 영향을 주었는지를 알았더라면 감정과 관련된 인체 내 물질에 대한 신비는 이미 소진될 것이다.

이와 마찬가지로 리만 제타 함수의 그래프의 개형에서 정형화될 수 있는 패턴이 있어서 이를 서로 연관점이 있도록 구성해 놓을 수 있었다면 이 난제는 더 이상 난제가 아니었을 것이다. 이 난제는 꽤 전부터 우리와 함께 내려와 지금까지 존속하고 있는 개체라 이 개체의 취약점과 취급 방법은 충분히 다른 사람들이 고안해 냈을 것이다.

그래서 낙담에 빠져 있을 때, 규칙을 만들 수 없는 것에서 규칙을 만들어 낸다기보다는 나만의 다른 연결점을 만들기로 했다. '이 가설'과의 싸움 끝에 그래프가 남긴 도형과의 연결점을 찾을 수 있었다.

그래서 나는 이 제타 함수와의 연결점을 통해 나만의 방식을 통한 증명 방법을 생각해 낼 수 있었고, 결과를 '점검'하기 위해 다시 그래프에 대입해 보고 다시 산출해 보는 등 일련의 과정들을 시도했다. 나는 이러한 증명 방법을 통해 명제가 성립한다는 것을 재차 확인한 후, 그러한 기쁨도 잠시, 잠이 들어버린다.

다음 날이 되어, 평소와는 다르게 안 챙긴 것도 없이, 평범한 차림으로 뛰어가 이 증명서를 제출하게 된다. 이 때가 가장 흥분되면서도 떨리던 순간이었다. 누군가에게는 나의 평소처럼 평범한 하루에 불과할 뻔한 이 날은 나에게 매우 행복한 순간이었다.

하지만 모르는, 이해하지 못했을, 다가가지도 못했을 이 개념에 손댄 사람이 그랬던 것처럼 나 또한 '리만 가설'이라는 촘촘하고 세밀한 보안 시스템에 걸려 버리게 된다. 내가 며칠 고심하여 만들었던 증명 방법은 어느 정도 일치하며, 누구나 생각해 볼 법한 방법으로 증명하려던 것이 인상 깊었다는 평을 들었다. 허나, 내가 맨 처음에 들었던 가정 하나가 틀리게 된다.

'실수부가 1/2인 근은 자명하지 않은 근'이란 원래 명제의 역에 해당하는 문장이 나의 증명 과정을 통해 귀납적 방법을 통해 성립한다고 칠 수 있다. 근데, 문제는 보통 역이 성립한다고 해서 원래 명제가 성립한다는 보장이 없다. 이 문제도 마찬가지였던 것이었다. 내가 역을 증명했어도 명제가 참일 수는 없다는 것이었다. 참으로 황당한 실수였던 것이다.

윤상과 호신이 오기도 전에 내가 먼저 달려왔기 때문에 이들은 오고 나서야 내가 여태껏 불참했던 이유를 알게 되었으며, 달윤은 나의 증명이 틀렸다는 사실에 대해 위로해 주었으며 그 전에 제기된 방법의 오류에 대해서 언급했다.

"그 전에 올라왔던 증명서도 올리신 방법이랑 많이 비슷해요. 지금의 기술을 사용하셨다는 점에서는 그 증명 방법과 많이 다르지만, 그에 상응하도록 유사한 부분은 오류랍니다. 그 증명도 역을 증명하려고 했으나, 결국 그 역이 성립하면 명제도 성립할 수 있음을 증명하지 못해 선택되지 못했죠."

리만 가설을 증명하려는 노력은 다른 문제들보다 특히 눈에 띄었기 때문에 내가 못 보지는 않았을 것인데, 나의 생각에 사로잡혀 생긴 결과라고 할 수 있던 것이다.

분명히 증명을 하기 전에 이 가정이 참이라고 한 이후에, 사실임을 반증하는 실례를 통해 가정이 참임도 증명해야 했던 것이다. 전쟁을 할 때 적대적인 관계에 있는 군대가 특정 위치에 있다고 가정한 후, 이에 대한 준비와 대처 과정을 마련해도 결국에는 특정 위치에 있는지는 확인해야 하는 것이다.

만약에 우리 몸의 면역 체계가 표적 병균이 특정 기관과 세포에 있을 거라고 가정하고 몰리게 되면, 인체가 제대로 작용을 못하면서 병균은 또한 계속해서 침투하므로 안 되는 것이다.

내가 며칠을 생각하며 시행착오를 거친 이 과정이 며칠 전 경험했던 실수들과 별반 다를 것이 없었던 것이다.

이 소설은 2040년에 '나(오일록)'이 어떻게 행동할 것 같은지와 어떻게 행동하고 싶은지를 반영했습니다. 이 소설에서의 '나'는 가윤성, 박호신, 안달윤 등의 다른 수학자들과 교류를 하며 경쟁을 하면서도 친분을 쌓은 수학자로, 동료 수학자들의 이름들은 가우스, 코시, 앤드류 와일즈의 이름을 살짝 변형한 것입니다.

주된 내용은 2가지로 나눌 수 있습니다.

첫 번째로, 지금 내가 하는 행동이 나중에의 행동으로 이어질 가능성이 높다고 생각해서, 지금 원주율(π)을 가지고 소수점 아래 자리 외우기를 내용 중간마다 넣었습니다.

더 나아가서 지금은 소수점 아래 200자리까지 외우기를 목표로 하고 있는데, 미래에는 이미 그 꿈을 달성해서 다음의 꿈, 프로그램에서만 봤던 '1만 자리 외우기'같은 것을 목표로 삼았다고 설정했습니다.

그 뿐만 아니라 숫자를 보았을 때, 768, 384와 같이 특별한 식으로 표현 가능한 수들을 가지고서 소인수분해하는 모습을 적었습니다.

다음으로, '리만 가설'이란 난제를 중심 화제로 설정해서 이를 해결하려 하다가도 결국 실패하는 것을 주된 내용으로 선정했습니다. '리만 가설'은 세계 수학 7대 난제 중 하나로 꼽히며, 여태까지 하나밖에 해결이 되지 않은, 어쩌면 하나라도 해결을 한 7대 난제 중 하나라서 미래에도 헤매는 모습을 그리려고 했습니다.

하지만 아직 고등학교 과정을 배우고 있고 대학교 과정도 일부만 재미로 본 게 다라서 '리만 가설'의 증명은 무슨 '리만 가설'에 쓰인 기본

개념부터 이해를 못한 게 많았습니다. 그래서 최대한 알아들을 수 있도록 써서, 이 본문에서는 같은 내용이 반복될 수도 있습니다.

그리고 이때 두 내용을 어떻게든 연관을 지어보려고 해서, 첫 번째 내용에서 원주율과 소인수분해를 생각하다가 몇 가지 실수를 범하는 내용과 역을 증명하는 데에만 몰두하다가 정작 역이 참이면 왜 명제가 참인지를 증명하지 않는 실수를 범한 내용을 동일시하려고 했습니다.

이 글을 쓰면서 몇 가지 느낀 점을 소개하자면, 우선, 평소에 쓰지 않던 글을 쓰려고 하다 보니 생각을 많이 하게 되었고 이 과정에서 자신에 대해 생각하는 시간도 가질 수 있었습니다.

또한 글을 쓸 소재와 관련해서 정보를 찾는 과정에서 오해하고 있었거나 세제곱수의 역수의 무한 합의 수렴값이 무슨 값인지 등 새롭게 알게 된 내용도 있었습니다.

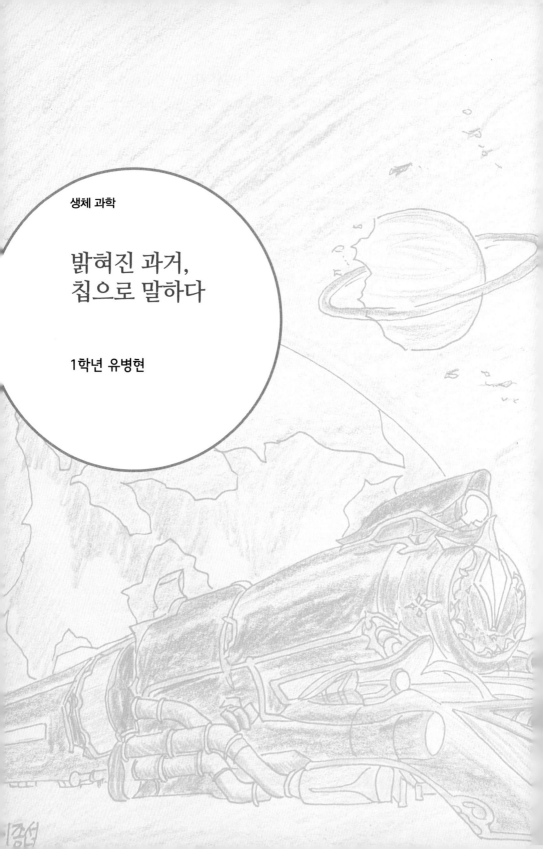

생체 과학

밝혀진 과거,
칩으로 말하다

1학년 유병현

딸그락하고 떨어지는 소리와 함께 무언가가 두동강 나는 소리가 고요하던 연구실에 퍼졌다. 연구원 한 명이 실수를 한 모양이다. 사람들은 웅성거리고, 흡사 대장처럼 보이던 그 긴 수염을 달고 온 할아버지 연구원은 크게 호통을 쳤다.

　곧 있으면 나의 차례였는데 너무 소란스러워진 상황에 괜히 나도 긴장하게 되었다. 오늘 여기 오는 걸 아버지에게 말하지 않고 와서 그런지 상황도 이상하고 모든 게 불안했다. 상황이 진정되고 몇 분 뒤에 다시 시작되었다.

　내 앞사람부터 재개하였다. 앞사람이 놀람을 애써 감추며 돌아서는 모습에서 나도 이 끓어오르는 호기심을 주체하지 못하였다. 우리가 기억을 저장하기 시작한 지는 5년 가까이 되었다. 알츠하이머의 갑작스러운 확산과 기억력 퇴보에 의한 위협으로부터 기억의 재산을 보호하고자 우리 인류가 뇌 과학의 발전과 생체 칩의 개발을 도모하여 그 칩에 의존한지는 말이다.

　간단하게는 생체 칩에 잊고 싶지 않은 기억을 자발적으로 저장하는 것이다. 그 속에 무엇이 있는지는 정말로 모른다. 다만 확실한 건 내가 지금 너무 궁금하다는 것이다.

　나는 나의 어릴 적 7년의 기억이 없는 채로 이렇게까지 커왔다. 아마도 나의 자유의지로 기억을 뽑아 낸 것이겠지만 이제는 너무나도 궁금했다. 결정적으로 다시 찾으려는 이유는 내 옆집에 사는 내 절친 상민이가 어릴 적 기억을 다시 심었는데 거기에는 돌아가신 아버지에 대한 기억이 담겨 있었다.

놀이 공원에 데려 갔던 일부터 시작해서 비오는 날 교통사고로 눈앞에서 아버지를 잃었던 그 순간까지 말이다. 주용이는 소주와 함께 내게 많은 말들을 하고 나도 대응하였다.

"기억이란 게 알게 되니까 너무 슬픈 거드라. 그래도 함께 했던 순간들만은 너무 반짝거리드라."

"그래, 넌 아버지 기억만은 없었잖아. 알게 되었을 때, 그 충격과 기쁨은 말로 할 수 없었겠지."

"그렇지, 근데 너도 어릴 적 칩 있다 하지 않았나?"

"어 맞아, 근데 아빠가 되게 아픈 기억이라 내가 그 기억을 가둔 거래."

"그렇긴 한데, 너도 궁금하지 않아?"

"당연히 궁금하지. 원래는 궁금해도 아프고 슬픈 기억은 잊는 게 더 낫다고 생각했었거든. 근데 오늘 널 보고 생각이 좀 많이 드네."

"뭘 고민하는 거야? 궁금하면 가자. 나도 엄마가 끝까지 뜯어 말렸는데도 몰래 간 거야. 엄만 그때 당시의 내가 너무 상심해서 우울증에 걸렸던 모습을 보곤 가둬야겠다고 결심하신 거래. 그치만 지금 난 전혀 후회하지 않아. 오히려 성숙해진 너의 몸이 그 아팠던 기억을 승화시키고 행복으로 바꿀 수 있어. 마치 오늘의 나처럼."

"그런가? 그럼 내일 한 번 아빠한테 말해 봐야겠다."

"야야야, 지금까지 기억 찾는 걸 말리신 아버님인데, 하루아침에 가겠다고 하면 뭐가 달라지냐? 또 술 먹고 헛소리 하는가 보다 싶지. 그니깐 몰래 우리 둘이 가자."

"몰래? 그래도 되는 거냐?"

"당연히 몰래 가야지. 설마 너 무서워서 그러는 거야? 무서우면 내가 칩 받기 전까지 손 꼭 잡고 기다려 줄게."

"내가 애냐? 됐어. 그냥 나 혼자 갈게."

"그래라 그럼. 그리고 가고 나서 알게 된 기억은 꼭 나한테 알려 줘야 한다."

"그러지 뭐. 너무 개인적인 게 아니라면… 근데, 생각해 보니까 조금 이상한데?"

"뭐가?"

"넌 너가 슬퍼했는데 그걸 본 너희 어머니가 기억을 뺀 거야?"

"아, 몰랐구나, 이거 기억 빼고 저장하는 거는 만 8세 미만은 보호자가 동의하면 할 수 있는 거래."

"그래? 지금까지 난 순전히 당사자 의지만으로 이루어지는 줄 알았는데…."

"미성년자가 그런 걸 판단할 능력이 없다고 본 건가봐."

"음, 알았다. 그럼 난 내일 가봐야겠다."

그렇게 전날 퍼마신 술과 친구 덕분에 지금 여기 오게 된 거다.

"뒤엣 분 빨리 오세요."

"아, 네."

"주민등록번호, 신분증, 성함하고 저장기억 기간 말씀해 주세요."

그렇게 신분증 이름 주민등록번호에 기억 기간, 사진과 얼굴 일치 여부까지 정말 많은 심사 과정을 거쳐서 칩을 받아냈다. 칩을 받자마자 꽂아서 기억을 얻었다. 근데 뭔가 이상했다. 7년이라 하기엔 기억이 너무 긴 것 같았다. 마치 56년을 보는 듯 했다.

원래 기억이란 게 그런 건가 아님 충격적인 기억이라 길게 느껴서 그런 건가 하고 미심쩍은 부분이 있었지만 그냥 그 곳을 나왔다. 집으로 걸어가면서 떠올린 기억 속에는 정말 많은 사람들이 있었다. 계단을 걸으면서도

'이게 맞나? 왜 이렇게 많은 기억들이지?'

하고 있던 중 문득 스쳐지나간 한 장면이 나에게 큰 충격을 주었다.

그 장면은 기억 속의 내가 거울을 보고 머리를 빗는 모습이었는데 거울 속 모습이 마치 병에 걸린 노인처럼 보였기 때문이다. 머릿속이 착

잡해지는 무렵 내가 피곤해서 그런 거겠지 하고 넘어가기엔 너무 생생했다. 이런 상황이 처음이었던 내가 찾아갈 수 있던 사람은 주용이뿐이었다.

"왜? 무슨 일이야?"

"있잖아, 너 기억 처음 받았을 때 어땠어?"

"어땠긴 뭐가 어때, 받자마자 바로 아 이게 내 기억이구나 하고 없었던 퍼즐이 들어 맞는 듯한 느낌이 들었지. 그건 왜?"

"내가 기억을 받긴 받았는데 이게 내 기억 같지 않은 이질감이 느껴진다 해야 하나."

"정확히 어땠는데?"

나는 내가 본 모든 것들을 주용이에게 털어 놓았다. 그도 나와 같이 적잖은 충격을 받은 듯이 보였다.

"대박이네…. 근데 네가 본 기억이 다 맞다면 그게 네 기억이 아닐 가능성도 있는 거 아니야?"

"그럴 수가 있나?"

"아니 너무 말이 안 되는데 네 기억이 아니라 다른 사람의 기억이라면 말이 되는 거잖아."

주용이의 말이 맞았다. 이 말도 안 되는 상황은 받은 기억이 다른 사람의 기억이라면 말이 되는 것이었다.

"그럼 나 이제 어떡하지?"

"어쩌긴 뭘 어째. 그 기억 주인 만나러 가자."

"뭐? 다시 돌려놔야 되는 거 아니야?"

"그냥 주인 만나러 가자. 주인한테 기억 칩을 가져다주고 난 뒤에 다시 그 저장실로 가서 니 칩을 받자. 나 너무 심심하단 말이야. 그리고 재밌을 거 같기도 하고."

"그게 말이라고. 근데 내가 그 주인한테 기억을 봤다는 사실은 말해야 되는 거 아니야? 말 안 하고 가져다주면 그것도 그거대로 그분께 실례인 거잖아."

"그래그래 주인을 찾아 줘야 한다니까."

심각한 나와는 달리 심심했던 어린애한테 축구공을 준 듯이 마냥 신나 있는 주용이와 함께 그렇게 주인을 찾으러 떠났다.

"그분의 마지막 기억은 어느 곳이었어?"

"병실에서 누워 있다가 잠시 눈을 감고 잠에 든 게 마지막 기억이었어."

"음… 그 병원이 어디 있는데?"

"그건 모르겠어. 이 사람 뇌졸중이 있어서 쓰러졌고, 가족들이 근처 병원으로 옮긴 거 같아. 그 이후로는 이 사람이 움직이질 않아서 병원 이름을 모르겠어. 아 담당의사 이름이 김진수 인건 기억 속에 있었어."

"근데 의사 이름만 가지곤 병원을 찾기엔 무리가 있지..."

"음…. 살고 있던 집에 찾아가서 일행 분들께라도 말씀을 여쭤 볼까?"

"집 주소는 알고 있는 거야?"

"당연하지. 이 사람한테는 자기 집일 텐데 당연히 집에 대한 기억도 있는 거지."

"아니, 그게 아니고 누가 자기 집주소랑 집을 까먹으려고 기억을 저장해?"

"듣고 보니 그렇네."

"뭔가 이상해. 이 사람 납치돼서 강제로 기억 저장 당한 거 아니야?"

"그게 사실이면 일이 많이 꼬이는데."

생각보다 상황이 더 심각해져서 우리 둘 다 어쩔 줄 몰라 했다. "일단 아는 게 그 집 주소니까 집부터 찾아가 보자. 그리고 조금이라도 이상하면 바로 신고하자."

"그래 그럼 그렇게 하자."

그렇게 우리는 주소를 검색해 보았다. 너무 먼 거리에 우리 둘 다 놀랐다.

"무슨 서울에서 제주도까지 떨어져 있냐. 이건 너무 먼데. 우리나라 끝에서 끝이다야."

"멀긴 머네. 그럼 일단 내일 하이퍼루프 타고 제주도로 가자. 그거면 빨리 도착할 거야. 루프 값은 비수기라서 비싸진 않을 거야."

"그러자 그럼."

그렇게 고단한 하루를 마치고 잠에 들기 위해 침대에 누웠을 때 문득 생각이 들었다.

'이 사람은 어떤 사람일까? 아니야 더 이상 기억을 훔쳐보는 건 이 사람한테 실례야. 그러니 그 사람을 만나서 칩을 주고 직접 들어야겠다. 하…. 왜 나한테 이런 일이 일어난 건지 원…. 내일 얼른 돌려주고 내 기억도 찾고 그 사람 기억도 듣고 다 원상 복구시키고 말 거다.'

그렇게 다짐을 하고 그 날은 지나갔다.

다음날 아침 우리는 하이퍼루프 역에서 만나 루프를 타고 제주도에 도착하였다. 하이퍼루프가 수중으로도 다니고 음속이었기에 우리는 그 거리를 고작 23분 만에 도착하였다. 도착하여 역에서 내린 후 우린 얼른 그 주소로 가기 위해 시내버스를 골라 탔다. 버스를 타고, 타고 또 타고 하여 드디어 도착하였다. 도착한 곳은 재개발 대상 구역이라는 팻말과 다 쓰러져가는 우체통을 뒤로 하여 금방이라도 가라앉을 것 같은 푸른 지붕의 집이 있었다.

"맞아, 내가 본 집 모양이 딱 이랬는데, 왜 이렇게 낡은 거지. 그리고 이 팻말은 또 뭐고?"

"너가 본 집이 이게 맞다면 그걸로 충분해. 일단 들어가 보자."

그렇게 끼익끼익 소리 나는 문을 열어젖히고 집안으로 들어갔다.

겉과는 달리 안의 모습은 상당히 잘 보존되어 있었다. 물론 겉과 비교해서 말이다. 객관적으로 봤을 땐 그리 깨끗해 보이진 않았다. 천장엔 거미줄이 있었고, 서재와 거실에는 먼지가 쌓인 책과 옛날 식 텔레비전이 있었다.

주용이는 마냥 신기해했다.

"우와 이거 진짜 오래된 텔레비전 아니야? 이거 뒤통수가 완전 커!"

"함부로 만지면 안 될 것 같아. 이런 곳에서 오래된 물건을 만지다가 터져버릴 수도 있는 거잖아."

"알았어."

말은 그렇게 했지만 나도 주용이처럼 그 오래된 브라운관을 만져보고 싶었다.

집 안에는 딱히 특별하다 할 만한 것이 있진 않았다. 그냥 평범한 한 회사원이 살았던 집과 같았다. 주용이도 그렇게 생각했다. 침실을 들어가기 전까지는 말이다. 주용이는 방이란 방은 다 들쑤시고 다니다가 어느 순간 한 방을 열고는 몸이 얼어붙은 듯 멈춰 섰다.

그 방에는 정말 갖가지 물건들이 다 있었는데, 유모차, 모빌, 유아용 침대, 그림책 등이었다. 그 물건들은 방에 발을 겨우 디딜 만큼의 공간만 남겨 두고 나머지 공간들을 빽빽이 채웠다. 그걸 주용이가 놀라며 말을 했다.

"우와 여긴 물건이 왜 이렇게 많은 거야?"

"창고인 거처럼 보이는 데 위치상 여기는 침실인데."

"침실로 쓰다가 창고로 쓰나 보지."

"그런가?"

그런데 그렇다 하기엔 물건들이 너무 깨끗하고 잘 보존되어 있었다. 마치 누군가 의도적으로 물건들을 정리하고 관리한 듯이 말이다. 다른 물건들에 비해 먼지도 안 쌓여 있었고, 무엇보다도 창고 물건들이라기엔 너무나도 가지런히 정렬되어 있었다.

그리고 가만히 물건들을 살펴보고는 조심조심 발걸음을 안으로 옮기던 주용이가 말을 걸었다.

"이거 뭔가 다 유아용 물건 같지 않아?"

"듣고 보니 그렇네"

"그럼 이 집 주인분이 아이를 키우면서 살으셨던 건가?"

"그런가 보다. 잠깐 근데 물건들이 한 아이가 쓸 만한 것들이 아닌데?"

"그렇네, 모빌을 달고 지낼 아이가 그림책을 읽을 수 있을 리도 없고 무엇보다도 저 유아용 미끄럼틀은 한 두 살 먹은 아기가 탈 건 아니지."

"그럼 집 주인분이 여러 아이를 키운 건가?"

"그렇겠구나."

　이렇게 단순히 생각하고 넘어가기엔 미심쩍은 부분이 있긴 했다.

　물건들이 특정 나이대 애들이 쓰기보다는 갓 태어난 아기가 유아기가 되기 전까지 쭉 쓰는 물건들을 모아둔 듯이 마치 물건들이 시간적으로 연속된 것처럼 느껴진다는 점이었다.

　그렇게 약간의 의구심을 가지고 방안을 깊숙이 들어갔을 때 사진들을 마주하게 되었다. 그 사진들은 한 아이의 어렸을 때의 모습을 담고 있었다. 그 아이가 점점 성장하는 사진들이었다.

　아기 때 금방 봤던 모빌에 누워 있는 사진부터 공놀이를 하는 대여섯 살 정도 보이는 아이이기까지 많은 사진들이 일렬로 나열되어 있었다. 그리고 그 사진들 끝엔 실로 충격이 나열되어 있었다.

　집주인으로 보이는 한 중년 아저씨와 일곱 살 정도로 보이는 한 아이가 같이 웃으면서 찍은 평범한 사진이었다. 물론 일반적인 사람들 눈에서만 말이다. 나에겐 그 사진이 충격이기만 하였다.

　사진 속 아저씨는 조금은 달라 보이긴 했지만 그건 세월의 차이일 뿐 내가 받은 기억의 주인과 동일하게 느껴졌다. 그리고 사진 속 아이가 나의 일곱 살 때 모습 즉, 기억이 삭제된 후의 내 모습과 너무나도 닮았었기 때문이다.

"이야, 너랑 되게 닮았다."

"너가 봐도 그렇지. 내가 봐도 그렇거든. 근데 왜 난 이 모습이 마치 내 모습처럼 느껴지는 걸까? 아니겠지?"

"당연히 아니겠지 임마. 그게 말이 되냐? 너일 리가 없잖아. 여기 제주도야. 정신 차려. 그냥 널 닮은 거겠지. 자세히 보면 너랑 좀 많이 달라."

"그렇겠지…."

억지였다. 내가 내 모습을 잘 알기에 나의 과거의 모습을 생각해 보면 그냥 도플갱어 수준이었다. 그 순간 큰 소리가 들렸다.

"누구야! 어떤 자식이 남의 집을 막 들어와?"

우리는 당장이라도 때릴 듯한 기세로 말을 하는 한 할머니와 눈이 마주쳐 버렸다.

"옳거니, 네놈들이 그 도둑놈들이구나. 딱 기다려라."

너무나도 격분한 목소리에 아무것도 하지 못하고 정말 몸이 굳어버렸다.

"네 이놈들!"

하고 야구방망이를 우리에게 휘두르려는 순간, 그 할머니는 잠시 멈칫하였다.

"너, 너,… 너 승윤이 아니니?"

"네?"

"승윤아, 승윤이 맞잖아. 승윤아, 내가 널 얼마나 찾아 다녔는데."

그 할머니는 때리려던 손을 내리고 화에 찬 목소리는 온 데 간 데 없이 구슬픈 목소리로 눈물을 흘리며 나를 꼭 껴안았다. 차마 아니라는 말은 못한 채 한참을 가만히 있다 조용히 말을 했다.

"저 승윤이 아니고 병현이에요. 집에 들어온 건 제가 실수로 이 집 주인분의 기억칩을 받았는데 순간적으로 그분의 기억을 보는 바람에 말씀은 드려야 할 것 같아서 이렇게 찾아왔습니다. 어쨌든 집에 들어온 건 잘못이니 사죄드립니다."

아까와는 전혀 다른 사람이 된 듯이 차분해진 분위기로 우리에게 말을 했다.

"그런 일이 있었군요. 근데 어쩌죠? 이 집 주인은 며칠 전에 세상을 떠났어요. 죽기 전에 자신의 고통뿐인 인생의 기억을 지우고 가고 싶다고 전해서 그 사람의 기억을 칩으로 빼내어 저장했던 거예요. 아마도 그렇게 유품이 그쪽 분에게 잘못 전달된 거 같아요."

"그런 일이 있었군요. 그런데 실례지만 누구시길래 이렇게 자세히 아시는 건가요?"

"제 소개가 늦었군요. 저는 승윤이 엄… 아 아니… 이 집 주인의 아내인 호성이라 합니다."

"아까 저한테도 지금도 그러시는데 혹시 승윤이가 아드님인가요?"

"네, 하나밖에 없던 아이였는데 어느 날 집을 가출했는지 납치를 당한 건지 집에 돌아와 보니 온 데 간 데 없더라고요. 겨우 일곱 살 된 애를 그렇게 잃고 나서 승윤 아빠도 시름시름 앓으면서 일도 못하게 되고 승윤이를 찾는데 일평생을 다 쓰다 떠났죠. 이 집을 고집하면서요."

"집이요?"

"이 집을 팔지 않고 계속 살고 있으면 승윤이가 나중에라도 찾아올지도 모른다고 하면서…."

그렇게 할머니께서는 차마 말을 다 이어가지 못하고 눈물을 흘리기 시작했다. 할머니의 말을 듣고 나니 집의 외관과 유아용 물건들에 대한 애정 등이 다 이해되기 시작했다.

그런데 계속 마음속에 무거운 돌을 얹어 놓은 듯한 느낌이 들었다.

그렇게 찝찝한 채로 떠나려는 순간에 오른쪽 주머니에 있던 것이 나를 가볍게 만들어 주었다. 바로 주인분의 생체 칩이었다.

이걸 보는 순간 원래 목적대로 내 칩을 찾으러 가야 한다는 생각이 나를 아무 생각도 하지 않게 만들었다. 그렇게 칩을 원래 있던 저장소에 다시 저장해 놓겠다는 약속을 하고 주용이와 함께 집으로 돌아왔다.

집에 도착하자 주용이가 피곤하다며 집으로 가버렸다. 그렇게 주용이와 헤어지고 나서 칩 저장소에 가서 또다시 그 복잡한 절차를 거쳐 칩을 원래 있던 자리에 돌려놓고 나의 칩을 되찾았다. 나의 칩을 받고도 몇 번이곤

"제 칩 맞는 거죠?"

를 반복하여 확인한 후에야 안심하고 칩을 몸속에 넣었다. 이번엔 정말 주용이 말대로 퍼즐이 맞춰지는 듯한 느낌이 들었다. 비록 그 퍼즐이 악몽으로 뒤덮인 그림이었지만 말이다.

기억이 다 들어온 순간 정말 화와 안타까움과 눈물이 동시에 모두 발생하였다. 폭발할 듯한 이 감정을 분출해야 할 적절한 장소는 바로 내 집이었다.

집에 들어오자마자 진정하지 않은 채 분노를 분출했다.

"아버지!! 아버지!! 어디 있어요!! 당장 나와요."

"왜 그러니? 무슨 일이야 우리 아들?"

"아들이라 부르지마. 당신은 악마야. 당신만은 결코 용서치 않을 거야."

"왜 그러니? 나 방금 칩 넣고 왔어. 나 이제 주민등록번호 나왔잖아. 기억 되찾는데 나 혼자서도 가능하더라고. 근데 그 기억 속에서 당신을 봤어 정말 끔찍했지만 말이야."

"알게 되었구나.... 병현아, 실은 차차 다 말하려고 했다. 아직은 너가 덜 성숙해서 이걸 다 받아들이기엔.."

"헛소리 하지 마. 당신은 악마야. 어떻게 그걸 이렇게 오래 숨길 수가 있어? 그러고도 당신이 인간이야? 뭐? 말을 하려했다고? 가능한 한 끝까지 숨기려 했겠지. 그건 내 정신 상태가 어떻든 받아들일 수 없는 범죄라고!!"

"병현아…. 이 애비의 맘을 이해해 줄 순 없니?"

"병현이라 부르지 마. 난 당신이 만든 가짜가 아니야. 난 승윤이라고. 그리고 당신은 내 아빠도 아니야. 당신이 진짜 내 아빠로부터 나를 앗아갔잖아. 그러고도 내 아빠 행세가 하고 싶은 거야?"

"이 아빠도 다 생각이 있어서 그런 거야. 너도 듣고 나면 다 이해가 될 거야."

그렇게 아빠 나를 최대한 차분한 상태로 만들고 진지하게 이야기를 이어나갔다. 하지만 이야기를 듣는 내내 난 여전히 겉으론 보이지 않는 배신감과 분노가 속을 꽉 채우고 있었다.

"이 아빠는 아내가 있었다. 내 꿈은 단순히 아내와 그 아이를 키우는 것뿐이었어. 하지만 너도 알다시피 이 2040년대는 지독한 환경오염과 환경호르몬으로 정상적인 아이를 낳는 게 너무나도 극악의 확률이었어. 하지만 우리는 그걸 각오하고도 아이를 낳았었다. 그렇지만 우리에겐 기적이 일어나지 않았어."

"아이는 기형아로 태어났고 우리는 조금은 낙담했지만 나는 꿋꿋이 이겨내리라고 다짐하고 마음을 굳게 먹었지. 근데 내 아내는 그게 아니었나봐. 바로 다음날 아이와 같이 투신을 했더라고. 그때 난 이미 죽었었어. 아내의 죽음은 내 평생의 희망이자 평범했던 꿈인 가정을 꾸리고 오래오래 살겠다는 것을 무너뜨렸지."

"근데 말이야 그곳에서 너와 너희 가족을 본 거야. 나는 이렇게 힘들게 살았지만 무너졌는데 너희 가족의 모습은 너무 행복해 보였어. 그 모습이 시기질투가 나기도 부럽기도 해서.. 그래서 그런 거야. 그래서 너를 뺏어 나의 아들이라 생각하고 키운 거야. 나만 불행하고 너희 가족만 행복하면 그건 불공평한 거잖아."

"그래도 난 널 정말 내 아들이라 생각하고 키웠다. 이 아버지의 사랑은 절대 허구가 아니야. 그러니 이 아빠의 작고도 유일한 행복인 네가 나를 한 번 이해해 주면 안되겠니?"

그 말을 듣고 나서 아버지의 상황이 딱하긴 했으나 전혀 이해가 되지 않는 논리였다. 그래서 깊은 고민 끝에 큰 결정을 내렸다.

"아버지의 소망이 아직도 나와 사는 건가요?"

"당연하지. 난 널 아직도 내 진짜 아들이라 생각하고 있어."

"그렇다면 내가 사라질게요."

"뭐?… 그게 뭔 소리니?"

"당신의 소망에 응하지 않겠다는 겁니다. 당신의 딱한 사정은 알겠으나 당신이 정말로 나를 위하고 생각했다면 나에게 칩을 넣어 그 사실을 알도록 해야 했습니다."

"그건 네가 그 사실을 알면 나를 버리고 도망칠까 봐 그런 거였다. 제발… 아들아…."

"예, 더 이상의 핑계와 변명은 듣고 싶지 않습니다. 당신이 내 행복했던 가정을 앗아갔고 그 사실을 은닉하려고 했다는 점에서 당신은 아버지 자격이 없습니다. 그래서 이런 결정을 내린 겁니다. 지금까지 버리지 않고 거둬 주셔서 감사합니다."

"잠깐 아들아…. 정말 나랑 행복하게 지내자는 그 작은 부탁을, 소망을 이뤄줄 순 없는 거니?"

"당신도 아들과 행복하게 지내는 게 전부였던 한 가정을 파괴했지 않았나요?"

그렇게 나는 집을 아니, 그곳을 떠났다.

소설은 2040년에서 펼쳐질 수 있는 미래의 환경과 그 환경에 따라 나타날 수 있는 사람들의 생활양식과 모습을 다뤘다.

지금 개발 중인 단계는 생체 칩이 영양분을 담는 것이고, 칩 속에 카드나 현금 정보를 담아 만드는 정도였다. 여기서 글감을 얻어서 생체 칩을 소재로 하여 그것에 기억을 담는 식으로 글을 전개해 나갔다.

글을 쓰면서 마구 떠오르는 생각들이 나로 하여금 즐겁게 해주었고, 그 생각들이 모이면 앞으로 살아갈 2040년이 만들어질 수도 있겠구나 하고 생각하게 되었다. 생각들 중 정말 몇몇은 현실 가능성이 충분히 있는 내용이기에 글을 쓰면서도 더욱 설레었다.

소설의 배경이 되는 모습에는 현재에서는 볼 수 없거나 개발진행중인 기술 등을 담았다. 그 예시가 주인공 일행이 오고가는 데 탄 하이퍼루프였다. 물론 긍정적인 면만을 담은 것은 아니었다.

글 속에는 2040년쯤에는 충분히 있을 법한 사회적 문제도 다루었는데 그것이 바로 환경오염으로 인한 임신의 불완전성이었다. 사회 문제로 어떤 것이 있을까 생각하던 중 고른 것이기에 그 과정은 상당히 오랜 시간이 걸렸다.

그 과정이 시간 때문이 아닌 상상하는 나에게 고통을 주기도 하였는데 이는 정말 끔찍한 상황까지 가정해 보고 생각해 봤기 때문이다. 그리고 그 상황들의 대부분이 환경 문제를 기반으로 하였다.

최근 읽은 책들이 모두 기후변화나 지구온난화 관련된 내용이어서 그런지 환경에 대한 경각심을 글을 쓰는 순간순간 그리고 생각하는 순간에도 느꼈다. 글의 장르를 굳이 분류하자면 스릴러와 추리형이었다.

스릴러라는 장르는 내가 가장 좋아하는 영화 장르이기도 하며 가장 많이 본 영화 장르이기에 글을 쓰는 데 익숙했고 보기만 했던 스릴러 작품을 직접 써본다고 생각하니 막연함보다는 기대감이 더 크게 느껴져 글을 쓰는 데 편했기 때문이다.

그래서 그런지 글을 쓰면서 이 글이 영화 시나리오로 쓰일 거라고 종종 착각하기도 했다. 그래서 글에 영화에서 쓰일 법한 장면도 종종 있었다. 그리고 추리형을 택한 이유는 소설을 읽으면서 독자들이 반응을 하기를 바랐기 때문이다. '앞으로 어떤 일이 있으려고 이런 일이 벌어지는 거지?'하고 생각을 하고 추리하면서 읽어주기를 희망하고 그런 모습들을 상상하며 글을 썼다.

그런데 이런 장르의 특징이 뻔한 스토리 전개나 인물들이 등장하면 독자들이 오히려 '또 이거네.' 혹은 '뻔하다. 이 다음엔 이렇겠지..' 등의 실망스러운 반응이 나오기 쉽기 때문에 잘 짜여진 스토리와 반전 그리고 문구들이 필수적이었다. 그런 스토리를 만들고 구상하는 것, 그리고 문구들을 흡입력 있게 쓰는 게 글을 쓰면서 가장 고민이 되던 부분이었다.

그렇게 힘든 과정을 거쳐서 글을 써보았고 앞으로의 나의 미래는 어떨 것이며 사회의 분위기는 어떨 것인지 생각하며 시간을 보내서 그런지 행복했던 순간이 더 많았던 글쓰기 과정이었다.

그렇게 서투르지만 나름 쓰면서 재미를 느꼈던 나의 첫 소설을 완성시켰다.

숨가쁜 흉부외과

슬기로운 흉부외과

2학년 김상희

나는 평소와 다름없이 한국 대학교 병원으로 출근했다. 내 진료실 문에 달린 팻말도 평소와 다름없이 나를 맞아주었다. 흉부외과 전문의 OOO. 2040년 11월 10일. 그리고 예약자 명단. 11월 10일이라는 말을 보고 문득, 두 달 뒤면 38살이구나. 하며 살아온 삶을 되짚어 본다.

　고등학교 시절 재수는 절대 하지 않겠다는 마음으로 쪽잠을 자며 열심히 공부했고 내 바람대로 의과대학에 입학하게 되었다.
　대학에 들어오면 고등학교 때보다 좀 더 편하게 공부할 것 같았지만 그간의 공부는 아무것도 아닌 엄청난 양의 공부가 쏟아졌다. 그렇게 정신없이 공부하다가 군대를 갔다 오니 시간은 훌쩍 가 있었고 그 시간을 견디다 보니 작년에는 드디어 흉부외과 전문의가 되었다.
　내가 흉부외과를 지원했을 때 주위의 많은 사람들이 그 힘든 흉부외과를 왜 가냐며 다른 과를 지원하는 것이 어떠냐는 말이 많았다.
　맞다. 흉부외과는 국내에서 레지던트 지원율 최하위, 대표적인 기피과라고 할 수 있는데 심장과 폐와 같은 장기 전반을 다루기 때문에 수술 하나하나가 대형 수술이자 매우 어렵고 까다롭고, 사소한 것 하나라도 실수하면 환자의 생사가 왔다 갔다 할 수 있어서 의료 분쟁에 휘말릴 가능성도 높고, 거의 매일 수술실, 응급실, 중환자실에 틀어박혀 살다시피 해야 하기 때문이다.
　내가 흉부외과 의사가 된 것은 고등학생 때 본 기사 때문이었다. 출발시간보다 3분 늦춘 ktx를 타고 심장을 운반한 끝에 극적으로 성공한 심장 이식 수술. 그 수술로 한 소방관의 삶을 구해낸 기사를 본 이후 흉부외과 의사가 되기로 결심했다.

누군가의 생명을 지키기 위해 기차 출발 시간까지 늦춰가며 심장을 운반하고, 수십 시간에 걸친 정교하고 고된 수술 끝에 다른 누군가의 생명을 살리는 사람. 큰 꿈이 없던 나의 가슴속에 무언가 꿈틀거리기 시작했고, 그 꿈틀거림이 뜀박질이 되어 지금까지 달려왔다. 인턴 시절, 흉부외과에서 심장 이식 수술을 직접 볼 기회가 생겼고 역시 흉부외과로 가야겠다며 결심을 굳혔다.

평소처럼 환자 진료를 보고 예정된 수술을 한 후 잠시 쉬고 있을 때 응급실에서 콜이 왔다.

"선생님, 지금 흉통이 심한 환자가 들어왔는데 급히 봐주셔야 할 것 같아요."

우리 병원에는 아직 흉부외과 레지던트가 없어서 이런 업무는 다 나의 몫이었다. 환자를 만나러 급히 응급실로 내려갔고 환자를 보는 순간 놀람과 안타까움을 느꼈다. 그 환자는 1년 전 내가 전문의가 되고 나서 처음 진료했던 환자였기 때문이다.

작년 이맘때였다. 전문의가 된 후 첫 출근 날, 나는 설렘과 기대감으로 들떴다.

'내가 정말로 전문의가 되었구나.'

내 전문의 경력의 첫 환자는 기흉으로 찾아온 고등학교 2학년 학생이었다. 기흉이란 공기주머니에 해당하는 폐에 구멍이 생겨 공기가 새고 이로 인해 흉막강 내에 공기나 가스가 고이게 되어 폐가 쪼그라드는 질환이다.

기흉은 젊고 키가 크며 야윈 남자에서 특징적으로 잘 발생하는 질환이고 흉통과 호흡곤란이 주요 증상으로 나타나게 된다. 마찬가지로 그 남학생은 180cm에 가까운 키에 빼빼 마른 몸매였다.

나는 학생에게 물어보았다.

"언제부터 가슴이 아팠니?"

"3일 전부터 마른기침이 계속 나오고 가슴이 답답하고 숨쉬기가 힘들었어요. 근데 어제 시험 치면서 가슴이 터질 것처럼 아파서 응급실로 실려 왔어요."

학생이 대답했다.

그 학생은 2학년 2학기 기말고사를 치르고 있었고 3일간의 시험 기간 동안 계속 통증을 참으며 시험을 쳤다. 시험 마지막 날 더 이상의 통증을 참지 못하고 시험을 치던 도중 쓰러져 병원으로 오게 된 것이다.

"X-RAY 사진 좀 보여주세요."

옆에 있던 간호사에게 말했다.

사진을 들여다보니 기흉이 분명했다. 당장 심장이나 주요 혈관을 압박할 정도는 아니지만 크기가 다행히 작은 편이라 오늘은 산소 치료를 하면서 경과를 지켜본 후 내일 흉관삽입술을 해야 할 것으로 보였다.

"일단 오늘은 고농도의 산소를 투여하며 기흉의 흡수를 기다려보고 내일 폐에 관을 집어넣는 시술을 할 건데 이거 하고 나면 좀 괜찮아질 거야."

"네."

학생이 힘없이 대답했다.

"가슴 통증이 심했을 텐데 왜 바로 병원에 오지 않았니?"

"제 목표가 서신대 컴퓨터학과에 입학하는 건데 이번 시험이 너무 중요하거든요. 기말고사 칠 때까지만 참으면 된다고 생각했어요."

"그랬구나. 그렇게 심한 통증을 참다니 정신력이 대단하구나. 하지만 앞으론 심한 가슴 통증이 있다면 바로 병원을 찾거라. 생명보다 중요한 건 없지 않겠니."

옆에서 보고 있던 학생의 어머니가 울먹이며 얘기했다.

"선생님 제 잘못이에요. 요즘 시험 스트레스로 밥도 잘 안 먹고 매일 밤새며 공부할 때 제가 좀 더 신경 써서 먹이고 공부도 적당히 하라고 했어야 했는데..."

나는 헛기침을 한 번 한 다음 보호자를 안심시키려고 노력했다.

"젊은 남성의 자연 기흉은 주로 흡연으로 생기거나 폐가 성장 속도를 따라가지 못해 생기는데 최근 10대 후반 친구들이 지나친 스트레스와 영향 불균형으로 많이 생기고 있어요. 학생은 후자의 이유가 큰 것 같군요. 일단 내일 흉관 삽입술을 진행해 보고 경과를 지켜보겠습니다만 정도가 심하지 않으니 너무 걱정하지 마세요."

"네 선생님."

나는 혹시라도 통증이 심해지거나 하면 즉시 간호사를 호출하라는 말과 함께 빙긋 웃으며 학생의 머리를 쓰다듬어 다시 한 번 그들을 안심시키려고 했다. 그곳에서 나온 후 나의 눈앞엔 응급실 침상에 늘어져 힘없이 고개를 떨구고 있는 학생의 모습이 계속 아른거렸다.

집으로 돌아와서도 한동안 그 학생이 갑작스럽게 찾아온 질환에 좌절하고 있는 모습과 그 어머니의 모습이 계속 떠올랐다. 그 학생의 상황이 내 고등학교 시절 친구와 너무나도 많이 닮아 있었기 때문이다.

내가 고등학교 2학년 2학기 때였다. 기말고사를 4일 동안 치르고 있었는데 3일째에 갑자기 나의 앞에 있는 친구 a가 가슴 쪽을 붙잡고 큰 비명을 지르며 쓰러졌다. 그 친구는 시험이 끝나고도 몇 주 동안 학교에 나오지 못했다. 선생님께 여쭤보니 기흉 판정을 받았다고 했다.

a는 우리 학교에서 매우 공부를 잘하던 학생이었고 고통을 참으면서 시험을 치는 바람에 기말고사를 망쳤다. 그가 다시 학교에 나왔을 때 그는 망연자실한 표정이었다.

"좀 괜찮니?"

내가 물었다.

"아니."

a가 답했다.

"이제 난 어떡하지? 이번 시험을 망치는 바람에 내가 목표하는 대학에 수시로는 갈 수 없게 되었어. 이 목표를 위해 그동안 시험을 얼마나 열심히 준비했는데, 이 망할 폐가 터지는 바람에 모든 게 다 물거품이 되어 버렸어."

a는 말을 마치고 눈물을 터뜨렸다.

나는 그동안 a가 얼마나 열심히 공부했고 얼마나 그 대학에 가고 싶어 했는지 알기에 어떤 위로의 말도 통하지 않는다는 걸 알고 있었다.

그 학생도 a와 마찬가지의 심정일 것이라 생각하니 너무 안타깝고 마음이 아팠다. 다음날 아침 일찍 나는 학생을 찾아가 X-RAY 사진을 다시 확인한 이후 흉관 삽입술을 시행하기로 하였다. 시술은 국소 마취로 시행하고, 진통제를 투여한 후 갈비뼈 사이에 1cm 크기의 절개를 한 뒤 수술용 기구를 이용해 흉관에 구멍을 뚫고 흉관을 삽입해 고정시켰다. 시술은 잘 끝났다.

"시술은 성공적으로 잘 끝났어. 경과를 보고 일주일 뒤 퇴원하면 될 것 같아."

"저 선생님… 그렇게 심각한 병은 아니죠?"

학생이 물었다.

"그럼, 기흉은 너처럼 키 크고 마른 사람들에게 흔히 생겨. 네 또래의 친구들에게도 많이 생긴단다. 기흉은 재발확률이 높아서 앞으로 조심해야 해. 일차 발병 후 재발확률이 약 50% 정도이고, 일단 한번 재발하면 재발확률이 점점 높아지고, 대부분 첫 발병 이후 2년 안에 생기니 항상 조심해야 하고, 당분간 비행기는 타면 안 돼."

"잘 알겠습니다. 선생님. 감사해요."

며칠간 학생은 6인실에서 지내며 치료를 받고 잘 회복하여 무사히 퇴원했다. 학생이 퇴원한 후, 나는 간절히 그 학생이 다시는 흉부외과에 오지 않기를 바랐다. 적어도 그 친구가 대학을 가기 전까지 만이라도. 그 간절한 바람은 소용없었다.

모든 것을 포기한 듯한 표정으로 응급실 침상에 누워 있는 그 학생을 다시 마주한 나는 머릿속이 하얘졌다. 수능이 일주일도 남지 않은 시점에서 그의 삶에 다시 침입해 온 기흉은 그에게 절망 그 자체일 것이다. 아마 그는 수능을 치르지 못하게 될 것이다. 나는 참담한 기분을 씹으며 그 학생을 다시 진단하기 시작했다.

a는 기흉이 발생한 후에 다행히도 수능을 잘 쳐서 정시로 목표 대학에 가게 되었다. 그러나 그도 대학에 입학한 후 기흉이 재발해 수술을 했었다.

나는 오랜만에 안부도 물을 겸 점심시간에 a에게 전화를 걸었다. 서로 이런저런 안부 이야기, 옛날이야기를 하다가 그 학생에 대해 이야기했다.

"어제 고등학생 환자 한 명이 들어왔는데 너처럼 시험 치다가 기흉으로 응급실에 왔어. 그 학생을 보니 네가 너무 생각나더라. 너 그때 육체적으로도 정신적으로도 많이 힘들었지? 그때 어떻게 마음을 다잡고 다시 공부할 수 있었어?"

"그때 나를 수술해 주신 교수님의 말씀에 힘을 얻었지."

"그 교수님이 뭐라고 하셨는데?"

"흉부외과에 있으면 하루에도 수십 명의 위급한 환자들을 만난다. 그 환자의 질병과 마주하면 의사로서 할 수 있는 부분이 있고, 능력을 넘어서는 부분도 있다. 다행히 기흉은 충분히 극복 가능한 질병이고 잘 관리하면 재발을 막을 수 있으니 너무 걱정하지 말고 현재에 최선을 다하자고 하셨지. 그때 그 교수님의 말씀이 너무 진심으로 와 닿아서 용기를 내 다시 꿈을 향해 나아갈 수 있었어. 너도 그 학생에게 의사로서 진심 어린 조언을 해준다면 분명히 힘을 얻을 수 있을 거야.”

“그래, 고맙다. 너의 조언이 큰 도움이 되었어. 또 연락할게.”

a와의 통화를 마친 후 응급 콜이 와서 난 또다시 응급실로 내려갔다.

‘이번에는 또 어떤 환자를 만나게 될까?’

하루에도 수십 통의 콜과 수십 명의 환자, 그리고 수술이 나를 기다리고 있고 힘든 순간도 많지만 나를 통해 환자가 죽음의 위기를 벗어나 평소의 건강한 모습으로 돌아가는 모습을 보면 흉부외과 의사만이 느낄 수 있는 자긍심이 생기고 고된 업무를 보상받는 듯한 기분이 든다.

다음날 나는 밤새 그 학생의 수술실에 들어가기 전 수술이 끝나면 학생에게 무슨 말로 조언해 줄지 고민하다가 손을 씻으며 마음속으로 다짐했다.

‘다 잘 될 것이다.’

현재 저는 의사가 되고 싶다는 꿈을 꾸는 고등학교 2학년입니다. 얼마 전 지인이 기흉으로 입원했다는 소식을 듣고 꽤 큰 충격을 받았습니다. 솔직히 그때까지는 기흉이라는 게 뭔지도 잘 몰랐습니다.

　그래서 기흉이 뭔지 찾아보았고 최근 들어 고등학생들에게 생각보다 많이 생기는 질병이라는 것을 알게 되었습니다. 그 원인이 신체의 성장 속도를 폐가 따라가지 못해서 생기는 거라는데 요즘 학생들의 불규칙적인 식습관과 수면 습관, 학업 스트레스 등이 그 이면의 이유일 수도 있겠다는 생각을 하며 기흉이란 주제로 글을 써보게 되었습니다. 먼저 저부터도 시험기간이 되면 예민해져서 밥도 잘 못 먹고 시험 스트레스를 은근히 많이 받는 편입니다.

　얼마 전 심리학 시간에 스트레스를 주제로 조사를 한 적이 있는데 스트레스에는 좋은 스트레스와 나쁜 스트레스가 있고, 스트레스는 매우 다양하고 복합적인 요인들로 발생한다는 사실을 알게 되었습니다.

　나쁜 스트레스가 계속 쌓이게 되면 기흉 뿐만 아니라 다른 여러 가지 신체적 질병에도 취약해질 것이고 스트레스를 잘 다뤄야만 활기찬 생활을 할 수 있다고 느꼈습니다. 학생들이 자기 나름의 건전한 스트레스 관리법을 터득하여 슬기로운 고등학교 생활을 보냈으면 하는 바람입니다.

　또한 기흉이란 주제로 질병에 대해 조사하며 흉부외과 의사의 역할을 알게 되었고 '유퀴즈온더블럭'에 나온 흉부외과 송석원 교수님에 대한 영상을 보게 되었습니다. 슬기로운 의사생활에서 김준완 역의 실제

모델이라고도 했습니다. 그 영상 속에서 어떤 경우에도 의사가 포기하지 않는다면 그 환자는 반드시 살 기회가 있다며 의사로서의 사명감을 전해 감동을 주었습니다.

이 글을 준비하며 기흉은 누구에게나 예고 없이 찾아올 수 있겠다고 느꼈으며 동시에 참된 의사의 자세가 무엇인지 고민해 보는 계기가 되었습니다.

히포크라테스와의 대화

외상외과 전문의의
회고록

2학년 박준우

중증외상센터 전문의가 된 지도 어느덧 3년이 되었다. 중증외상센터는 사고 등으로 인해 생사의 갈림길에 선 사람들이 오는 곳이기에 3년 동안 병원에 있을 때면 한시도 눈을 돌릴 수가 없었다. 이런 힘든 병원 생활을 버틸 수 있게 해주는 것은 의식 없이 실려 오던 환자가 두 발로 걸어 나갈 때 느끼는 보람 말고는 없는 것 같다. 제대로 된 응급 체계가 없어 환자 이송에만 오랜 시간이 걸려 골든타임을 넘기는 일이 비일비재한 이곳에서 행복을 느끼기란 쉽지 않다.

　오늘은 세미나에 참석한 뒤, 그러니까 점심시간쯤 되었을 때 버스가 다리에서 추락한 사고가 났다. 참사 현장에서 승객 20명 중 가까스로 살아남은 3명만이 우리 병원으로 이송되었다. 내가 맡은 환자는 앞좌석에 몸을 부딪혀 심장이 파열되기 직전인 환자였다.

　중증외상센터는 이런 죽음을 눈앞에 둔 환자들이 오는 곳이므로 수술실 내에서 긴장의 끈을 한시라도 놓으면 돌이킬 수 없는 상황이 발생한다. 예를 들자면, 수술 장갑을 쓰고 모든 복장을 갖춘 다음에는 얼굴이 간지러워 긁기만 해도 환자의 감염 위험이 있을 정도이다.

　이 정도로 사소한 일 하나 때문에 환자가 죽는 이곳에서 수술실 내 상황은 아주 급박하게 돌아간다. 나도 내 실수 하나 때문에 환자가 죽을 수 있다는 생각을 가지고 절대 긴장을 놓지 않는다.

　심장 파열 직전의 환자는 그야말로 죽다 살아났다. 최대한 빠르게 처치했음에도 불구하고 파열이 임박했고, 파열 직전에 집도의인 교수님이 빠르게 파열 부위를 봉합해서 파열을 막을 수 있었다. 그 후 골절

등의 비교적 사소한 외상은 순조롭게 처리되었고, 장장 6시간에 걸친 수술은 가까스로 마무리되었다.

수술을 마무리한 후 같이 수술한 팀과 조촐한 식사를 했다. 보통 수술을 마무리한 후에는 미처 못 한 식사까지 푸짐하게 할 거라고 생각하지만, 수술이 잘 끝난 후에도 예상치 못한 후유증이나 감염 등으로 환자가 위험한 상태가 되는 사태가 이곳 중증외상센터에서는 한두 번이 아니기 때문에 환자 관찰도 수술만큼이나 중요하다.

환자는 그 후 몇 주가 지나자 스스로 거동하는 것이 가능해졌다. 물론 심장이 파열되기 직전까지 갔으니 그 후유증으로 인해 평생 약해진 심장을 안고 살아가야 할 것이다. 나와 집도의 교수님은 그런 환자에게 좀 더 완벽히 치료해 주지 못해서 미안하다는 말을 전했다.

하지만 환자는 그런 우리에게 조금만 잘못되었어도 바로 죽었을 자신을 살려 준 것만으로도 감사하다는 말을 전해 주었다. 마지막으로 환자가 퇴원할 때 우리 팀은 환자와 찍은 사진을 남겼다. 파열 직전인 심장을 안고 의식이 없는 채 이송되어 오던 환자가 스스로 일어서 있는 사진을 남기는 것이다.

중증외상센터에서의 숨 막힐 정도로 거센 업무 강도는 이렇게 퇴원하는 환자와의 사진을 남기는 것, 그것을 보고 한 사람의 생명을 살렸다는 행복감과 보람을 느끼는 것으로 어느 정도 버틸 수 있다.

하지만 중증외상센터에서 일하는 것은 수술과 환자 관찰보다 더한 스트레스가 따른다. 바로 예산 초과에 의해 상부에서 가해지는 압박이다. 중증외상센터는 죽기 직전의 환자를 살려야 하는 과의 특성상 엄청난 예산이 투입될 수밖에 없다.

특히 심한 사고를 당한 환자의 경우에는 인조 혈관 등의 고가의 의료 장비가 사용될 수밖에 없고, 진단 장비도 세밀한 진단이 가능한 장비를 사용하여 미처 발견하지 못한 외상도 발견할 수 있어야 한다. 하지만 병원 측은 경제적인 이익이 적다는 이유로 중증외상센터에 별다른 투자를 하지도 않고, 그렇다고 많은 예산을 할당해 주지도 않는다.

버스 사고로 인해 입원했던 환자 3명이 모두 퇴원한 후, 병원 상부 측에서 어김없이 환자의 수술에 사용된 장비 등으로 인해 예산이 초과 되었다며 압력이 가해졌다. 상부의 압력이 있을 때마다 3년차인 나는 이제는 익숙하다는 생각이 들기도 하지만, 한편으로는 경제적 이익을 따지듯이 사람의 생명도 따질 수 있는 건지 의문이 들고 여전히 화가 나기도 한다.

이대로 가다가는 살릴 수 있는 환자도 예산 부족 때문에 장비를 마련 하지 못하여 억울하게 죽어 갈 것이다.

우리 센터의 리더인 교수님은 오래전부터 중증외상센터에 투자를 하 지 않고, 예산도 별로 할당해 주지 않는 병원 측을 상대로 예산 배정의 변화를 요구해 왔다.

하지만 그때마다 돌아오는 것은 경제적 이익도 별로 나지 않는 중증 외상센터에 많은 예산을 할당하는 것은 어렵다는 병원 측의 답변 뿐이 었다. 생과 사의 최전선에 서 있으면서 계속 고된 업무를 하는 우리를 병원 측은 그저 골칫덩어리로 여긴다는 것이다.

사람의 생명을 살린다는 것이 존엄한 일이라는 것은 절대로 부정할 수 없는 사실이다. 그렇다면, 그 정도로 존엄한 일을 하는 우리들이라 면 충분히 그에 맞는 대우를 받아야 하는 것이 아닌가. 오늘따라 유난 히 그런 생각이 머릿속을 떠나지 않았다.

내가 중증외상센터에 온 것은 의사로서, 사람의 생명을 가벼이 여기 며 그저 돈놀이만 하는 의사가 아닌 사람의 생명을 존엄히 여기며, 생 명을 살려 내는 진정한 의사가 되고 싶어서였다. 그래서 대학 동기들이 사람의 생명을 직접 다루지 않는 성형외과나 피부과 등으로 빠져나갈 때 나는 당당히 외상외과를 선택하여 지원할 수 있었다.

물론 사람의 생명을 살리고, 그 후에 따라오는 보람과 행복감만으로도 지금의 직업에 충분히 만족한다. 하지만 사람을 살린 후 따라오는 병원 상부의 압력을 받을 때면 겉으로는 이젠 익숙하다고 말하기는 하지만 그때마다 받는 상처를 견뎌내기는 힘들다.

사람의 생명을 살린 후 따라오는 취급이 고작 예산 운운하며 우리 센터를 골칫덩어리로 보는 것일 때면, 지금까지 내가 대학에서부터 의학을 공부해 오며 내가 쌓아 왔던 가치관을 완벽히 부정당하는 기분이 든다. 앞으로 언제까지 이런 압력을 감당해야 할지 모르겠고 그저 막막하기만 하다.

하지만 전국적으로 화제가 되었던 버스 전복 사고의 유일한 생존자였던 3명이 중증외상센터에서 수술을 받은 후 무사히 퇴원했다는 소식이 전해지자 다수의 국민이 중증외상센터에 관심을 기울이기 시작했다.

또한 많은 후속 기사를 통해 지금까지 있었던 다수의 사고 현장에 우리 중증외상센터가 기여했다는 소식이 전해지자 더욱 더 반응이 뜨거워졌고, 센터장인 교수님은 여러 취재 인터뷰와 프로그램에 출연 제의를 받고, 전 국민에게 중증외상센터의 현실과 어려움을 토로하였다.

결과는 아주 성공적이었다. 중증외상센터에 관심을 가지고, 더 이상 억울하게 죽어 가는 사람들이 없도록 해야 한다는 시민들의 도움으로 여러 청원이 등록되었으며, 모금 운동을 통해 중증외상센터에 많은 예산이 들어오게 되었다.

전국적인 도움으로 인해 중증외상센터가 가장 큰 어려움을 겪었던 환자 이송을 위해서 헬기가 도입되었다. 사고의 특성상 산이나 외진 곳에 있는 군부대에서 발생하는 사고가 많이 있는데, 그럴 때마다 구급차로 접근하기가 어려워 골든타임을 놓치고 사망하는 사람들이 한둘이 아니었다. 하지만 이제 헬기가 도입되면서 구급차로 접근하기 어려운 지역까지 가서 환자들을 구조하여 이송할 수 있게 되었다.

그 결과 우리 중증외상센터를 방문하는 환자들의 생존율이 크게 증가하였다. 나와 팀원들은 병원으로 이송되지도 못하고 죽어 가는 환자가 크게 줄었다는 것을 깨닫고 기쁨의 눈물을 흘렸다. 내가 대학에서부터 공부하면서 쌓아 온 환자의 생명을 살리는 것은 무엇보다도 존엄하다는 가치관이 마침내 인정받는 순간이기도 했다.

하지만 한편으로는 불안감이 엄습해 왔고 이는 교수님과 우리 팀원들 모두 마찬가지였다. 그 이유는 바로 국민들의 관심이 계속해서 유지되지는 않을 거라는 것이었다. 여러 가지 자극적인 뉴스가 범람하는 시대에 중증외상센터에 계속해서 관심을 가지고 모금하며 도와주는 사람들이 절대로 많지는 않을 것이다. 게다가, 우리 센터가 눈에 띌 만한 성과를 내지 못한다면 중증외상센터는 국민들의 기억 속에서 잊혀져 갈 것이 틀림없다.

많은 사람들의 기억에서 잊혀져 간다면 결국 예전처럼 예산은 부족하게 되고, 그에 따라 사람의 생명을 살리고도 상부의 눈치를 보게 될 것이다. 이러한 악순환을 끊어 내기 위해서는 사람들의 지속적인 관심이 필요하다.

사람의 생명보다 더 존엄하고 귀중한 것은 없다. 이러한 사람의 생명이 경제적 이익을 따져 가면서 저울질하는 대상이 되지 않도록 보다 많은 사람들이 우리 중증외상센터에 관심을 가지고 지속적으로 도움을 주기를 바라지만, 국민들의 지속적 관심을 받기에는 어려운 실정에 있다는 것은 틀림없었다.

무엇보다도 이 문제에 대해서 진지하게 고민한 사람은 교수님이었다. 교수님은 어릴 적 집안 형편이 가난해서, 아버지가 공사장 인부로 일했다고 한다. 교수님이 고등학교에 다닐 때쯤, 평소처럼 아버지와 함께 집에 가기 위해 공사장으로 갔을 때 사고를 당해 쓰러져 있는 아버지를 보았다고 했다. 아버지는 그 후 병원으로 옮겨졌으나 죄다 이 정도의 외상은 보지 않는다며 병원이 거절하고, 결국 돌아가셨다고 한다.

하지만 의과대학에 입학하여 공부를 해보니 아버지가 당한 부상이 수술로 치료가 가능했다는 생각을 하게 되고, 외상외과 전문의가 부족하여 아버지처럼 수술이 가능함에도 불구하고 죽게 되는 불상사가 더 이상 일어나지 않으면 좋겠다는 생각에서 외상외과 전문의가 되었다고 한다.

교수님도 이렇게 확고한 신념을 가지고 외상외과 전문의가 되었지만, 이런 문제로 고민할 때마다 자신의 가치관이 흔들리는 것 같아서 고민하고 있다고 한다. 무려 경력이 10~20년이나 되는 고참 의사조차도 끊임없이 고민하고, 위기 상황에 놓이는 힘든 상황에 놓여 있는 중증외상센터를 구하기 위해서는 지속적인 사람들의 관심이 필요하다는 것을 다시 한 번 전하며 이 글을 마친다.

위 글은 나의 진로인 외상외과 의사로 살아가고 있는 나의 미래 모습을 쓴 글이다. 위 글에서 나오는 예산 부족으로 인한 상부의 압력 등은 실제 우리나라에서도 있는 일이다. 대표적인 예로, 중증외상센터장 이국종 교수가 최근 계속되는 상부의 폭언과 불공평한 취급 때문에 중증외상센터를 그만둔 일이 있었다.

　외상외과는 게다가 위 글보다 더한 살인적인 업무 강도가 가해지며 흉부외과, 신경외과와 함께 의학 분야 전체를 통틀어서 가장 어려운 분야로 꼽히는 분야이다. 또한 앞서 언급되었듯 외상외과는 사람의 생명과 직결된 분야이므로 수십년 경력을 갖춘 교수나 과장급 의사도 끊임없이 위기의 순간을 맞게 된다. 그리고 비상상황이 아닌 경우를 찾아볼 수 없을 정도로 비상상황이 잦으므로 업무 강도가 매우 높기도 하다.

　또한 외상외과는 의료 장비와 혈액이 많이 필요하기도 하고, 소시민이나 노동자 등이 환자의 대다수를 차지하므로 항상 적자가 나고 경영진의 눈치를 봐야 하는 과이다. 이러한 실정을 볼 때, 의과대학 학생 중에서 외상외과로 진학하는 학생을 손에 꼽을 정도로 적다.

　공부를 죽도록 해서 의과대학에 진학하고, 예과 2년에 본과 4년이라는 교육과정을 견뎌 낸 후 인턴 1년, 레지던트 4년 과정까지 수료했는데 반평생을 함께 할 전공으로 살인적인 업무 강도에도 불구하고 경영진으로부터 푸대접만 받는 외상외과를 선택하는 사람이 거의 없는 것은 당연한 일이다.

하지만 다르게 생각해 보면 경영진에게 푸대접을 받기는 하겠지만 사람의 생사의 최전선에 서서 생명을 살리는 일은 엄청나게 존엄한 것이며, 동시에 대부분의 사람들의 선망의 대상이 되기도 하는 것이 바로 외상외과 의사이다.

　따라서 나는 돈을 많이 벌기는 하겠으나 환자의 상태를 과장해 가며 더 많은 치료를 하도록 요구하는 등의 돈벌이만 하는 의사와는 달리 진정으로 사람을 생각하고 다른 사람을 보듬어 줄 수 있는 외상외과 의사를 나의 진로로 선택하였다.

　나중에 분명 후회되는 순간이 있겠지만, 그럴 때마다 이 글을 쓰면서 몇 번이고 다짐했던 기억을 떠올리며 견뎌 낼 수 있을 것 같다.

약사들의 전쟁

만병통치약
(萬病通治藥)

2학년 남승원

나는 한 제약회사에서 30명으로 이루어진 신약 개발팀의 팀장 중 한 명이다. 현재 내가 개발 중인 신약은 일종의 백신으로, 기존의 주사 형태의 백신을 다른 방식으로 체내에 넣을 수 있도록 개량하는 것이 우리 팀의 과제이다.

　나는 서울권의 한 약학 대학을 졸업하고 석사 학위까지 따고 나서 국내의 한 제약 회사에 입사했다. 지금 회사에서 40대 중반까지 머물다 이후에 고등학교 교사가 되기 위해 약학 대학을 다니면서 복수전공으로 생명교육과 역시 졸업했다. 나의 과거에 대해 잠시 적어보겠다.

　지난 내가 고등학교에 입학하던 2019년에 시작된 코로나 바이러스로 인한 팬데믹을 시작으로 4~5년마다 팬데믹 사태가 발생하고 있다. 당시에 우리는 항상 마스크를 낀 채로 약 2년을 지내야 했으며, 사회적, 경제적으로 힘든 시기였다. 사람들이 팬데믹 사태에 적응하고, 코로나 바이러스 백신이 개발되면서 어느 정도 진정되었고, 2021년 말, 독감 치료제인 타미플루처럼, 코로나 바이러스 역시 먹는 치료제가 나오고 나서야 팬데믹 사태가 종결되었다.

　나는 이 시기에 고등학교를 다니면서 화학과 생명과학에 관심이 많은 상태였고, 그래서 이런 치료제나 백신을 연구, 개발하는 의약연구원이라는 진로를 목표로 가지게 되었다. 이후 수능 시험을 통해 약학 대학에 진학했고 졸업 후 제약 회사에 입사함으로써 현재 어느 정도 꿈을 이루었다.

2026년에 새로운 전염병이 인도에서 발발하면서 세계는 다시 한 번 팬데믹 사태 속에 빠졌다. 이어진 팬데믹 사태로 세계 사회는 더욱 혼란에 빠졌고, 특히 큰 피해를 입은 선진국들은 각종 바이러스와 박테리아의 진원지인 개발도상국에서 우선적으로 팬데믹을 해결해야 한다는 결론을 내렸다. 개발도상국에서는 각종 위생 시설과 의료 시설, 특히 전문 의료 인력이 매우 부족한 경우가 대부분이다.

제대로 된 방역 시스템과 시설이 없기 때문에 빠른 치료가 최선의 대안이지만 앞서 말한 문제들로 이 역시 어려움이 많다. 그래서 새롭게 등장한 기술이 바로 백신의 형태 다변화이다. 기존의 액상 형태의 백신은 운반 및 보관이 매우 어렵고, 백신 약제가 있다고 하더라도 이를 주사하기 위해서는 전문 의료 인력이 필요하다. 하지만 백신의 형태를 주사에서 먹거나, 뿌리거나, 붙이는 등, 훨씬 단순하고 약만 있다면 일반인이 직접 할 수 있다면 어떨까?

인력 문제가 손쉽게 해결될 것이다. 더불어 주사 형태의 접종은 접종 이후의 위생 및 감염 관리 역시 필요한데 새로운 형태의 백신은 이런 차후 관리가 필요 없기 때문에 훨씬 안전하다고도 볼 수 있다. 비록 주사는 백신 약제만 만든다면 체내에 주입할 방법은 생각할 필요가 없다는 개발의 신속함과 단순함이 있지만 장기적으로 보았을 때, 새로운 방식의 백신이 더 효과적이라는 것을 부정할 수는 없을 것이다.

팬데믹은 비록 우리의 일상이 되어 버렸다. 그러나 꾸준한 개발도상국에 대한 의료 지원, 시설 지원과 여러 전염병 백신이 지원되면서 개발도상국들의 의료 수준과 국민 건강 수준이 나아지고 있고, 그 결과로 4~5년마다 창궐하던 팬데믹 사태가 현재 6년 동안 잠잠한 상태이다. 지금도 안심할 수는 없지만 각국의 정부와 새로운 형태의 백신을 개발하기 위해 노력한 의약연구원들의 노력이 빛을 본 셈이다.

나의 하루는 6시에 시작한다. 아침은 간단히 먹고, 1시간 거리의 회사로 차를 타고 출발한다. 회사에 도착하니 7시 반, 나의 팀원들은 어제 당직을 선 둘을 제외하고는 모두 도착해 있었다. 간단히 짐을 정리하고, 8시부터 첫 일과가 시작한다. 8시부터 8시 반까지는 브리핑 시간이다. 우리 팀의 최종 목표 과제와 현재까지의 진척 상황을 확인하고, 어제 진행된 업무를 업데이트 및 보고한다. 그리고 오늘 해야 할 일과 시간표를 계획, 확인하는 시간을 가진다.

우리 회사는 현재 기존 주사를 통해 주입되는 약물의 효능 향상, 먹는 알약 형태의 백신 개발, 코에 뿌리는 스프레이 형태의 백신 개발, 붙이는 패치 형태의 백신 개발 등 백신 개발팀에서 총 4개의 프로젝트를 진행 중이다.

나는 이 중 먹는 알약 형태의 백신을 개발하는 팀의 팀장이다. 알약 형태의 백신은 기본적으로 약제를 소장의 점막에 직접적으로 흡수시키는 방법을 이용한다. 그래서 우리 팀은 기존 액상 형태의 약물을 알약에 담기 쉽도록 농축한 뒤, 캡슐에 담아 투여하는 액상형 캡슐 백신을 만들고 있다. 캡슐은 위산에 닿으면 녹기 시작해서 조금씩 녹다가 소장에 도착할 때쯤이면 완벽히 녹아 터져 내부의 약물이 흡수되게끔 조정하고 있다.

8시 반부터 11시까지는 오전 연구 시간이다. 이때 동안 우리 팀은 지난번 이미 연구를 끝낸 농축된 백신 약물을 담을 캡슐 소재를 연구한다. 여러 가지 화학 구조를 설계하고, 만들며, 새로 만들어진 물질을 이용한 캡슐들을 테스트하고, 최적의 물질을 찾아나간다.

이 과정은 매우 지루하고 확신할 수 없는 과정이다. 내가 생각했던 결과가 안 나오는 일도 빈번하고, 결과에 대한 검토 과정이 잘 안 풀리기도 한다. 실험 과정 중 오류가 생겨 똑같은 테스트를 여러 번 반복해야 될 때도 있고, 심지어 오류를 찾지 못하고 헤맬 때도 있다. 하지만 연구라는 것이 원래 그런 거 아니겠는가.

그저 과거 고등학교를 다니던 시절 성적이 잘 나오지 않을 때 어떤

구도자의 마음으로 꾸준히 공부를 해 나갔던 것처럼, 그럴 수도 있다는 생각을 하면서 차분한 마음을 가지는 것이 가장 빠르고 좋은 해결책임을 몸소 경험하고 느껴왔다.

11시부터 1시까지 점심을 먹고, 1시부터 6시까지는 오후 연구 시간이지만 나는 출장이 있어서 일찍 퇴근을 했다. 출장의 목적지는 서울 시내의 한 대학병원이다. 내가 팀장이 아닌 선임 연구원이던 시기이자 우리 팀의 전 개발 목표였던 항암제를 환자에게 임상 투여 중인 병원이기 때문에 투여 결과를 담은 자료를 받기 위해 가는 출장이다.

항암제 역시 백신과 마찬가지로 지난 20년간 비약적인 발전을 이루었다. 과거에는 독성 화학물질을 이용해 암세포를 죽이는 화학항암제와 암세포의 특정 인자를 인식해 공격하는 표적항암제가 주를 이루었다. 그러나 두 항암제는 치명적인 단점이 있다.

화학항암제는 건강한 세포 역시 공격하기 때문에 어마어마한 부작용이 뒤를 따르는 것이 문제였고, 표적항암제는 처음에는 암세포에 작용을 하지만 빠르게 증식하고 돌연변이를 일이키는 암의 특성상 표적항암제에 대한 내성을 기르기가 쉬워 나중에는 듣지 않는 경우가 흔했다.

그래서 새롭게 등장한 것이 3세대 항암제라고도 불리던 면역항암제로 우리 몸에서 암세포를 공격해 제거하는 역할을 맡은 세포 독성 림프구의 작용을 활성화 시켜서 우리 몸의 면역 체계를 이용해 암세포를 제거하는 항암제이다. 면역항암제는 우리 몸의 면역 체계를 촉진하는 방식이라 기존의 부작용을 비약적으로 줄일 수 있고, 세포가 암세포를 공격하는 방식으로 내성이 생겨 항암제가 듣지 않는 일도 없다.

하지만 아무래도 우리 몸의 자연적인 균형을 흩트리는 약물이다 보니 면역 체계 교란이라는 심각한 부작용이 나타날 수도 있기 때문에 주류를 이루지 못했다. 하지만 이런 부작용은 시간이 지남에 따라 꾸준히 해결되었고 현재 주류를 이루는 항암제가 되었다.

충분히 효과적인 면역항암제이지만 좀 더 빠르고, 안전하게 암을 치료하기 위한 연구는 계속되었고, 현재 인류는 4세대 항암제의 상용화를 앞두고 있다. 우리 팀이 개발한 항암제는 4세대 항암제 중 하나인 대사항암제로 정상 세포보다 100배 이상 많은 양의 에너지를 소모하는 암세포의 물질대사를 차단시켜 암세포를 굶겨 죽이는 방식이다. 거의 모든 암에 효과를 보일 수 있고, 부작용 역시 적다 보니 전망 좋은 새 항암제로 꼽히고 있다.

우리 팀의 항암제를 투여 받은 환자는 총 8명으로 모두 말기 암 환자이다. 현재 쓰고 있는 항암제는 듣기는 하나 눈에 띄는 효과를 볼 수 없이 현상 유지만 할 수 있는 상태였기에 최후의 수단으로 선택한 것이었다. 투여 진행에 따른 결과 수치를 기록한 보고서를 보니 8명 중 6명에게는 눈에 띄는 차도가 보였다. 암의 크기가 줄어들기 시작한 것이다.

그러나 나머지 2명은 대사항암제가 암세포뿐만 아니라 정상세포의 물질대사를 방해하는 것처럼 보이는 현상이 관측되었고, 환자의 컨디션 또한 긍정적이지 않았던 터라 투여를 중단했다. 이런 현상이 일어난 이유가 무엇일까? 이를 알아내고 해결한다면 좀 더 완벽한 항암제가 될 수 있을 것이다.

내가 만드는 데 참여한 것이다 보니 내가 해결해야 한다는 책임감 역시 느껴진다. 당장이라도 연구를 시작하고 싶지만 현재 진행 중인 연구가 있기에 미루어야 한다. 이번 백신 연구가 끝난다면 다시 항암제 개발 부서로 돌아가서 부작용 해결 연구에 참여할 수 있기를 희망한다.

대학 병원의 담당 연구원과 환자들의 주치의들과 이야기를 나누고 나니 어느덧 밤 10시가 되었다. 늦은 시간이지만 내일 있을 각 백신 개발 부서가 모두 모여 개발 현황을 발표하는 회의가 있기 때문에 벌써 잠들 수는 없다. 발표 준비를 하다 보니 내가 개발에 참여했던 신약들이 하나씩 떠오른다.

물론 내가 개발에 큰 기여를 한 것들은 몇 개 없지만 프로젝트에 참여했다는 사실만으로도 뿌듯함이 차오른다. 사람들이 내가 참여했던 프로젝트에서 개발한 신약으로 병을 치료하고, 일상을 되찾는 모습에서 나의 직업에 대한 자부심을 느끼곤 한다.

지금 이 위치에 오기까지 많은 어려움이 있었다. 첫 프로젝트에 참여했을 때만해도 나는 공부만 하다온, 어린 신입이었다. 서툰 손놀림과 느린 업무 처리로 선배들의 눈총을 받기도 했고, 내가 맡은 부분을 테스트할 때 결과가 제대로 나오지 않아 며칠 동안 걱정으로 잠도 제대로 못 잔 적도 있었다. 연구란 기약 없는 일이기에 사람을 대단히 지치게 만든다.

하지만 직업에 대한 열정과 성과를 내었을 때의 정신적 보상은 나를 성장시킨다. 프로젝트가 끝날 때마다 나는 조금씩 성장했고, 어느덧 부서의 한 팀을 이끄는 팀장이 되었다. 기약 있는 일이 어디에 있겠는가. 고등학생 시절, 내가 미래에 팀장이 되어 신약을 개발하고 있다고 누가 이야기해 주겠는가. 나를 믿고, 후회 없는 하루를 만들기 위해 살다 보면 언젠가 이루는 것이 있을 것이다.

이상으로 나의 2040년 하루의 일기는 끝이 난다. 내가 이 꿈을 이룰 수 있을 지는 잘 모르겠지만 난 이 꿈을 이루기 위해서 최선을 다 할 것이다. 이 일기는 내가 추측하는 미래의 전망과 진로 분야의 발전 방향을 현재의 분야 전망을 바탕으로 각색해 본 것이다.

　처음에는 글쓰기가 너무 어려웠다. 솔직히 나 역시 하루하루 내일만을 생각해서 살아왔지 20년 뒤라는 멀다면 먼 미래를 생각하며 살지는 않았기 때문이다. 우리는 흔히 목표를 생각하면서 그 목표를 이룬 미래의 너의 모습을 위해 현재를 열심히 살라는 말을 듣곤 한다.

　하지만 현재를 살아가기도 빠듯한 우리에게 미래를 생각하라는 말은 너무 막연할 지도 모른다. 하지만 미래가 없는 자의 현재가 무슨 의미가 있을까. 미래가 없다면 시간이 지나도 내일이 달라지는 일은 일어나지 않을 것이다.

　매일 매일 조금씩 나아지기 위해서, 가끔씩이라도 미래의 모습을 상상해 보자. 미래에 지금 내가 원하는 꿈을 이루고, 마음의 여유를 찾으며 즐겁게 사는 모습을 상상하다 보면 잠시나마 지금의 고난 역시 잊히지 않을까 생각해 본다.

변호사의 고뇌

파리

2학년 박상현

벤자민 프랭클린이 말했다. 인내할 수 있는 사람은 그가 바라는 것은 무엇이든지 손에 넣을 수 있다고, 한데 그 결과가 이거다. 이 사무실에 들어올 때 산 중고 책상과 그 위에 난잡하게 흩뿌려져 있는 수많은 자료들 마지막으로 나 말고는 아무도 없는 빈 사무실에 날아다니는 파리 한 마리가 지금 내 상황을 설명해 준다.

"젠장, 이게 뭐하는 짓이냐."

내 꿈은 변호사였다. 어렸을 때부터 본 영화에서 나오는 변호사들이 법을 몰라서 피해를 입은 사람을 구제하거나 법을 알고 여러 상황을 알맞게 헤쳐 가는 것을 보고 그 사람들을 선망했다. 그래서 난 어렸을 때부터 변호사가 되고 싶어 했다. 이게 지금까지 선택한 일 중 내가 가장 후회하는 선택이다.

난 고등학교 시절 프랭클린의 명언을 마음에 두고 인내하며 공부에 전력했다. 그렇게 뛰어난 성적은 아니었지만 주변에서는 알아주는 유명한 소위 말하는 지방대에 들어갈 수 있었다. 대학에 붙었다는 소식을 들었을 때의 순간은 아직도 잊히지 않는다.

그랬건만 어느 영화에서 그랬는지 몰라도 인생은 레이스라던가 그렇게 달려왔는데도 여기는 나보고 또 그렇게 달리라고 말한다. 내가 그렇게 뛰어난 편은 아니지만 그래도 이 레이스에서 선두에 있다고 생각했다. 그건 착각이었다.

난 알게 되었다. 이 경주는 죽을 때까지 끝나지 않을 뿐만 아니라 대학을 가서 주변만 둘러보면 알 수 있다. 이 때까지 내가 하던 경기는 허수들이 끼여 있어 그중에서는 내가 뛰어났던 거지 절대로 난 실수들 중에서는 특출 나지 못한 편이라는 것을 말이다. 그럼에도 달려야 했다. 사회에서 도태되지 않는 법은 계속해서 달려서 남을 제치는 것이라고 믿었고 나는 말 그대로 죽어라 달렸다.

한날은 계속된 밤샘과 과로로 쓰러지기도 하고 꼭두새벽에 앞 편의 점을 가기 위해 길을 걷다가 하늘이 핑 돌면서 쓰러지고 나서 정신을 차리니 길 구석에 누워 있기도 했다. 이렇게 언제 객사해도 이상하지 않을 삶을 살면서 천천히 꿈에 다가갔고 법학전문대학원을 졸업하고 변호사시험에 몇 번을 떨어지고 나서 합격했을 당시 나이가 30세였다.

당시 변호사 합격 평균나이가 저 정도 되었던 것을 생각해 보면 그렇게 늦은 나이도 아니었다. 변호사가 되고 주변 친구들에게 연락도 몇 번 왔었다.

"야, 변호사 한다더니 변호사 됐네. 이제는 뭐 박변이라고 불러야 하나?"

대부분 이렇게 축하한다는 말과 함께 밥 한 번 사라는 내용의 전화가 대부분이었다.

그 당시 나는 대형 로펌에 들어가 주변으로부터 선망을 받을 뿐 아니라 떼돈을 벌 창창한 앞날만을 생각하면서 할 일을 이어갔다.

하지만 생각도 못한 일이 일어난다. 이 때까지 점점 입지를 쌓아가던 인공지능이 점점 여러 법조계의 자리를 꿰차게 된다. AI 전문가들도 대부분의 직업들이 AI로 대체된다는 소리를 오래전부터 했지만 변호사라는 직업은 타 직업과는 다르게 사람들 사이에서 무언가를 하는 직업이기에 AI가 이 자리까지 영향을 줄 거라고는 예상조차 못했다.

물론 전부터 계약서 작성, 검토 등 서면업무와 그다지 복잡하지 않은 소송들을 대체해 왔지만 지금에 이르러는 AI가 대체하는 일이 늘었고 대부분의 일을 AI가 한다. 하지만 고객 자문, 상대측과의 협상 등 대체하지 못하는 부분이 있긴 하지만 그 마저도 변호사의 자리를 위협하고 있다.

그로 인해 이름만 들어도 아는 몇몇 유명한 로펌들은 문을 닫은 지 오래다. 이런 상황에도 아직 직접 변호사를 찾아가 상담하고 조언을 구하는 경우도 있다고 하는 말에 그래도 내가 얻은 지식을 아깝게 썩힐 수 없을 뿐만 아니라 지금 다른 직업을 가지려 하는 건 너무 늦은 일이라 생각해서 대출로 자금을 충당하고 빠르게 사무실을 차렸다.

하지만 내가 들었다는 말은 다 거짓말인 것 마냥 사람은커녕 개미 한 마리조차 안 보였다. 이렇게 내가 이 할 짓 없는 사무실에 아침부터 출근해야 한다는 것이 내 마음을 더욱 억눌렀다. 대충 씻고 나서 옷을 갈무리 하고 나오니 제법 모양이 산다.

"괜찮네."

차를 타고 내비게이션으로 저장해 놓은 내 사무실을 목적지로 정하고 화면 위에 떠 있는 오늘의 뉴스를 보기 시작했다.

'대구 시장 권상우, 기업 돈 수억 원 빼돌려,'

"이 놈의 정치인들은 바뀔 생각을 안 하냐. 내 세금 저기로 드간다고 생각하면 아주. 어휴."

정치 뉴스에 넌더리가 나서는 평소 즐겨보던 유튜버의 과학 영상을 보기 시작했다. 대충 요약하자면 또 탈모약이 쥐를 대상으로 한 실험에서 유의미한 결과를 얻었다고 한다.

"한 30년도 더 전부터 탈모약이 머지않았다고 해놓고는 아직도 머리카락 하나 생기게 못하나."

이상하긴 하다 팔 잘린 부분에 남의 팔 붙여놓은 건 돼도 왜 머리카락 하나 자라게 못한단 말인가. 다음 영상은 인공지능과 네트워크 연결망으로 도심항공모빌리티가 상용화 된다는 말 그대로 차가 날아다니는 걸 보게 될 날이 얼마 남지 않았다는 말이다.

"20년 전만 해도 차가 날아다닐 줄 알았는데, 뭐 운전 안 해도 된다는 점에서 만족하지, 뭐."

예전만해도 몇십 년 후를 배경으로 만든 영화들이 한참 흥행할 당시였고 과학 기술의 빠른 발전으로 우리가 당시 상상했던 대부분의 것이 상용화 될 것이라고 생각했다.

그렇게 영상을 보면서 가다가 곧 내비게이션이 목적지에 도착한 것을 알렸다. 무언가 내 발을 잡고 놓아주지 않는 듯 발걸음이 무겁지만 겨울의 건조하고도 찬바람을 받으며 사무실로 들어왔다. 하지만 텅 빈 사무실은 내 마음을 심란하게 했고 난 한탄을 했다.

"잘 되자고 한 일인데 어째 이렇게 됐냐, 허⋯."

막막한 마음에 같은 고등학교 동기로 같이 변호사가 되려다 회계사로 꿈을 바꿔 떨어지게 되었지만, 이따금씩 연락을 한 현우에게 오랜만에 연락을 하려고 스마트 글라스의 전원을 켜고는 안경으로 눈앞에 보이는 창을 손으로 휘적거렸다. 통화음이 잠시 들리고서는 이내 현우의 얼굴이 보였다.

"니가 웬일이냐?"

"그냥 해봤지. 별일 있냐?"

"나야 지금 회사지. 뭐 회사 들어가서 일하고 매달 돈 받고 살고 있지. 너야말로 뭐 별일 있냐?"

"그 AI인가 하는 인공지능한테 일자리 뺏기고 사무실 차렸는데 사람은커녕 개미새끼 한 마리 안 보이네. 쓥. 근데 넌 변호사 말고 회계사 되겠다고 했잖아. 그래서 회계사는 됐냐?"

"되긴 했지. 공부 죽도록 해서 겨우 회사 들어갔는데 예전만큼 페이가 좋은 직업도 아니고 생각이랑 많이 다르더라. 뭐 그렇더라."

"거기 일자리는 인공지능이 대체 못하나 보지?"

"그 쪽보다는 덜하긴 한데 기본적이고 간단한 업무들은 다 이미 대체되어서 일하기는 편하지. 편한데… 이 쪽도 안 그럴 꺼라는 보장이 없어. 계속 할 업무가 대체되고 있으니 말이야."

"그렇냐…. 뭐 일하는데 시간 뺏어서 미안하다. 열심히 해라."

"그래. 나중에 시간나면 한 잔 하든가 하자. 너도 너무 상심하지 말고."

통화가 끊기는 소리와 함께 난 한참이나 멍하니 서 있다가 정신을 차렸다.

"저 놈도 나랑 다를 바 없긴 하구나. 그래 정신 차려야지 할 것도 있고."

아무리 AI가 대체했다고 해도 법률적 자문이나 상담들은 아직도 들어와서 다행이라고 생각했다. 이렇게 일하고 있으니 어렸을 공부하던 때가 생각이 난다.

그 때는 어른들이 말하는 좋은 성적을 받아야 좋은 대학가고 좋은 대학가야 좋은 직업 얻고 결혼도 한다고 했다. 근데 이제 그건 그 시대 사람이니 할 수 있는 말이지 않은 가라는 생각이 든다. 나도 그 당시에는 그 말을 철석같이 믿고 공부만 했다. 고등학교 때 어느 선생님이 이렇게 말했었다.

"고등학교 때만 공부하면 대학가서 노니까. 후회하지 말고 지금 공부만 열심히 해라."

생각해 보니 어른들의 말이 딱히 맞은 적이 없는 거 같다. 그러고 보니 고등학교 때 내가 공부 못하던 애들한테 자주 하던 말이 있다.

"니 덕분에 내가 산다. 임마."

그때 나보다 공부 못하던 애들 중 몇몇은 지금 나보다 잘 나가고 있는 걸 보면 행복은 성적순이 아님을 한 번 더 알게 된다.

"남이랑 비교해서 뭐하겠냐. 내 일 해야지."

일을 끝내고 나니 어느새 밤이 되어 있었다.

"이렇게 일해서 언제 부자 되서 람보르기니 몰고 시내 다니겠냐."

있는 자료를 정리하고 나가려는데 파리 한 마리가 창문에다가 계속 머리를 박고 있는 걸 봤다.

"뭐 내일 되면 죽어 있겠지."

그러려니 하고 집에 도착했지만 날 반기는 건 현관문에 자동으로 켜지는 센서등만이 나를 반겨준다. 대충 씻고 머리를 말리면서 거울을 보며 말했다.

"내가 이 짓거리를 얼마나 하면서 살아야 되냐."

난 그냥 내 몸을 침대로 던졌고 미래에 대한 불안감과 함께 눈을 붙였다. 허나 쉽사리 잠들지 못하고 내내 뒤척이다가 늦은 밤이 돼서야 잠에 들었다. 일어나고 보니 항상 출근하던 시간이 지나 있었다.

"뭐, 상관있냐. 일도 없는데."

너무도 귀찮은 마음에 그냥 아무것도 하지 않고 침대에만 누워 있다가 해가 중천에 떠서야 움직일 생각을 했다. 하지만 어디 갈 데도 없는 나는 시원한 바닷바람이나 쐬러 갈까 싶어 일어났는데 너무 멀리까지 가고 싶지 않은 나머지, 옛날에 살던 동네에 있어 자주 가던 고깃집이나 갈까 생각을 했고 그리 멀지 않은 거리기에 편한 옷을 입고 대충 슬리퍼를 끌고 나왔다.

생각보다 걷기에는 거리가 있었는지 다리가 아팠고 근처 벤치에 앉아 주변을 둘러보았다. 어렸을 적 걷던 거리와는 풍경이 많이 변해 있었다. 어릴 때 놀던 놀이터부터 자주 가던 문방구와 심지어 내가 예전에 살던 아파트 단지도 말이다.

대부분의 것들이 신식으로 교체되어 예전의 모습을 잃어버렸다. 물론 예전의 무너져 가는 건물들을 보는 것도 별로 좋진 않았지만 추억이 담겨 있어서 그런 걸지 몰라도 다시는 그 풍경을 볼 수 없다는 생각에 약간 슬픈 마음이 들었지만 빠르게 떨쳐내고 그 고깃집이 있던 근처 거리에 도착했다.

"이쯤 어디에 있을 껀데…."

주변을 10분쯤 돌아다녔을까. 도저히 그 곳을 찾지 못한 나는 스마트 글라스의 전원을 켰고 내가 알고 있던 고깃집의 이름을 검색했지만 그와 관련한 어떠한 내용도 찾을 수 없어서 오래전이기도 하고 문을 닫았나 보다 생각하고 그냥 근처에 있던 국밥집에 들어가 끼니를 때우고 나오는데 익숙한 얼굴이 눈에 비쳤다.

"어? 현우야?"

"니가 웬일로 여기까지 왔냐?"

"아니 우리 중학교 졸업하고 애들이랑 같이 먹으러 왔었던 고깃집에서 한 끼 하려니 어디 있는지 안 보이는데 어디 있는지 아냐?"

"그거 당연히 옛날에 문 닫았지."

"근데 너는 오늘 회사 안 가는 날이냐?"

"아니, 다른 일 있어서 여기까지 왔는데, 이미 밥 먹었냐? 안 먹었으면 같이 근처에서 먹자."

"이미 먹어서 말이지. 안타깝네. 이제 사무실에 가야 해서. 나중에 시간나면 연락해. 밥이라도 한 번 같이 먹자. 그럼 수고해라."

"그래 너도 수고하고 다음에 보자."

그렇게 인사를 하고 헤어진 나는 집에 들러서 옷을 갈아입고 늦게나마 사무실에 출근을 했다. 어디선가 이상한 소리가 들려왔고 그 쪽으로 눈이 돌아갔다.

알 수 없는 시커먼 물체가 내 위를 날아다니고 있었고 난 어제 사무실 창문에다가 머리를 박던 파리가 기억났다.

"뭔 저 조그마한 놈이 아직도 살아 있냐."

파리가 너무 높은 곳을 날아다녀 잡을 수 없는 나머지 잡을 수 있게 어딘가 앉기까지 그냥 파리가 뭘 하는지 쳐다봤다. 저 녀석은 뭘 그리 찾아다니는지 쉴 새 없이 날아다니기만 하고 내려오지 않았다.

시끄럽게 왱왱 우는 걸 보니 먹을 거라도 찾는 건가 생각했지만 안타깝게도 여긴 먹을 것이 전혀 없단 것이다. 왜 먹을 것도 없건만 저렇게 열심히 날아다니는 건가 싶었다.

저 모습을 보고 사실 나도 저것과 다를 바 없지 않을까 생각을 했다.

지금같이 암울한 상황에 내가 지금 하고 있는 이 업무 말고 새로운 일을 찾거나 하는 일은 너무 위험성이 커서 지금 꼼짝달싹 못하고 이일을 할 수 밖에 없는 내 처지와 같다고 생각했다.

웃기지 않은가? '관동별곡'에서는 정철은 자연 속에서 놀고자 하는 마음으로 갈매기를 보며 감정을 이입시키고 또 '황조가'에서 유리왕은 정다운 꾀꼬리와는 상반되는 자신의 처지를 한탄하는데, 지금 나는 파리와 내 처지를 비슷하게 보고 있는 내 꼴이 우습다. 그래도 뭐 어쩌겠는가?

내 상황이 이러하다고 한탄하더라도 내 상황은 달라지지 않는다. 그걸 알기에 지금 이렇게 발버둥치듯이 이 짓을 하는 걸 다시 깨달았다. 다시금 마음을 먹고 일을 하기 시작했다.

"그 전에 저 왱왱거리는 파리부터 잡아야 일을 할 수 있겠지."

두꺼운 책으로 후려치는 소리와 함께 더 이상 아무 소리도 들리지 않았다.

이 글을 쓰게 된 계기는 시험이 끝나 무료하던 어느 날, 선생님께서 책을 써 보지 않겠냐는 권유에 시작된 것이었습니다. 주제는 A.D. 2040으로 저는 지금 우리가 생각하는 것보다 발전하지 못한 미래를 상상하여 책을 썼습니다.

 하지만 그에 맞게 인공지능이 발달하여 사람들이 갖고 있던 직장을 잃게 되는 내용입니다. 책의 주인공에게 저의 미래의 모습을 약간 담아 봤습니다. 물론 재미를 위해 각색한 부분들도 있지만 저의 꿈인 변호사가 아직까지는 AI가 대체하기 힘들다고 하지만 미래의 일은 모르는 것이니까요.

 그리고 이 책을 쓸 때 굉장히 신경 쓴 부분이 있습니다. 이 책의 주제가 A.D.2040이라고 하여 미래의 발전되고 도약한 내용을 현재와 비교하는 것과 같은 내용이 일부러 부각시키려는 느낌을 없애기 위해서, 그냥 2040년에 제가 생각한 책의 배경 속에서 저는 어떤 모습으로 나타날지 상상해서 쓴 것이 이 결과입니다.

 그러다가 생각난 것이 미래에는 휴대폰이 아니라 안경 위에 나타나는 화면으로 지금과 같은 휴대폰 역할을 하지 않을까 생각해서 스마트폰과 비슷한 이름인 스마트 글라스를 자연스럽게 끼워 넣었습니다.

 뿐만 아니라 자연스럽게 미래라는 내용을 집어넣기 위해서 고민하다가 넣은 것이 뉴스로 그 미래의 발전된 모습을 자연스럽게 넣어야겠다고 생각했습니다. 물론 처음 쓰는 책이라서 그런지 책의 내용을 어떻게 구상할지 어떤 내용을 넣을지에 대해 고민을 많이 했습니다.

많지 않은 시간 동안 책을 쓰면서 느낀 점은 저의 글쓰기 실력이 생각보다 부족했다는 것입니다. 어떤 운동이든 처음 생각하게 되면 자신이 생각한 것보다 몸이 뻣뻣하여 잘 따라와 주지 않는 느낌과도 같았습니다.

하지만 이걸 계기로 책을 쓰는 경험을 얻을 수 있었고 제가 책을 쓰면서 가상의 세계를 상상한다는 것에 재미를 느끼고 있다는 것도 느낄 수 있었습니다. 제게는 새로운 경험이 되었고 나중에는 글을 쓰게 되더라도 더 좋은 글을 쓸 수 있다는 느낌을 받았습니다.

여러분도 어떤 새로운 일을 시작하게 된다면 그 일이 실패하더라도 다음의 초석을 다진다고 생각하면 좋을 것 같습니다. 그리고 이 책의 내용처럼 지금 바로 앞의 일도 어찌될지 알 수 없는데 먼 미래의 일은 어떻게 알겠습니까? 그러니 매사 최선을 다해 살아갈 수밖에 없습니다.

하지만 최선을 다하더라도 어쩔 수 없는 일이 많습니다. 그 때는 여러분들이 하고 있는 일을 계속한다면 언젠가 보답이 올 것입니다.

이 글을 읽는 모든 분께 하나님의 축복이 있기를 바랍니다. 감사합니다.

디스토피아, 다시 거리로

2040, 겨울

2학년 신승민

"쿨럭"

마른기침을 하며 침대에서 일어난다. 가장 먼저 하는 일은 오늘자 기사를 보는 것이다.

2040.01.09.
중앙일보 '2039년 합계 출산율 0.52명, 역대 최저'
한겨레 '오늘 미세먼지 농도 354㎍/㎥으로 보통'
한국경제 '삼성전자 69500원, 20년째 그대로..'

"하….."

짧은 한숨과 함께 기사를 꺼버리고서는, 뚜벅뚜벅 화장실로 걸어간다. 떡진 머리와 눈곱을 찬물로 대충 행군 채 추위에 몸을 떨며 수건으로 몸을 닦는다. 헝클어진 옷들 사이에서 구겨진 셔츠와 물이 다 빠진 청바지, 솜털이 삐져나온 패딩을 서둘러 걸친다. 마지막으로, 두터운 마스크와 검은 목도리를 쓰고 허겁지겁 문을 나선다.

"총각."

나는 문 앞에서 집주인을 마주쳤다.

"아, 예."

"총각 요즘 많이 힘들지?"

"아, 뭐 그렇죠 뭐…."

"그래도 방세는 내야지."

"안 그래도 일자리 찾으러 가는 길입니다, 이번 주에는 꼭 내겠습니다."

아주머니의 독촉에, 나는 급히 계단을 내려간다. 빌라의 입구를 나서자마자, 매캐하고 찬 공기는 두터운 마스크를 뚫고 들어온다. 아직 동이 트지 않은 새벽, 칙칙한 하늘, 노란 가로등, 고요한 거리는 한편의 무성영화 같다. 걷기 시작한 지 5분쯤 지났을까, 정류장이 보인다. 옆에 가로등은 이틀 전과 같이 희미하게 깜빡인다. 정류장에 앉아 시린 손을 주머니에 넣은 채 노래를 듣는다. 어두운 새벽을 가르며, 버스가 도착한다.

"환영합니다. 화면을 통해 결제해 주세요."

자동문이 열리는 동시에 약간은, 어색한 기계음이 들린다. 요금을 결제한 후 자리에 앉는다. 창문에는 서서히 동이 트기 시작한다. 다소 뿌옇지만, 여전히 아름답다. 창가로 들어오는 따스한 햇빛에 눈이 감긴다. 잠시 눈을 붙여야겠다.

"이번 정류장은 다산교 앞입니다."

다산교? 운이 좋았다. 입가의 흐르는 침을 대충 닦은 채, 나는 버스에서 내렸다. 역시나, 1월 새벽의 추위는 익숙해지지 않는다. 그렇게, 한참을 걸어 인력사무소 앞에 도착했다. 이미 사람들로 북적였다. 대부분 40대 후반, 50대로 보였다. 젊은 사람은 나를 제외하고는 없는 것 같다.

"오늘은 일 좀 있는가?"

"잠시만 기다려 보세요."

"오늘 갑자기 일이 취소됐답니다. 오늘은 10명만 필요하답니다. 거기 먼저 온 10명 차 타세요."

"뭐라고?"

"지금 장난하나?"

"저희도 방금 들은 겁니다. 미안합니다."

다투는 소리가 멀리서도 쩌렁쩌렁 울린다. 오늘도 일자리 구하기는 어려워 보인다. 공사일도 대부분 기계가 대체하다 보니 일을 구하는 것이 상당히 어렵다. 시멘트 옮기는 일도, 콘크리트 치는 일도 이미 기계가 하고 있는 마당에 사람이 무슨 할 일이 있겠는가.

"경택아."
익숙한 목소리에 돌아보니, 춘배 아저씨가 허름한 점퍼에 실밥이 삐져나온 비니모자를 쓰고 있었다.
"춘배 아저씨."
"경택아, 일은 받았나?"
"오늘도 못 받았죠……. 아저씨는요?"
"하하, 나도 그렇지 뭐."
아저씨는 겉으로만 웃으면서도, 표정에서 슬픔이 드러난다.
"밥이나 묵자."

나와 춘배 아저씨는 근처 허름한 국밥집으로 들어가 주문을 한다.
"여기 순대 국밥 하나랑 그 경택이는 돼지지?"
"네."
"그렇게 주세요."
주문을 한 후 아저씨의 스뎅 물잔에 물을 따르며 이야기를 건넨다.
"아저씨는 원래 무슨 일 하셨어요?"
"내가 말 안 했었나? 나야 뭐 회사 다녔지."
"어쩌다 일은 그만두신 거예요?"
그렇게 말하고는 나는 아저씨의 자리에 수저를 놓는다.
"전산업무가 다 자동화되면서 어쩔 수 없이 그만뒀지."
춘배 아저씨는 말을 하고선 물을 벌컥 마신다. 그렇게 약간의 적막이 흐른 뒤 빨간 앞치마를 입은 나이가 있으신 주인아주머니가 직접 상을 가져온다.

"돼지 하나, 순대 하나."

따뜻한 국밥 위로 김이 모락모락 올라온다.

"크 냄새 좋다. 역시 국밥은 이 집이라니깐. 경택아 먹자."

아저씨가 국밥에 다데기를 풀며 말한다.

"잘 먹겠습니다."

"뭘 잘 먹어 내가 사는 것도 아닌데."

아저씨가 나름 진지한 표정으로 말한다.

"네?"

"장난이야, 임마."

라고 말하며 아저씨가 호탕하게 웃는다.

나는 그 말에 안도하며 허겁지겁 밥을 먹는다. 추운 겨울이라 그런지, 국밥은 꽤나 맛있었다. 춘배 아저씨와는 두 달 전에 같이 일을 하면서 알게 되었다. 처음 일을 하던 나에게 모든 것이 어색했다. 대다수의 인부들은 차갑고 불친절하였다.

이러한 장기적인 경제침체의 상황에서 밝음을 유지하는 것이 어려운 것은 당연하다. 하지만 춘배 아저씨는 달랐다. 나를 구박하는 다른 인부들로부터 나를 감싸주었고, 친절히 일을 알려주었다. 힘든 상황에서 항상 의지가 되는 분이다. 사람들은 보통 자신의 인생에서 은인 하나씩을 가지고 있는데, 나에게 있어 아저씨가 그런 사람인 것이다.

식사를 마친 후, 나와 아저씨는 담배를 한 대 같이 피우고 인사를 한후 헤어졌다.

이제 무엇을 해야 하나, 할 일이 있나 생각하였지만 아무 생각이 들지 않았다. 그렇게 노래를 들으며 거리를 걷는다. 쓸쓸함을 달래기 위해 내가 가장 좋아하는 노래를 틀어보지만 거리의 적막함이 사라지지는 않는다. 거리를 걸으며, 지난날들을 생각해 본다.

고등학교를 다닐 무렵, 나는 어떤 아이였던가? 아마 나는 그렇게 좋아하는 것도 잘하는 것도 없는 아이였을 것이다. 그저 어른들이 공부하라고 하기에, 다른 아이도 그렇게 하기에, 거기에 맞춰 가는 아이였을 것이다.

미래에는 직업이 많이 사라질 것이라는 말에도, 이미 사라져 가고 있는 현실에도, 나는 그저 새로운 직업이 생기겠지, 그때도 남은 일자리가 있을 것이라고 생각하였다.

대학 시절에도 별반 다르지 않았다. 다른 사람들을 다하는 토익 공부, 스펙 쌓기를 하였다. 하지만 세상은 생각보다 빠르게 바뀌었다. 많은 직업들은 기계로 대체 되었고, 고령화로 인한 세금 부담은 증가하였다. 이러한 현실 속에 춘배 아저씨도 직장에서 짤리고 만 것이다.

"딩디딩디디 딩 딩 딩 딩….”

길을 걷던 와중 갑작스러운 전화가 왔다. 역시나 어머니의 전화였다. 받을지 말지를 고민했지만, 받을 수밖에 없었다.

"어, 엄마.”

"아들, 밥은 먹었어?”

"어, 먹었어.”

"근데 왜 전화했어?”

"나야, 우리 아들 잘 지내나 전화했지, 취업 준비는 잘 돼가니?”

"좀, 알아서 한다니까.”

"그래. 엄마는 아들 믿어…. 추우니까 옷 따뜻하게 입고, 돈 필요하면 꼭 말해.”

"알았어.”

"뚜두두….”

나는 어머니의 걱정을 차갑게 되받아치고는 전화를 끊었다. 대학을 졸업한 지 3년이 지나서도 아직 변변한 직장, 아니 일용직 하나 구하기 어렵다. 어머니에게 힘든 내색을 하고 싶지만, 괜한 자존심에 아무렇지 않은 척해 버렸다.

항상 먼저 전화를 하는 이는 어머니지만, 먼저 끊어 버리는 것은 나였다. 통화가 끝난 후, 나는 다시 노래를 틀지 않은 채, 거리를 걸어가기 시작했다.

거리는 잎이 다 떨어져 버린 플라타너스, 낡아가는 상점가, 쓰는 이 없는 공중전화가 보인다. 나는 한 번도 공중전화를 써 본 적이 없으며, 사용하는 방법도 모른다. 사용하는 사람을 본 기억도 잘 없다. 어려서부터 나에게 있어 공중전화란 오직 옛날 영화에서나 사용하던, 그런 구시대의 잔재일 뿐이다.

그렇지만 그 처지가 나와 별반 다르지 않다. 시대에 적응하지 못한, 미처 없애지 못한, 어쩔 수 없이 두는 그런 애물단지. 나는 왜 나 스스로가 그런 애물단지가 될 것이란 생각을 하지 못한 것일까.

그렇게 걷다 보니 어느새 내가 살고 있던 빌라에 도착하였다. 그렇게 내 방이 있던 3층까지 계단으로 올라갔다. 다행히 집주인 아주머니와는 마주치지 않았다. 집에 오자마자, 마스크와 목도리, 패딩을 차례로 벗고는 이불 밑으로 들어간다. 몸이 조금 데워지기 시작하자, 잠시 걸었던 것 때문인지, 몸이 나른해지기 시작한다. 잠시만, 아주, 잠시만 눈을 붙여야겠다.

"띵"
내가 잠에서 깬 것은 메시지 소리 때문이었다.

오후 5:02분 -OO전자 인사팀입니다. 아쉽게도 1월 6일 실시된 1차 면접에서 불합격하셨습니다.

사실 별 기대도 하지 않았던 면접이었지만, 씁쓸함이 느껴졌다. 겉 옷을 챙겨 입고 마스크를 쓴 채 빌라 밖으로 나갔다. 옷 주머니에서 담 배 한 갑과 라이터를 꺼냈지만, 갑은 텅 비어 있었다. 어쩔 수 없이 편 의점으로 가야겠다.

걸어서 5분이 채 안 되는 거리였지만, 추운 날씨 탓인지 길게만 느 껴졌다. 편의점에서 들어가자 익숙하지만, 여전히 낯선 기계음이 들린 다.

"안녕하세요, SG25입니다."

나는 담배를 사기 위해 키오스크에 지문과 홍채를 차례로 인증하였 다.

"인증되었습니다, 4만 5천원 결제되었습니다."

담배를 사자마자 포장지를 뜯어버리고는 편의점 밖으로 나왔다. 곧 바로 갑을 열어 한 개비 물고 불을 붙였다. 불을 붙이고 고개를 드니 강변 위로 저물어가는 해가 보인다.

강가로, 다리로 가야겠다.

아마 다른 글들에 비해 이 소설에서는 2040년을 다소 어둡게 묘사했을 것이다. 하지만 내가 불행한 미래를 원하기에 이런 식으로 미래를 묘사한 것은 아니다. 대부분의 사람들은 미래를 낙관적으로 생각하는 경향이 있다.

예를 들어, 1985년에 개봉한 영화 '빽 투 더 퓨쳐'는 그 당시로는 미래인 2015년으로의 시간 여행을 소재로 하고 있는 영화이다. 영화 내에서는 미래를 과학기술이 발달한 긍정적인 모습으로 묘사하고 있다.

과연 이처럼 미래가 희망과 꿈으로 가득 찬 유토피아에 가까울까? 아니면 절망밖에 남지 않은 디스토피아에 가까울까? 현재에도 출산율이 0명대를 기록하고, 지구 온난화로 인한 이상기후가 발생하고, 4차 산업혁명으로 직업이 사라지고 있으며, 이러한 문제들은 날이 갈수록 심화되어 간다.

유토피아가 올 것이라는 근거 없는 희망을 품고 불확실한 미래에 무작정 부딪히기보다는 미래의 문제를 대비하여 밝은 미래를 만들어 나가는 것이 나을 것이다. 그렇기에 이 책을 읽는 사람들이 희망찬 미래를 상상하는 동시에, 있을 수 있는 불행한 미래 사회의 모습을 상상할 수 있도록 경고하고 싶었다.

나는 글을 작성하면서 이 미래에 어떤 문제가 있을지, 어떻게 해결해 보아야 할지에 대해서 고민을 하게 되었다.

이 책을 읽을 사람들은 2040년이면 아마 우리 사회의 주축이 될 것이다. 이런 독자들이 이번 책을 통해서, 가장 이상적이고 행복한 사회를 꿈꾸는 동시에, 미래에 있을 수 있는 문제점을 걱정해 본다면 정말 우리가 바라는 미래를 만들어 갈 수 있을 것이다.

다시 보는 가우디

건축의 미학

1학년 유승훈

어젯밤 또 밤을 새웠다, 헝클어진 머리, 편안한 후드티를 입고 난 카페에 앉아 있었다.

"벌써 또 봄이네."

커피를 마시며 내가 기다리는 사람을 기다렸다. 그 사람은 내 친구이다.

"아니, 얜 또 왜 늦는 거야?"

라고 말하고 전화하려는 순간 딸랑거리는 소리와 함께 카페 문으로 친구가 들어왔다.

"쏘리쏘리, 차가 막혀서."

라고 말하고 친구는 앉았다.

"너 다니던 회사는 그만뒀다며?"

참 오랜만에 듣는 사투리였다.

난 대구에서 태어나서 오랫동안 살다가 건축 대기업에 취직하여 서울로 올라와서 산 지 오래되었다.

"어, 맞다. 원래 난 더 일찍 나올라 했는데 회사에 일이 생겨서 이제 내일 나간다."

고등학교 때부터 생각해 왔던 나의 꿈은 명문 대학의 건축학과의 진학하여 5년 동안 착실히 다닌 후 건축설계와 관련된 큰 회사를 몇 년 다니면서 여러 가지 기술과 경영을 배우고 나서 회사를 퇴사하고 나의 건축 회사를 만드는 것이었다.

"아깝게 왜 나가노."

"아~ 몰라, 니 그리고 그거 알제. 니 나랑 같이 하기로 했잖아. 닌 퇴사 안 하나?"

여기 내 옆에 있는 친구는 같은 고등학교 동기인데, 총 5명 친구 중, 각자의 분야에서 기술들을 배운 후 같이 사업하기로 한 친구이고 이 친구의 이름은 ○○○이고 관련 분야는 빅데이터 관련 분야였다.

"아, 난 곧 회사랑 재계약 할라 하는데."

"아니 뭔 소리야, 이건."

"아, 물론 거짓말이다. 이번 달까지만 하고 나온다고 했다."

"그럼 내일 다 같이 애들 보고 만나서 얘기하자."

그리고 친구와 헤어지고 난 내 집으로 왔다.

TV에서 날아다니는 자동차의 출시가 곧 임박하였다고 하였고, 서울에서 부산까지 가는 기차가 걸리는 시간은 이제 20분으로 단축되었다고 한다.

TV 시청 후, 난 다음 날을 위해 침대 위를 올라가 자려고 준비를 하였다. 자기 전에 여자 친구와 전화를 하고는 새벽 1시 즈음에 잠을 잤다.

"띠리리리리링"

알람 소리가 울리고 난 잠에서 깼다. 난 오늘 업무가 없기 때문에 천천히 준비를 하고 아침밥을 먹고 씻은 후 깔끔하게 차려 입고 회사로 출발했다.

난 회사를 가면서 차를 타고 가는 동안 음악 듣는 것을 좋아한다. 그리고 난 높은 건물 사이에 있는 건물 중 하나의 지하 주차장에 들어가서 늘 그렇듯 주차를 하고 회사에 들어갔다.

"축하드립니다. 이제 형님을 못 봐서 어떻게 합니까?"

난 나의 동료들이 사준 케이크의 촛불을 불고 동료들과 얘기를 하고 마지막 얘기를 했다.

"나중에 만약에 내 도움이 필요하면 언제든 전화해라."

이 말을 하고 난 회사를 마지막으로 나왔다. 그리고 동료들과 얘기하느라 조금 늦었지만 친구들이 모여 있는 식당으로 바로 향했다.

장소는 늘 그렇듯 삼겹살 무한리필 집이었다. 도착을 해보니 4명에서 또 말도 안 되는 주제로 토론인데 토론 아닌 토론을 하고 있었다.

"개미를 처음 발견한 사람이 ant라서 개미의 이름이 ant라니깐."

"아, 앤 또 개소리하네. 유튜브에서 본 거 가지고 네 뇌에서 막 얘기하지 마."

"아, 근데 나 이거 뭔가 들어본 것 같은데?"

"앤 또 왜 이래."

맨날 토론을 하면 4:1처럼 몰리는 것이 아니라 거의 비슷하게 주장이 같았다.

"야야, 조용히 하고. 나 왔다."

라고 말하였지만 역시 얘들은 말을 듣지 않는다. 그리고 나도 토론에 참여하고 10분 정도 얘기를 한 후 얘기했다.

"야, 네 언제 왔냐?"

"좀 전에 왔다."

그러고는 우리는 삼겹살을 시키고 이제 우리의 사업의 계획을 말하려고 했다.

"야, 우리 사업 있잖아?"

"야, 너희들 전승민 봤냐? 얘 축구 겁나 잘하던데. 우리가 축구 보던 시절의 손흥민보다 더 잘하는 것 같다."

역시 우리는 바로 진지한 얘기를 하지는 못한다. 그리고 또 축구 얘기를 하다가 고기가 나와서 진짜 우리의 사업 계획을 짰다. 일단 방금 축구 얘기 꺼낸 아이는 ***이다. ***의 전공은 기계공학과를 나와서 제법 큰 생산 회사를 다니다가 나왔다.

얘는 축구도 못하면서 매일 축구 얘기만 한다. 그리고 지금 고기를 굽는 친구의 이름은 $$$이다. 얘는 전기공학과, 전기회사를 다니다가 그만둔 친구이다. 그리고 또 장난을 치고 있는 친구의 이름은 @@@이다. @@@은 반도체 관련 회사를 다니다가 퇴직하였다.

"일단은 우리의 사업 계획은 각자가 잘하는 분야를 합쳐 만드는 도시를 만드는 것이 우리의 사업이다. 물론 일이 틀어지고 우리가 원하는 대로 이루어질 수는 없지만 그래도 열심히 해서 한 번 성공해 보자."

그리고 여러 안부를 묻고 옛날 얘기들을 하다가 우리는 헤어지고 내일 다시 만나기로 했다.

난 집으로 바로 와서 어제와 같이 씻고 TV를 켰다.

"9시 뉴스입니다. 오늘은 드디어 건축회사 ++그룹에서 세계 최고층 아파트를 완공했습니다."

내가 저 건축에 관여한 것은 조금 자랑스러웠다.

"그리고 다음 뉴스입니다. 요즘 부쩍 늘어나는 싱크홀 …."

그리고 난 TV를 끄고 침대에 갔다. 비록 늦은 시간은 아니었지만 친구들과 오랜만에 만나 술을 많이 먹어서 잠이 너무 왔다. 스르르 잠이 들었다.

"삐이이이이이익"

난 알람 소리에 깼다.

'잠시만 이거 알림 소리랑 다른데'

살짝 이상함을 느끼고 커튼을 치러 갔다. 그런데 커튼을 여니 서울이 난장판이 되어 있었다. 건물이 무너지고 한강은 넘치고 헬기와 드론들은 막 날아다녔다. 난 이게 무슨 상황인지 믿기지 않아 휴대폰을 봤는데 알람 소리 같았던 소리는 알람 소리가 아닌 재난 문자였고 서울 근처 인천에서 진도 8.0 지진이 일어난 것이었다.

부재중은 30통이 넘었고 다시 전화를 하려 했으나 전화는 되지 않았고 메시지조차 가지 않았다. 이건 비상사태였다. 정신을 차리고 TV를 켜보니 지진이 나서 서울이 초토화가 되었다는 내용만이 TV에 나왔다.

난 꿈인 거 같아 볼을 잡고 당겼으나 역시 소용은 없었고 TV를 보다가 충격적인 장면을 보았다. 그것은 내가 관여한 세계에서 가장 높은 아파트가 무너졌다는 소식이었다.

분명 내가 회사에 있었을 때에 진도 9.5까지는 버티는 내진 설계를 했었는데 무너지는 것이 말이 안 되었다. 다른 방송사의 뉴스를 보니 ++그룹은 내진 설계를 제대로 하지 않고 무리하게 아파트를 짓는 바람에 아파트가 모두 무너져 버렸다고 하였다.

일단 난 정신을 차리고 나서 일단 나의 부모님과 여자 친구에게 연락을 겨우 취했다. 그리고 친구들에게 연락을 하려고 했지만 잘되지 않았다.

그때 ***한테 전화가 왔다. 자기의 선배가 통신 쪽에서 일하는데 연락 하는 방법을 가르쳐 주어서 일단 그 4명의 친구들과 ***이 가르쳐 준 사이트에 들어가서 이야기를 하였다.

"일단 다친 사람 없제?"

라고 내가 말했다.

"어, 없다."

라고 전부 말했다.

우선 무엇부터 해야 할지 앞이 막막했다. 사업을 시작하기 위해 투자도 받아야만 했고 우리가 조금씩 돈을 모아 샀던, 회사로 쓰려고 했던 건물도 무너졌을 가능성이 매우 높았다. 그래서 나와 친구들의 퇴직금으로 돈을 마련하기로 했다.

"일단은 너희들 회사에서 받은 퇴직금 얼마 정도 있는데?"

"한 2000 정도."

대충 모으니 한 1억 가까이 나왔다.

"그러면 이 돈으로 대충 사무실을 만들고 이제 슬슬 일하러 나가야지."

모두 이 말에 동의하고 난 그 방에서 나왔다. 그리고 혼자 생각에 빠졌다.

'하, 왜 일을 시작하려고 할 때 이런 일이 생기는 거야?'

그럴 때, 여자 친구한테 전화가 왔다.

"여보세요. 니 괜찮나?"

라고 여자 친구가 말했다.

"어, 괜찮기는 한데….".

"아니, 니 잘해왔잖아. 이건 일도 아니잖아."

라고 여자 친구가 말했다.

맞기는 했다. 난 회사에 들어갈 때도 이런 비슷한 상황이 있었다. 그때는 내가 군대를 갔다 온 후 대학에서 4학년 때 취업 준비를 하려고 할 때였다. 난 건축학과였기 때문에 건축 관련회사에 들어가려고 했다.

하지만 그때는 건축회사들이 너무 많은 아파트를 지었고, 집을 사려고 하는 사람보다 집이 더 많았다. 하지만 집값은 또 매우 비싸서 남는 집이 많았다. 그래서 건축회사들은 위기를 맞았고, 그리고 좁디좁은 반도에서 아파트를 더 지을 공간이 더 이상 남지 않았다.

우리 과는 취업하기 힘든 상태가 되었다. 하지만 난 생각을 바꿔서 건물을 새로 짓는 일이 아닌 오래된 건물이나 원래의 건물을 다시 리모델링하는 전공으로 바꿔서 공부를 한 다음에 운이 좋게도 건축과 관련된 대기업에 취직할 수 있게 되었다.

이때의 선택은 내가 다시 봐도 참 대처를 잘한 것 같았다. 그래서 생각을 해보니, 이번에 큰 지진으로 인해 건물들이 많이 부서지고 무너졌으므로 오래된 건물이나 건물을 리모델링을 하는 것이 아닌, 내가 원래부터 하고 싶었던 새로운 건물 나만의 건물을 만들 수 있다는 생각이 들었다. 그리고 난 물론 리모델링까지 할 수 있어서 굉장히 많은 일을 할 수 있을 거라고 생각했다.

TV를 켜서 다시 현재 상태를 보았다. 서울이 가장 높은 건물이 많아서 가장 많은 피해를 입었지만 다른 지역도 만만치 않게 무너졌던 것 같다.

'아니, 대한민국이 이렇게 내진 설계가 안 되어 있었나?'

라고 생각했다.

난 무조건 건물을 지으면 내진 설계가 되어 있는 줄 알았으나 근데 대한민국의 위치상 지진이 잘 일어나지는 않아서 내진 설계를 안 했던 것 같고, 내진 설계를 한다고 해도 제대로 하지 않아서 무너진 것 같았다. 그리고 TV를 껐다. 그리고 스마트폰으로 지도를 찾아 봐서 약 1억 정도 하는 꽤 넓은 건물을 알아보려고 했다.

물론 서울에서 그 돈으로 건물 찾기는 힘들었다. 계속 찾고 또 찾고 찾아보았지만 나오지 않았다. 그래서 난 친구에게 전화를 해보았다.

"야, 내가 그 돈 가지고 찾아봤는데 없다. 도저히 없다."

"아니면 건물을 찾지 말고 아파트를 찾아 봐라."

"왜?"

"아파트가 지금 사람들보다 더 많은데 건물보다 그냥 아파트를 사는 게 더 쌀걸."

생각해 보니 그게 맞는 것 같았다. 그래서 난 휴대폰으로 찾아보니 한 20평 정도의 아파트를 찾았다.

'아, 그럼 이걸로 하면 되겠다.'

라는 생각으로 계약하여 내가 리모델링을 한 후 그 아파트에서 모였다.

"이야, 여기 좋네."

라는 말들을 하고 앉았다.

"내가 우리 회사 인터넷에 올려 놓았으니까 곧 연락 올 꺼다."

그리고 모두 책상 가운데 있는 전화기만을 바라본 채 가만히 있었다. 그때, 갑자기 전화기가 울렸다.

"누가 받을 껀데?"

"니가 받아라. 빨리."

"아, 싫어. 니가 받아라."

어쩔 수 없이 내가 받게 되었다.

"여보세요?"

"아, 네 여보세요. 아, 안녕하세요. 전 지금 서울에 살고 있는 사람인데요. 저희 부모님 집이 무너져서 연락드렸습니다."

"아, 네. 감사합니다. 일단은 부모님 사는 지역이 어디시죠?"

"경기도 안산에 사십니다."

"정확히 집의 어디가 무너졌는지 아십니까?"

"일단 집 문 쪽 앞이 무너져서 집을 못 들어가는 상황이고 태양광에너지를 사용하는 집인데 태양광패널이 부서졌는데, 될까요?"

"아, 그건 저희 회사에 태양광패널 관련 일을 했던 사람이 있는데 아마 고칠 수 있을 겁니다. 그리고 또 없나요?"

"아, 그리고 공사하는 김에 집 리모델링을 하려고 합니다."

"집 안의 어디를 리모델링하려고 합니까?"

"부엌이요."

"아, 네. 그럼 알겠습니다. 시간은 언제로 하실 거죠?"

"가능한 빨리요. 문이 안 된다고 하셔서 불편하다고 하셔서 말이죠."

"그럼, 내일 2시 되나요?"

"네, 가능합니다. 알겠습니다. 내일 뵈죠."

"네, 전화해 주셔서 감사합니다."

라고 대화한 후 전화를 끊었다. 굉장히 떨렸다.

"낼 2시에 가야 하니까 술 적당히 마셔라."

하고

"드디어 낼 시작하네. 겁나 힘들겠구만."

그때 시간은 막 11시가 지났다. 각자 씻은 후 한 명씩 한 명씩 잠이 들었다.

"띠리리리리리링"

알람소리에 난 깼다. 일어나 보니 한 9시 정도였다. 한 명이 다 씻고 휴대폰을 하고 있었다. 걔는 그 오늘 태양광패널을 고치는 기계공학과를 나온 ***이다.

"니 왜 이렇게 일찍 일어났냐. 너답지 않게."

"아, 오늘 고쳐야 하는 거. 안 한 지 너무 오래 돼서 다시 한 번 보는 중"

"아, 다른 얘들은?"

"안 일어났을 걸. 깨우러 가 봐. 난 이거 봐야 하니까."

그 말을 듣고 난 방에 들어갔다. 불을 켜면서

"야, 일어나라. 이제 가야지."

역시 절대 안 일어난다. 그리고 다시 한 번 말했다.

"아, 오늘은 좀 바로바로 일어나라 좀."

그러자 슬슬 일어나기 시작했다. 그리고 전부 일어나면서 아침 밥 가위바위보를 했다.

"안 내면 술래 가위바위보"

다행히도 난 안 걸렸다. 그래서 다른 친구가 밥을 하고 난 화장실에서 씻고 나왔다.

"누가 운전할 건데."

"니 운전 잘 하잖아. 니가 해라."

"이응"

이라고 하고 아침밥을 먹으러 부엌에 갔다.

아침은 라면이었다. 그렇게 라면을 먹고 커피를 마시니, 12시 정도
가 되었다. 이제 출발하러 내려갔다. 그렇게 ***이 운전을 하고 차에
타서 출발하기 시작했다.

도착하니 한 건장한 남자 한 명과 그의 아내로 보이는 사람 한 명이
있었다. 우리들은 차에서 내린 후 물었다.

"혹시, 신청하신 분 맞나요?"

"아, 네 맞습니다. 안으로 들어가시죠."

집은 나의 생각보다 컸다. 그리고 집 안으로 들어가는 문이 막혀 있
어서 옆에 있는 거실로 통하는 창문을 이용해 집 안으로 들어갔다. 집
안을 들어가 보니 좀 나이가 있어 보이는 사람들이 두 명 있었다. 누가
봐도 두 사람은 부부 같았다.

"안녕하세요? 오늘 문이랑 전기를 고치러 온 사람들입니다."

"안녕하세요?"

그러고 난 후 각자 해야 할 일을 찾아 각자 자기가 해야 하는 곳으로
갔다. 난 부엌 리모델링을 하고 문까지 고쳐야 해서 좀 바빴다. 처음에
난 문 쪽으로 걸어갔다.

문 쪽을 가보니 무너진 문이 보였다. 위에서 문 앞의 벽돌이 흔들려
서 무너진 것 같았다. 위에 쌓여 있을 거라 생각했던 뭐 돌들이나 여러
벽돌들을 치우려고 했으나 감사하게도 집주인이 먼저 치워주셔서 난
바로 일을 할 수 있었다.

"근데, 이 문이 너무 훼손되기도 했고 오래된 것 같은데 바꾸시는 게
어떠시나요?"

"아, 그런가요? 그럼 바꾸죠 뭐. 엄마 그래도 되제?"

"어, 바꿔라, 요즘은 비밀번호가 아니라 뭐 지문이나 홍채 인식으로
문을 연다고 하던데 그런 거 있습니까?"

"네, 물론 있죠. 그럼 이따가 부엌 리모델링이랑 같이 보실래요?"

"아, 그렇게 할게요."

그리고 난 부엌 쪽으로 걸어가다가 옥상에서 태양광패널을 고치는 ***이 궁금해서 한 번 올라가 보았다. 올라가 보니 ***이 @@@랑 티격태격 하면서 얘기하고 있었다.

"아니, 그거 이렇게 잡으라니까."

"알았다, 알았다, 빨리 끝내라."

이렇게 서로 얘기하고 있길래 바로 난 내려왔다. 부엌을 갔을 때 난 놀랐다. 부엌이 굉장히 넓었다. 냉장고 5개 있는 집은 처음 보는 것 같았다. 들어가 보니 요리를 하고 있는 가정부 같은 사람이 보였다.

난 부엌을 돌아보았다. 그리고 대충 위치와 구조를 파악한 뒤 이제 제안을 하려 거실로 나갔다. 거실로 나가 보니 ***이 있었다.

"니 벌써 끝났나?"

"다 했지. 난 이런 거 전문이거든."

그리고 난 집주인에게 가서 자리에 앉은 후 말했다.

"일단 제가 부엌을 가보니 부엌이 참 크시네요. 그리고 굉장히 깔끔하고요."

"아, 감사합니다. 그럼 뭐 어떻게 되죠?"

"아, 일단은 부엌이 굉장히 넓은 대신에 그 식탁이 너무 작습니다. 그리고 뭔가 냉장고가 많음에도 다 떨어져 있어서 불편함을 느끼실 것 같은데 어떤가요?"

"네, 좀 많이 불편하죠."

"그래서 제가 생각을 해봤는데 식탁을 큰 거로 바꾸고 냉장고를 한 곳으로 옮기세요. 그리고 전등이 오래된 것 같아요. 부엌이 크니 일반 전등 말고 샹들리에 정도 달면 굉장히 이뻐지고 괜찮아지실 겁니다."

"아, 좋네요. 그럼 문은?"

"아, 문은 지문인식 또는 홍채인식으로 하고 싶다고 하셨는데 둘 중에 무엇을 하고 싶나요?"

"둘 중에 요즘 더 잘 나가는 것이 뭐죠?"

내가 회사에서 일했던 것을 떠올려서 말했다.

"아무래도 좀 나이가 드신 분은 지문인식을 더 많이 선택하는 거 같더라고요, 왜냐하면 이제 과거에는 홍채 인식보다 지문 인식이 많았으므로 그것에 적응하셔서 금방 빠르고 쉽게 여는 게 좋다고 하더라고요."

"그렇겠네요. 그럼 그렇게 해주시고 그럼 언제쯤 공사가 가능하죠?"

"아, 저희가 생긴 지 별로 안 된 회사라서 원하신다면 오늘 바로 가능은 할 것 같습니다."

"그럼, 오늘 바로 해주세요."

"네, 알겠습니다. 그럼 잠시 회사로 갔다가 오겠습니다. 그 장비를 가지고 와야 해서요."

"넵."

그리고 난 다시 서울로 왔다가 옛날 회사 거래처에 전화를 했다.

"여보세요? 저 거래처 회사에서 일하던 유승훈 과장입니다."

"아, 알죠. 왜 그러십니까?"

"아, 다름이 아니고 그 지문인식 도어락이랑 샹들리에가 필요해서요."

"갑자기요?"

"아, 제가 회사를 나오고 친구들이랑 회사를 하나 차렸거든요. 거기서 사용할 꺼라서."

"아, 그렇군요. 그럼 준비해 놓겠습니다."

"네 감사합니다. 좀 이따가 봅시다."

"네."

그러고 나서 난 바로 거래처로 향했다.

"안녕하세요?"

"네, 안녕하세요. 이거 말씀해 주신 거 준비해 놓았습니다. 여기요."

"감사합니다."

"근데 왜 나가신 거예요?"

"아, 원래 꿈이 회사를 차리는 거라서요. 어찌하다 보니 나오게 되었습니다."

"아, 그렇군요. 그럼 도움이 필요할 때 전화해 주십시오."

"넵. 감사합니다."

라고 하고 나왔다.

그리고 다시 안산에 도착하니 막 6시가 넘어갔다. 도착해 보니 $$$가 막 냉장고 위치를 다 옮긴 것 같았다. 그리고 나도 문과 샹들리에를 다는 것은 시간이 별로 걸리지 않았다.

"다 끝났네요."

"감사합니다. 여기 돈이요."

"아, 감사합니다. 그럼 저희는 이만 가보겠습니다."

"안녕히 가세요."

우리는 일을 마치고 각자 힘들었는지 올 때는 모두 아무 말도 안 하고 자면서 왔다. 일하는 곳에 도착을 해보니 막 8시가 되었다.

"아이고 힘들다."

"닌 뭐했는데, 닌 오늘 아무것도 안 했잖아."

"원래 가만히 있는 게 더 힘들다. 아니 이럴 거면 나 왜 데리고 감?"

생각해 보니 전부 다 한 번에 움직일 필요는 없다는 생각이 들었다.

"아, 맞네, 모두 다 갈 필요가 없구나, 다음 번에는 필요한 사람들만 가자."

그리고 각자 헤어진 후 난 오랜만에 집에 도착했다.

'집이 제일 좋네.'

혼자 생각한 후 샤워를 하고 나와서 치킨을 시켜 치맥을 먹었다. 오늘은 내가 좋아하는 해외 축구 하는 날이었다. 축구를 보면서 치킨을 먹으면 세상 행복했다. 난 이 낙에 사는가 했다. 축구를 보니 역시 축구 경기장은 한국에 비해 컸고 웅장했다.

원래 내가 건축가가 되고 싶었던 이유도 멋지고 웅장한 축구장을 짓고 싶었기 때문이다. 그리고 난 축구를 보고 내가 응원한 팀이 이겨서 기분 좋게 하루를 보냈다.

"띠리리리리리링"

전화 소리가 들렸다. 나도 모르는 사이 어제 난 기절했었던 것 같다. 휴대폰을 보니 친구가 전화를 한 것이었다. 난 침대에서 앉은 채로 전화를 받았다.

"왜?"

"그 전화 왔다."

"아, 알았다. 금방 그 쪽으로 갈게."

난 씻고 차를 가지고 사무실로 향했다.

"삐삐삐삐리릭"

현관문을 열고 들어갔다.

"나 왔다."

가보니 전부 다 와서 앉아서 이야기를 하고 있었다.

"이번엔 어딘데?"

"이번에 우리 고향"

"어? 대구 침산동?"

"어, 맞다. 와 오랜만에 가네."

맞다. 난 서울로 올라온 후 내가 어릴 때 지냈던 곳을 가본 적이 없었다. 왜냐하면 거기서 살고 계시던 부모님께서도 이사를 가셨고 나도 뭐 일이 바빠서 간 적이 오래되었기 때문이다.

"오랜만이네, 근데 거기서 뭐 해야 하는데?"

"침산 네거리 건물 무너졌단다. 우리보고 새로 지어 달라던데."

이 말을 듣는 순간 2가지 이유 때문에 놀랐다. 첫 번째는 일단 드디어 첫 건물을 짓는 것이라서 기분이 좋아서 놀랐고, 두 번째는 내가 자주 가던 곳이 무너졌다는 것을 듣고 놀랐다.

"그럼 몇 시까지 가기로 했는데?"

"내일까지 가기로 했다."

"야 그럼, 내려가 있을래?"

"오, 그거 좋지."

그렇게 얘기하고 우리는 내 차를 타고 대구까지 갔다.

오늘 운전하는 사람은 나였다. 굉장히 힘들었다. 오랜만에 가보니 아예 다른 곳이었다. 내가 알던 침산동과는 달랐다. 내가 다녔던 학교는 물론 자주 가던 PC방 노래방 등 그리고 자주 걸었던 곳 등이 다 바뀌어 있었다. 난 이렇게까지 바뀌어 있을 거라고 생각을 못했다.

달라도 너무 달랐다. 운전을 하면서 침산네거리를 지나갔는데 건물은 하나 같이 다 높았고 그중에서 무너진 한 건물이 보였다. 그 건물은 옛날에 내가 다니던 학원 건물이었다. 그래서 마음이 좀 이상했다. 그리고 차에서 내려 친구들과 밥 먹을 곳을 찾았다.

그때 어렸을 때 자주 가던 음식집이 보였다. 오랜만에 늘 먹던 세트로 시켰다.

"이모, 돈까스 5개요."

그리고 우리끼리 얘기하였다.

"와, 여기 진짜 많이 바뀌었다."

"인정, 개 많이 바뀜."

"건물이 왜 이렇게 높냐 서울인 줄."

"딴 지역인 줄 알았다."

얘기들을 하고 밥을 먹었다. 밥을 먹은 후 침산동을 걸어 다녔다. 우리가 처음 만났던 곳, 자주 가던 문방구, 놀이터 등 그대로 있는 것도 있기는 했다. 그렇게 추억을 잠기면서 걷다가 보니 해가 저물었다.

그래서 잘 곳을 찾아보았다. 잘 곳을 찾아 보러 갔는데 없었다. 그래서 우리는 어쩔 수 없이 나의 차에서 자기로 하였고 각자 자세를 취했다. 역시… 잠은 오지 않았다. 다른 얘들도 마찬가지인 것 같았다.

"옛날이 좋긴 좋았다. 맞제?"

"근데, 남는 게 없네."

그렇게 이런 저런 얘기를 하면서 잠에 들었다.

"짹짹짹"

참새 소리가 들렸다.

'아, 머리 아파'

차에서 잔 탓인지 머리가 좀 아팠다. 일어나 보니 얘들이 다 없었다. 어디 갔는지 주위를 살펴보다가 저기서 오는 것이 보였다.

"어디 갔다 왔는데?"

"아, 김밥 사러 갔다가 옴."

그렇게 김밥을 먹고 무너진 건물로 갔다.

가보니 여러 헬멧을 쓴 사람들과 좀 대장 같아 보이는 사람이 있었다. 좀 대장 같은 사람이 손짓을 하여 차를 대라고 하길래 차를 대고 내렸다.

"안녕하세요."

"그 전화 하신 분 맞나요?"

"네, 맞습니다. 들어가시죠."

우리는 무너진 건물 옆의 작은 컨테이너로 들어갔다.

"여기 땅 주인이자 무너진 건물의 주인입니다. 보시다시피 건물이 무너지는 바람에 건물을 다시 짓기로 하였는데 다시 짓기 위해 전화 드렸습니다."

"네. 감사합니다. 일단은 많이 부서졌네요."

"아, 그렇죠. 일단 전 높은 건물을 짓고 싶습니다."

그때 뭔 생각인지는 모르겠으나 @@@가 말했다.

"혹시 침산동에 사신 적 있나요?"

"아니요."

"그럼 제 이야기를 듣지 않으셔도 되는데 한 번 들어보세요. 전 어릴 때부터 여기 침산동에서 살았습니다. 그때는 건물이 지금처럼 높지도 않았고 화려하지도 않았죠. 근데 제가 진짜 오랜만에 내려와 보니까 거의 다 달라져 있었습니다. 다 고층 건물에 전부 옛날 형태가 남아 있지도 않은 것들로 가득 차 있었습니다. 그러니까 혹시 건물을 지으신다면 옛날 2020년 정도 식으로 지으면 옛날에 살던 사람들이나 아님 지금 침산동에 사는 사람들이 이 건물에 더 자주 오지 않을까요? 옛날에 살던 사람들은 과거의 그리움 때문에, 지금 사는 사람들은 과거에 여기가 어떤 곳이었는지 궁금증 때문에 더 자주 오지 않을까요?"

"아, 좋은 생각이네요. 아, 좋습니다. 그 생각을 못했군요."

나도 꽤 괜찮은 생각이라 들었다.

"아, 그러면 제가 레트로식으로 최대한 이전에 있던 건물과 비슷하게 만들도록 하겠습니다. 괜찮겠습니까?"

"네, 좋네요."

그리고 이러저러 계약과 돈과 관련된 일과 공사완료일 정도를 얘기하고 우리는 서울로 다시 돌아왔다.

완공일은 내년까지 완공하기로 하여서 시간이 별로 없었다. 그래도 내가 짓는 첫 건물이 내가 자란 곳의 건물이 되어서 놀랐고 기분이 좋았다. 내일부터 디자인 설계부터 필요한 재료 등을 알아보아야 해서 바쁠 것 같다.

하지만 내가 옛날부터 하고 싶었던 일이기도 하여서 힘들더라도 열심히 할 것이다.

1년 후,

"철컹철컹"

드디어 마지막으로 완공되었다. 다 짓고 그 건물을 바라보니 조금의 자부심이 생겼던 것 같다. 그 건물을 보니 옛날 생각이 들기도 하였고 잘 지었다고 생각했다.

내진 설계도 잘 해놓아서 강한 지진에도 버틸 수 있을 것이다. 그리고 난 이 땅 주인에게 전화를 했다.

"그 건물 방금 막 완공되었습니다."

"그럼, 바로 거기로 가겠습니다."

그리고 얼마 안 있다가 도착했다.

"근사하네요. 제가 원하던 그런 건물이네요."

"아, 감사합니다. 이제 그럼 가보겠습니다. 건물 잘 사용하세요."

"예, 알겠습니다."

1년이 지난 지금은 1년 전보다 정말 바빠졌다. 바로 서울로 올라가지 못 하고 여러 지역을 들린 후에 가야만 했다. 힘들기는 하였지만 뭔가 회사가 성장해 가는 그런 느낌이 드는 것 같아 많이 힘들지는 않았다.

나름 지진 발생 후 긴 시간이 지나서 여러 곳이 복구 공사가 다 되어 원래의 대한민국으로 돌아온 것 같았다. 그리고 각자의 친구들도 바빠서 잘 만나지는 못하였는데 오늘 만나기로 하였다.

"오랜만이네."

친구들은 각자 회사 내에서 각자가 맡은 분야에서 일을 하고 있었는데, 가끔 일하는 곳에서 만나는 친구도 있었고 아닌 애들도 있었다. 그리고 여러 각자의 이야기를 하다가 월드컵 이야기가 나왔다.

"이번에 월드컵 대한민국에서 열린다던데?"

"뭔 소리고, 절대 안 된다."

"아니, 열릴 가능성 높다는데?"

"아니라니까."

그때 뉴스에서 나왔다. 대한민국에서 월드컵이 열린다는 것이라는 내용이 TV에서 나왔다.

"맞잖아. 나온다니까."

난 우리나라에서 월드컵이 열린다는 것을 믿지 못했다. 그래서 대한민국의 축구선수들이 잘하니 못하니 이야기를 하다가 각자 헤어지고 난 여자 친구와의 약속 때문에 한강을 걷기로 하였다. 한강을 걷다가 모르는 번호에서 전화가 왔다.

난 처음에 여자 친구와 같이 있었기 때문에 받지 않았다. 근데 또 전화가 왔다. 그래도 받지 않았다. 그런데도 다시 전화가 오기에 뭐지라고 생각하고 여자 친구한테 말한 후 전화를 받았다.

"여보세요"

"아, 여보세요. 대한축구협회입니다."

"아, 네 어쩐 일이시죠?"

"그 이번에 대한민국에서 월드컵이 열리는 것을 알고 계시나요?"

"네, 방금 들었습니다."

"아시네요. 저희가 이번에 대한민국에서 열리는 월드컵을 위해 축구장을 만들려고 하는데 도와주실 수 있습니까?"

"네?"

난 처음에 믿지 못했다. 내가 축구장을 짓는다니 믿을 수가 없었다.

"저 말인가요?"

"네, 맞습니다. 당신의 회사에서 건물들을 잘 짓는다고 하길래, 물어 보는 겁니다. 하시겠습니까?"

"아, 네. 물론이죠."

난 하늘을 날 만큼 기뻤다. 그리고 여러 정보에 대해 이야기를 한 뒤 전화를 끊었다. 그리고 이 사실을 여자 친구한테 자랑을 한 후 집에 돌아와서 친구들한테 전화를 하며 이 사실을 알렸다.

"우리가 축구장을 짓는다니까."

"뭐라고?"

모두 믿지는 못했다.

"하, 힘든데."

모두 별로 기분이 안 좋은 척을 하였으나 다들 좋아하는 것 같았다. 그리고 전부한테 알린 후 그날 있는 해외축구 경기를 보았다. 축구를 보면서 보이는 축구장을 보니 나도 저런 축구장을 짓는 것이 정말 자랑스러웠다.

저 축구장보다 훨씬 멋진 축구장을 짓고 싶다는 생각이 들었다.

그리고 다음 날에 이제 축구장을 짓는 동안 신청을 안 받기로 하였다. 내가 하기로 되어 있던 일을 끝내고 축구장을 짓는 데 전념하기로 했다.

축구장을 짓는 위치가 정해지지 않아 잠시 기다리는 동안 나의 남은 일을 끝내기로 하였다. 나의 일을 완전히 끝내고 축구장을 짓는 위치가 정해졌다. 축구장의 위치는 바로 울릉도였다. 난 처음에 울릉도에 짓는다는 것을 듣고 많이 당황하였다.

왜냐하면 울릉도는 일단 섬이기도 하고 눈이랑 비가 많이 오는 지역이라서 좀 당황하였지만 독도가 우리나라 땅이라는 것을 알리기 위한 이유라고 하였다.

그 말을 듣고 다시 생각해 보니 나쁘지 않을 것 같았다. 그렇게 난 설계를 시작했다. 일단 섬에 있으므로 배를 타고 바로 경기장으로 들어가는 것이 뭔가 좋아 보였다.

그래서 항구 옆에 축구장을 짓기로 하였고 아무래도 울릉도는 비가 많이 오고 눈이 많이 와서 일반 축구장으로는 안 되고 돔으로 된 축구장을 만드는 것이 좋아 보였다.

관중석은 최대한 많이 하라고 하여서 한 8만 명 정도 생각하였고, 섬이다 보니 습할 것을 대비하여 초거대 에어컨을 설치하기로 하였다. 그리고 축구선수들을 가까이서 볼 수 있게 축구장과 관중석의 거리를 최대한 가깝게 하는 식으로 설계를 하였다.

나의 설계도가 대한축구협회에서 통과가 되어서 이렇게 짓기로 하였다. 우리 회사가 이런 큰 일을 하게 된 것에 굉장히 좋았고 한편으로는 뿌듯했다. 월드컵까지는 4년이라는 긴 시간이 남았고 위치상 빨리 할 수가 없었지만, 최대한 빠르게 진행하려고 했다.

그렇게 하루하루를 축구장을 짓는 데 힘을 다 썼다. 그렇게 열심히 살다 보니 3년 후에 축구장을 다 지었다. 내가 생각했던 그대로 축구장이 나왔고 내가 TV에서 봤던 웅장함도 있었다. 짓고 나니 참 뿌듯했고 내가 하고 싶었던 일을 해냈다는 것이 뿌듯했고 기분이 좋았다. 그리고 축구장을 다 지은 후 내가 받지 않은 신청을 받았다.

거의 3년 동안 받지 않았으므로 굉장히 사람들이 많았다. 너무 많았다. 그래도 열심히 일을 하며 살다가 보니 1년이 지나 있었다. 월드컵 시즌이 왔다. 우리나라의 첫 경기는 내가 지은 그 울릉도 경기장에서

했다.

　나도 그 경기장을 지었다는 이유로 참석할 수 있는 티켓을 받았다. 가보니 관중이 꽉 찬 경기장은 내가 지은 거라 믿을 수 없을 정도로 멋있었다.

　사람들이 내가 지은 경기장에서 응원을 하고 있는 것을 보면 기분이 좋았다. 그리고 드론으로 카메라를 찍는 것이 참 신기했다. 그리고 심판도 로봇이 보게 된 것이 신기하기도 했고 사람들의 일자리가 줄어든 거 같기도 하여서 좀 좋지도 않았던 거 같다. 그때

　"슛, 들어갔어요."

　한국 선수가 골을 넣었다. 그리고 경기는 한국의 승으로 끝났다. 내가 지은 경기장에서 이기다니, 나도 대한민국이 이긴 것에 도움이라도 준 것 같은 기분이 들었다. 그리고 나중에 월드컵이 끝나고 난 평상시처럼 원래 하던 일을 하였다.

　건물 설계도를 그리거나, 내부 인테리어를 계획하거나 등등 많은 일을 할 수 있는 사람이 되어 있었다. 그러다가 잠시 쉬고 싶어서 1달 동안 유럽에 친구들과 놀러 가기로 했다. 그 친구들은 물론 나와 같은 회사에서 다른 일을 하는 친구들이었다.

　유럽을 간 이유는 유럽의 건축물들을 보고 건축에 대해 좀 더 알아보고 싶었기도 하였고 원래 가보고 싶었던 곳이었기도 했기 때문이다. 옛날 같았으면 비행기를 타고 긴 시간을 타고 가야 했으나 하이퍼루프인가 진공 상태에서의 기차 같은 것을 타고 가면 금방 갔다.

　유럽에서 여러 체험들도 하였는데 요즘 우주여행이 유럽에서는 유행인 것 같았다. 일반 민간인들이 우주선을 타고 우주로 갔다가 여행하고 돌아오는 것이 믿기지 않았다. 나도 물론 체험을 해보았는데 우주로 가보니 많은 사람들이 체험하고 있어서 우주 같지 않았던 것 같다.

그리고 여러 서양식 건축물을 구경해 보았다. 그중에서도 기억에 남는 것이 빅벤이었다. 빅벤은 영국에 있는 시계탑이었는데 우리나라에도 그런 멋진 시계탑이 있으면 멋있겠다는 생각이 들었기 때문이다. 유럽은 전통적인 건물들이 많이 남아 있다고 생각했다.

하지만 2040인 지금 우리나라에는 전통적인 건물들이 별로 남아 있지 않다고 생각되어서 우리나라 전통 양식으로 지은 건물들도 많이 짓고 싶다는 생각이 들었다. 그리고 다시 돌아와서 평상시와 다를 것 없이 지냈다. 우리 회사는 처음보다 훨씬 더 성장하여서 큰 대기업이 되었다.

그래도 난 여기서 만족하지 않고 더 노력할 것이다.

전화가 왔다.
"뭐라구요? 금방 가겠습니다."

그럼 안녕.

그린비라는 동아리에 들어오게 되었다. 들어오게 된 이유는 원래 나의 진로와 관련된 동아리를 하려고 했는데 떨어져서 다른 동아리를 찾고 있었다.

　처음에 무엇을 하는 동아리인지 잘 몰랐었지만 책을 쓰는 동아리라는 사실을 알게 되었다. 그리고 우리학교에서는 수요일 6교시마다 동아리끼리 모여서 동아리활동을 하였다.

　동아리가 선택되고 나서 한 동안은 선배들이 썼던 책들을 읽으면서 어떻게 써야 하는지 알아보는 시간을 보냈다. 그리고 그런 시간을 계속 가지다가 한 2학기쯤 돼서 글을 쓰기 시작해야 했다.

　주제는 2040년의 세상이었다. 이 주제로 인해 2040에 대해 생각을 해보게 되었다. 생각을 해보니 상당히 먼 훗날이라고 처음에 생각했지만 많이 생각해 보다 보니 또 그렇게 멀지 않을 것이라고 생각했다. 그리고 글을 쓰기 시작했을 때 처음에는 나름 잘 쓰였던 것 같았다.

　그래서 한두 서너 장 정도는 잘 쓰였던 것 같다. 그러고 나서 다음 장부터 쓰는 것이 난 힘들어지기 시작했다. 생각을 계속하고 컴퓨터 타자를 계속 치려고 하였지만 생각이 도저히 나지 않았다. 창작의 고통은 생각보다 정말 힘들었다. 정말 답답하고 하기 싫었다. 그래도 열심히 생각하고 쓰다 보니 다 썼다.

　2040년의 나의 모습을 기대하고 어떤 일이 일어날지를 생각하면서 글을 쓰다 보니 힘들었지만 다 쓸 수 있게 되었다. 다 썼을 때 그때 정말 기뻤다. 답답한 마음이 다 날아갔던 것 같다.

다 쓰고 나서 다시 한 번 내가 쓴 글을 읽어 보았는데 이상한 부분도 있었던 것 같아서 수정도 많이 한 것 같다. 그리고 수정을 다하고 맞춤법이랑 띄어쓰기 등 고치는 일들을 하였다. 이 일이 가장 힘들었던 것 같다.

이 일로 인해 띄어쓰기 하는 방법과 맞춤법에 대해 조금 더 알게 된 것 같았다. 그리고 느낀 점에 대해 글을 쓰는 것을 정말 싫어하는데 막상 써 보니 그렇게 나쁘지 않았던 것 같았다. 그리고 2040에 대한 주제가 좋았던 것 같다.

왜냐하면 이 주제로 인해 2040년에 대해 생각하면서 나의 미래와 진로에 대해 평소보다 많이 고민하고 생각하게 되었던 것 같고 그로 인해 어떻게 살아가야 할지 많이 생각했던 시간이 좋았던 것 같다. 그리고 이 글을 쓰게 도와주신 성진희 선생님과 선배들과 친구에게 감사한다.

2040 자화상

타임머신

2학년 이동진

나는 아무것도 가진 것이 없는 백수이다. 20년 전쯤에는 분명 하고
싶은 것도 많고 여러 분야에서 어느 정도의 재능이 있다고 자부하여 미
래에 나는 대단한 일을 하고 있을 것이라는 생각을 했었던 것 같지만
20년이 지난 지금 2040년에 나는 돈도 없고 희망이 없이 그냥 하루 벌
어서 하루 살아가는 그런 답도 없는 인생을 살아가고 있는 중이다.

　오늘은 일자리를 새로 또 알아보아야 한다. 왜냐하면 얼마 전에 자신
의 아들이 내 자리 대신 들어와야 한다고 하며 겨우 2딘을 주며 가라고
했다. 이런 악덕사장을 신고하려 했지만 로봇이 일을 대신하는 지금은
노동부는 힘을 잃었고 많은 사람들이 나와 같은 상황에 처해 있는 그런
시기가 되었다.

　어찌 되었든 오늘도 2딘으로 산 인공 죽을 먹으며 일자리를 검색하던
도중 요즘 시대에는 얻기 힘든 일당이 무려 30딘이나 되는 그런 일자리
를 찾았다.

　마음속으로 기뻐하며 바로 일자리를 얻기 위해 신암동에 있는 장소
로 곧장 달려갔다. 도착하니 탄식이 저절로 나왔다.

　'하아, 이게 뭐야?'

　그렇다. 여기는 사람이 많이 죽기로 소문이 났기도 하고 로봇보다 사
람을 쓰는 것이 로봇보다 인간이 더 하등한 존재로 여겨지는 막노동 일
을 하는 공사장이었다.

　공사장 앞에 조금 큰 컨테이너 박스 하나가 있었는데 그래도 이런 위
험하고 힘든 일을 하고 싶지 않아 그냥 돌아가려는 무거운 발걸음을 옮

기려는 그때 문이 열리며 늙은 남자의 큰 목소리가 들렸다.

'드르륵'
"거기 아저씨 혹시 일하러 오신 것 아닌가요?"
나는 당황한 목소리로 대답했다.
"어… 네, 맞습니다."
그 남자가 들어오라는 손짓을 해 나는 다시 발을 돌려 심호흡을 하며 컨테이너 박스로 들어갔다. 그 박스 안에는 나를 포함한 나와 처지가 비슷해 보이는 사람 5명이 서 있었다.
내가 들어오고 나서 그 남자는 입을 열어 말하기 시작했다.
"오늘 공사장에서 일하는 로봇들 5개가 고장이 나서 이렇게 급하게 모집했습니다. 이렇게 모여주신 만큼 로봇들이 고쳐지기 전까지 힘내 주시고 일단 여러분들이 할 일은 지하로 가서 로봇들을 도와 모래와 돌 시멘트 등 건축 자재들을 옮겨 주시고 청소와 정리를 해주시면 되겠습니다. 또한 주의해 주실 것은 그냥 출입금지 지역만 들어가지 않으시면 됩니다."
말을 끝낸 후 안전장비와 일할 때 쓸 물건들을 주면서 나와 옆에 있던 사람들에게 말했다.
"두 분은 지하 5층으로 가서 일을 해주시고, 점심 때 데리러 갈 테니 그 때까지 힘내 주시고 방에는 절대 들어가지 말아 주세요!"

이 말을 듣고 나와 내 옆에 있던 사람은 지하 5층에 어떤 구조로 건물이 지어지고 있는지 또한 방 안에는 무엇이 있어서 들어가지 말라고 하는지 궁금했지만
'돈만 빨리 벌어 나가자.'
라는 생각을 하며 지하 5층으로 내려가는 계단 쪽으로 걸어갔다.

지하 5층에 계단으로 걸어 내려가면서 같이 가던 남자가 말을 걸었다.

"안녕하세요? 저는 공사장 일은 처음이지만 열심히 하겠습니다. 잘 부탁드립니다. 그리고 제 이름은 박성준입니다. 편하게 불러주세요! 저는 35살이고 나이가 비슷해 보이시는데 혹시 이름이 어떻게 되십니까?"

나는 서로 어색한 분위기 속에서 먼저 말을 걸어 주어 고맙게 생각하며 대답했다.

"제 이름은 이경호입니다. 저는 37살이고 저 또한 공사장 일이 처음이니 편하게 불러 주세요."

성준이 말했다.

"근데 형님, 지하 5층으로 가는데 계단이 굉장히 기네요. 공사를 굉장히 넓게 하려는 것 같네요. 그리고 그 방에는 뭐가 있어서 그러는 걸까요? 굉장히 궁금하게 만드네요. 원래 사람들은 궁금한 것 못 참는데."

그렇게 이야기를 하던 도중 지하 5층에 도착했다. 지하 5층은 생각보다 공간이 굉장히 넓었고 딱 봐도 들어가면 안 될 것 같은 방이 하나 화장실 옆에 있었고 계단 바로 옆에 커다란 로봇이 하나 서 있었다. 그리고 그 로봇 뒤에는 주의사항이 있었는데 빨간 글씨로 크게

'절대 방에 들어가지 마시오.'

라고 적혀 있었다.

이것을 본 성준이가 말했다.

"사람 굉장히 궁금하게 만드네요. 그렇죠?"

나는 성준의 말에 고개를 끄덕였다.

이쯤 되니, 방에 들어 있는 것이 무엇인지 궁금해 참을 수 없었다.

주의 사항을 보고 나니 갑자기 가만히 있던 로봇은 건축 자재들을 필

요한 곳에 옮기기 시작했다. 나와 성준은 로봇을 따라하여 건축 자재들을 옮기기 시작했다. 건축 자재들은 생각 이상으로 무거웠고 왜 사람을 안 쓰고 로봇을 이용하는지 옆에서 건축 자재를 옮기는 로봇을 보고 이해했다. 그렇게 일을 하던 도중 나는 조용한 분위기가 싫어 성준에게 질문을 했다.

"성준아, 혹시 어릴 때 커서 뭐 하고 싶었냐?"

그러자 성준은 대답했다.

"저는 제가 만든 집을 직접 지어서 살고 싶다는 생각을 가지고 건축가가 되려고 했지만 사업에 실패해서 이렇게 살게 되었습니다."

나는 성준의 말을 듣고 괜히 아픈 곳을 건드린 것 같아 마음속으로 미안해했다. 조금의 정적이 지나자 성준은 나에게 물었다.

"그러면 형님은 어릴 때 뭐 하고 싶었나요?"

나는 대답했다,

"나는 꿈이 없어서 그냥 내 마음대로 살다가 이렇게 일자리나 구하며 살게 되었어."

그렇게 이야기를 마친 뒤 더 무거운 분위기 속에 그렇게 몇 시간쯤 지났을까 너무 힘들고 땀이 삘삘 흘러, 나와 성준은 화장실에 얼굴을 씻으러 갔다.

화장실 내부는 역시 공사장이라 그런지 시설이 좋지 않았지만 나름 씻을 만하였다. 성준이 먼저 얼굴을 씻고 화장실을 나가고 나도 얼굴을 씻고 나가니 그 방이 눈에 들어오기 시작했다.

그래서 결국 마음을 먹고 성준에게 들키지 않고 그 방에 무엇이 있는지 확인하기 위해 방문에 손잡이를 잡은 그 순간, 계단에서 누군가 내려오는 발걸음 소리가 들리며 그 남자의 말소리가 들렸다.

"아저씨 밥 먹고 일합시다. 식사하러 올라오세요."

나는 다행히 방문을 열려고 한 것을 들키지 않은 것 같아 안심한 채

성준과 함께 계단으로 올라갔다. 올라간 후에는 그 남자가 컨테이너로 들어오라는 손짓을 해 컨테이너 안으로 들어갔다.

처음에 안의 모습을 잘 못 봤지만 생각보다 넓고 생활하기 나쁘지 않을 환경이었다. 들어가서 보니 사장으로 보이는 그 남자를 포함한 일을 하러 온 사람 4명이 있었다. 나는 이상하게 생각하여 그 남자에게 물었다.

"아까는 일하는 사람이 저를 포함해 5명이 있었는데 왜 지금은 한 분이 안 계십니까?"

그 남자가 대답하였다.

"아, 한 분이 갑자기 일이 생겨서 죄송하다며 사과하고는 가버렸습니다. 그래서 지금 한 분을 더 모집 중이니 나중에 연락 올 겁니다."

나는 별로 대수롭지 않게 여기며 대답했다.

"그렇군요. 어서 밥이나 드시죠."

내 말이 끝나자 남자는 말했다.

"그럼 4분이서 맛있게 드시지요. 저는 먼저 일어나 보겠습니다."

나와 성준은 남자가 나간 후 자리에 앉아 식사할 준비를 했다. 자리에 앉은 성준이 말을 꺼냈다.

"다들 비슷한 처지인 것 같은데 밥 드시기 전에 먼저 이름부터 말하며 천천히 친해집시다! 저부터 소개할게요. 저는 박성준입니다. 그냥 가볍게 이름만 불러 주세요."

성준의 말이 끝나고는 옆에 앉아 있던 남자가 말을 했다.

"저는 최준서입니다. 친하게 지냅시다."

그리고 잠시 후 옆에 앉아 있던 어려 보이는 사람이 말했다.

"저는 송인호입니다. 앞으로 일할 때 필요한 것 있으면 불러주세요. 할 수 있는 건 도와드리겠습니다."

그리고 마지막으로 내가 말했다.

"저는 이경호입니다. 이왕 돈 벌러 온 거, 돈 열심히 벌어 집에 갑시다."

내 말이 끝나고는 준서는 배가 고팠는지 밥을 허겁지겁 먹기 시작했다. 밥을 먹던 중 나는 그 방 안에 있는 것이 무엇인지 아는 사람이 있냐고 물어보았다.

그러나 아무도 모르는 눈치여서 다시 숟가락을 들던 도중에 인호가 입을 열었다.

"사실 제가 그 남자가 가자마자 그 방안을 열어 보았는데 그냥 큰 방안에 평범한 침대 하나가 있는 것이 끝입니다. 그래서 왜 그렇게 주의하라는지 이해할 수가 없는데요. 뭐 신경 안 써도 될 것 같아요."

그렇게 궁금증이 풀린 나는 편한 마음을 가지고 한참을 떠들며 시간을 보내다 보니 1시간쯤 지나서 그 남자가 들어왔다. 우리는 급하게 밥먹은 것을 정리하며 눈치를 보며 슬슬 일어났다. 그렇게 컨테이너 밖을 먼저 나온 나는 지하로 다시 내려가던 도중 이상함을 느꼈다.

분명 아까 지하 5층으로 내려올 때는 분명 지하 4층의 불이 밝게 켜져 있었는데 지금은 불이 꺼져 있었다. 그래서 4층으로 몰래 들어가 보았다. 지하 4층에는 5층과 구조가 비슷했지만 한 가지 다른 점이 있었다. 4층에는 방의 문이 열려 있었던 것이다.

그래서 나는 열려져 있는 방 문 앞으로 천천히 걸어가 방 안을 조심스럽게 들어갔다. 안에는 인호의 말과는 다르게 침대는 없었고 오른쪽벽에 '타임머신 작동 완료'라는 글자가 신기하게 떠 있었다.

나는 혼자 생각했다.

'타임머신? 뭐야 이게 실제로 존재했던 거야?'

나는 한 치의 망설임 없이 지하 5층의 방안으로 뛰어갔다. 방문을 열어보니 침대 하나가 오른쪽에 있었다. 그 침대 위에 종이 하나가 놓여있는 걸 보았는데 그 종이에는 이렇게 써져 있었다.

'침대에 누워 10초간 눈을 감고 과거의 원하는 장소와 시간을 상상하면 그 때로 이동합니다.'

이 글을 읽은 후 지하 5층으로 누가 달려오는 소리가 들렸다. 그래서 나는 망설임 없이 그 침대에 누워 고등학교 2학년 때 내 집을 상상하며 이동되길 바라며 눈을 감았다.

8초 정도 지났을 때 방 문 바로 앞에서 그 남자와 로봇들이 소리치는 것이 들리며 방문이 열리는 소리까지 들렸는데 그 남자가 내 발목을 잡아서 당기려는 순간 성준이

"어릴 때 꿈을 가지고 꼭 이루시길 바라겠습니다."

라는 말과 함께 그 남자의 몸을 잡아 당기고 로봇들의 시선을 끌어주었다.

그 뒤로 나는 어딘가로 이동되어진 것 같았다. 기절인가 꿈인가 구분이 안 되었고 수면 상태에서 몇 시간이나 흘렀는지 모르는 나는 정신없이 깨어나 화장실로 갔는데 거울을 보니 정말 고등학교 2학년의 나로 돌아와 있었다. 내 얼굴을 손으로 더듬거리며 꿈이 아닌지 확인했고 꿈이 아닌 걸 알아채고 나서야 마음속으로 소리쳤다.

'대박!!!!!'

오랜만에 돌아온 내 방을 천천히 살펴보니 책으로 어질러져 있는 내 책상과 내 침대 벽에 붙어 있는 여러 사진들을 보며 별거 아닌 것 같았지만 굉장히 울컥했다. 그리고 거울을 보며 어린 시절로 바뀐 내 모습을 보면 신이 나에게 제 2의 인생의 기회를 준 것 같았다.

시계를 보니 아침 6시 30분이었다. 나는 예전처럼 버스를 타고 학교에 등교하는 것이 굉장히 어색했지만, 학교를 가며 한 가지 다짐했다.

예전에 했던 일 중에 후회하는 일을 남기지 않겠다고. 그래서 나는 학교에서 자습 시간을 많이 줄 때 내가 후회했었던 일을 천천히 고민해

보았다. 고민해 보니 아마 제일 후회했던 것은 내가 원하는 진로가 무엇인지조차 모른 채 놀기만 좋아해 꿈도 없이 하루하루 하고 싶은 것만 하면서 살아가는 그런 인생을 살았던 것이 제일 후회가 된 것 같았다.

그래서 이제는 내 진로를 찾고자 노력했다. 경찰서에 직접 면담도 가보고 소방관 체험, 컴퓨터, 인공지능 심리학 공부 등등 많은 진로와 직업을 체험하던 도중, 그렇게 내 진로를 찾던 중에 유독 눈에 띄는 게 있었는데 바로 건축과 디자인 계열이었다.

2021년의 과거로 돌아와서 많은 곳을 돌아다니다가 보니 제일 많이 바뀐 것이 도시의 풍경이었다.

오랜만에 본 2021년의 도시 풍경은 2040년의 풍경보다 더 좋다고 생각이 들었다. 2021년의 모습에는 자동차가 막 돌아 다니고 거리에 사람들이 넘쳐나 바쁜 일상을 살아가는 사람들의 모습이 보인다.

자연과 도시가 합쳐진 것 같은 풍경이 보이는데 2040은 건축 자재들이 많이 없어져 색이 단조롭고 크기가 일정한 건물이 보이고 사람들의 모습이 보이는 것이 아니라 로봇들이 배송을 하고 자동차도 사람들이 직접 운전하는 모습도 보이지 않으며 집에서도 물건들을 직접 입어보고 결정하는 등 삶이 너무 편리해져 사람들이 살기보다는 로봇들이 세상을 사는 느낌을 받기 쉬웠다.

그래서 나는 돌아온 고등학생 생활에서 건축사를 꿈꾸며 살아 2040년에 풍경이 그렇게 되지 않기 위해 노력해야겠다고 다짐했다. 그렇게 건축사를 꿈꾸며 고등학생 과정을 마친 2년 후 나는 원하는 대학 건축과에 들어가는 것을 성공했고 5년 후 대학을 다니며 자격증을 따는 등 건축사가 되기 위해 쉼 없이 노력했다.

10년 후에는 결국 회사에 취직하는 데 성공했고, 2년 정도 회사에서 경력을 쌓아 이제 내 사무실을 차려 사업을 시작하기로 마음먹었다. 그렇게 사무실에 적합한 곳을 찾으러 부동산을 돌아다니던 중 이제 자리를 막 빼는 사무실을 가보았다.

문을 열어보니 그 곳에는 이제 정리하며 깊은 한 숨을 내쉬고 있는 사람이 있었는데 어디선가 본 듯한 얼굴이었다. 그 사람은 이제 나가려고 짐을 들고 내가 있는 문 쪽으로 걸어와 얼굴을 마주치는 순간 나는 그 남자가 성준인 것을 알았다.

그래서 꼭 나를 다시 살게 해준 성준에게 은혜를 갚고 싶어 나는 성준에게 말을 걸었다.

"혹시 이제 사업 그만 두시려 하시나요?"

그러자 당황한 듯 성준이 대답했다.

"네. 이제 사업도 망해서 가진 돈도 없고 노가다 같은 일자리 하나 구해 보려고요."

그래서 나는 성준에게 말을 했다.

"저가 이제 건축 사업 하려고 하는데 혹시 같이 해보실래요?"

그래서 성준은 대답했다.

"네, 정말요? 그래주시면 진짜 열심히 하겠습니다!!"

그렇게 성준과 나는 이제 사업 파트너가 되어 같이 일을 하기 시작했다. 성준의 능력은 생각보다 더 대단했고 건축에 대한 깊은 지식이 있었다. 나와 함께 사업을 시작하면서 점점 재능을 드러내기 시작했다. 그래서 내가 성준에게 궁금증이 하나 생겨 물었다.

"이렇게 일을 잘하는데 왜 사업을 실패하게 됐냐?"

"사실 믿었던 친구와 사업 파트너로 계약서를 썼는데, 알고 보니 처음부터 제 돈을 노린 사기였고 결국 배신을 당해 모든 걸 포기했었는데 이렇게 다시 일하게 되어서 너무 좋고 감사합니다!"

성준의 말을 들은 나는 스스로 뿌듯해하며 앞으로의 계획을 성준에게 말했다.

"아마도 미래에는 디자인을 하는 사람들이 점점 줄어들어서 로봇들이 아파트를 짓기 시작하고 건축 자재들도 쓸 수 있는 대부분이 거의 철밖에 남지 않을 거야. 그러니 우리가 철을 이용해서 아파트를 새롭게 디자인할 수 있도록 상품을 만들어 보자!"

이 말을 들은 성준은 그렇게 미래의 단순하고 칙칙한 아파트를 디자인하는 제품을 개발하는데 성공해 우리 회사는 점점 규모가 커졌고 그렇게 다시 2040년으로 돌아왔다.

이번에 돌아온 2040년의 내 삶은 이전의 2040의 모습과는 전혀 다른 모습이 되었고 로봇들이 주도적으로 만들었던 칙칙한 아파트들이 나와 성준이 디자인한 아파트로 도시가 가득 차 있었다. 이렇게 내 꿈을 가지고 내 꿈을 이루어 내니 힘든 시절을 가끔 떠올려 보는데 그때 타임머신을 타지 않으면 불가능했을 것이라고 생각한다.

그래서 이제 나도 일자리가 부족한 사람들에게 기회를 주기 위한 타임머신을 만든다는 새로운 목표를 정해 지금도 성준과 함께 타임머신 제작에 노력하고 있다.

이 책은 요즘 나의 진로에 대하여 생각해 보며 쓴 글이다.

지금의 내가 이대로 하고 싶은 일이 없이 살면 아무런 직업도 없이 그냥 하루 먹고 하루 살아가는 그런 백수가 되지는 않을까 걱정도 해보고 '내가 하고 싶은 일이 무엇일까'라는 질문을 나에게 해보며 썼다.

이 글의 주인공은 2040년에 백수로 등장한다. 백수로 살아가다가 돈을 벌기 위해 공사장으로 가는데 공사장에서 이상함을 눈치 채고 결국에 타임머신을 발견해 타임머신을 타고 옛날 2021년으로 돌아와 자신의 진로를 찾으려고 노력한다. 노력 끝에 결국 진로를 정하게 되고 할 수 있는 최선을 다해 자신만의 꿈을 이루게 되는 이야기이다.

솔직히 나는 이 책을 쓰기 시작할 때 아직 진로도 정하지 않았는데 '어떻게 글을 쓰지'라는 고민을 계속 해왔던 것 같다.

하지만 이 책을 쓰면서 내가 나도 좋아하는 것을 찾을 수 있을 것 같다는 긍정적인 생각을 가지게 되었다.

결국 내가 디자인과 건축에 흥미와 관심이 있다는 것을 알게 되었고, 책을 쓰기 위해 조사한 건축의 현재와 미래에 대한 전망을 조금 더 알게 된 것 같다.

책을 처음 써보면서 느낀 점은 평소에 소설을 가끔 읽어 봐서 책이 쉽게 쓰일 줄 알았는데 생각보다 고려해야 할 것이 많아서 내 생각이 틀렸었다. 책을 완성하는 동안 친구들과 함께 조언도 해주고 어떻게 하면 표현을 더 잘 쓸 수 있을까? 라는 고민을 계속 했는데 첫 작품이라 그런지 뜻대로 되지 않았지만 내 글이 책으로 발행된다는 것이 조금 어색하면서도 하나의 추억을 만들어 나쁘지 않은 것 같다.

또한 책의 내용에 주인공이 계속 노력하는 모습을 보이는데 저 주인공의 모습이 내 모습이 되었으면 좋겠다는 마음에서 책에라도 저런 주인공의 모습을 넣은 것 같다.

나는 진로를 계속 찾아가며 내가 하고 싶은 것에 대한 범위를 점점 좁혀 꿈을 찾아 꿈을 이루기 위해 노력하는 내가 되고 싶다는 목표가 생긴 것 같아 책을 쓰길 잘 한 것 같다는 생각이 들었다.

책의 내용을 잘 쓰지 못해 조금 더 노력하고 관심을 기울였으면 내용이 좋았을 것 같아 아쉽지만 나 스스로 글을 완성했을 때는 보람찼던 것 같고 나중에 기회가 된다면 한 번 더 글을 제대로 써보고 싶다.

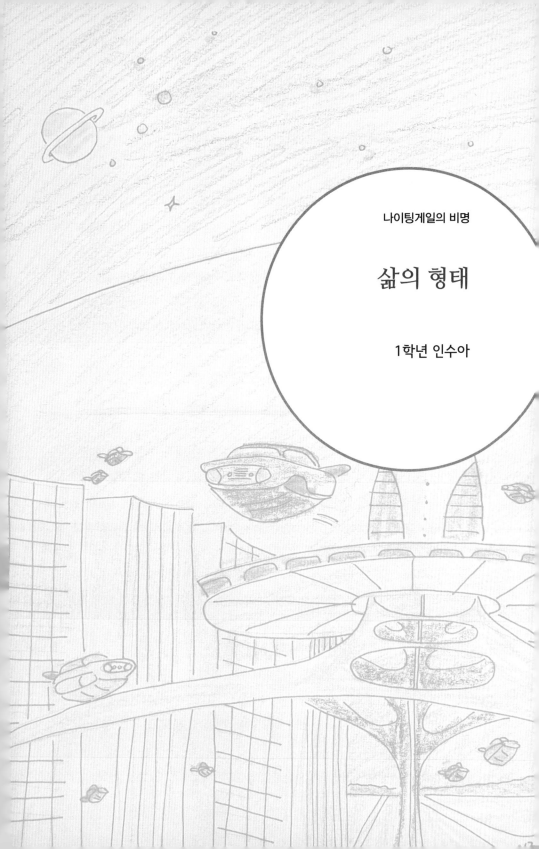

나이팅게일의 비명

삶의 형태

1학년 인수아

*내가 공부를 하게 된 이유와 결과

어린 시절 나는 굉장히 공부를 못하였어, 사교성도 낮은, 어느 집단에나 한 명씩 있는 사람, 하지만 내 인생의 전환점이 된 것은 중학교 시절이라고 할 수 있는 거 같아.

초등학교의 나름 평화로운 생활을 끝내고 중학교에 들어갔었지. 하지만 그것은 내 인생의 전환점이자 시련이기도 했어. 중학교에 들어간 나는 다른 학교 아이들의 빠른 그룹 형성에 끼어들 틈도 없이 소외됐지. 그래도 나름 괜찮은 애들이랑 만나서 평화로운 생활을 하던 중 이상한 집단을 만났어.

이상하게 교칙을 지키지 않으며 같은 애들을 천대하며 무례하게 굴고 잘난 듯이 학교의 분위기를 망치는 일진이라고 불리는 이상한 집단이었지. 나는 도저히 이해를 못했어.

"쟤네가 뭐가 잘났지?"

"쟤네가 뭐가 무섭지?"

라고 그렇게 생각한 나는 걔네들의 시비를 딱히 피하지도 않았지. 그렇게 그 이상한 집단과 엮이는 사이 나의 이미지도 똑같이 아니 오히려 걔네보다 더 나빠졌지.

나는 중2때부터 그런 무의미한 싸움은 그만하고 그냥 학업에 집중하기로 했어. 근데 걔네랑 싸우느라 잊고 있었더라고. 나는 공부를 굉장히 못했으며 중1과정을 거의 공부하지 않고, 중2로 올라왔다는 것을.

나의 부모님은 두 분 다 선생님이고 나의 형은 그래도 공부를 열심히 하는 사람이었어. 나는 그걸 생각한 순간 굉장한 불안감을 느꼈지. 그리고 중2 2학기 중간고사를 마친 나는 학교에서 92%인 나를 확인하고 선생님은 나보고 공업고등학교를 피할 수 없다는 말을 하셨지.

나는 이때 정신이 번쩍 차려지더라고. 나는 그때를 기점으로 초등학교 공부를 다시 시작하며 밤낮없이 15살에 하루 4시간 정도를 자며 공부를 했고 그 결과 나는 중학교 3학년 2학기 기말이 끝나고 학교에서 47%, 전교 50등으로 졸업을 맞이하였지.

그때 중학교 최종 성적표를 받고 나의 성적에 기뻐한지 5분 정도 후에 주위 곳곳에서는 울음소리가 들려왔어.

"허허….."

여학생들이 졸업 얼마 안 남았다고 우는가 싶었는데, 그건 여학생들이 아니고 다름 아닌 성적이 낮아 자신이 원하는 고등학교를 못 가는 애들의 울음소리였어. 나는 그 애들을 보고 나도 계속 놀았다면 저렇게 되었을까? 라고 생각하며, 졸업식을 마치고 새로운 학교, 고등학교로 발을 옮겼지.

*간호사가 되기까지의 노력과 위기 그리고 과정

나는 내가 원하는 곳, 인문계 고등학교 진학에 성공하고 새로운 고등학교 생활을 시작했지. 그리고 고등학교는 생각보다 너무 좋았고 사람 대 사람으로 대화할 수 있는 사람들이 상당히 많았으며 역시 수준이 최소 기준은 충족되는 사람들답게 거의 모두가 착했어.

친구를 만들기도 괜찮았고, 적당한 친구를 사귀고 필요한 때 서로 돕고 다른 반에는 그냥 가끔가다 책 빌리거나 농담이나 주고받는 친구들이 있고, 하루하루가 좋았지.

하지만 그리 오래가지는 못했어.

"역시 수준이 최소 기준은 충족되는 사람들답게."

에서 나는 알아야 했는데, 나는 그 최소 기준이 충족되지 못한 애들이 포함된 집단에서 중간이었지.

개네들이 다 떨어지니 맨 밑바닥은 내가 되었어. 중간고사가 끝나고 나는 알았어. 그 뒤로 나는 뭐에 홀리기라도 한 것 마냥 광인(狂人)처럼 공부만 했어. 내가 무엇보다 중요하게 여기고 우선시 했던 가족들한테도 등을 돌리고 굉장히 예민하게 굴었지.

나는 계속 공부했어. 솔직히 '잔다'라는 개념은 버리고, 학교 점심 시간, 쉬는 시간, 이동 시간 정도에 잠을 잤지. 하루 수면 시간이 많아 봐야 3시간 이하였어. 기말고사가 끝나고, 7.5등급에서 6.8등급으로 내신이 올랐어.

하지만 고작 0.7등급의 내신을 얻고 상당히 많은 것을 잃었지. 나의 자신감, 가정의 화목함, 나의 감정, 형과의 사이, 가족 관계, 친구 관계, 학교에서의 이미지….

거의 모든 것을 잃어버렸지. 그리고 나에게 남은 건 6.8등급 내신과 학업 스트레스로 인한 탈모 초기 증상, 우울증, 공황장애 초기, 과도한 에너지드링크 복용으로 하루에도 수십 번 심장이 아파 오는 증상 정도가 남았지. 친구들은 그 당시 내 표정과 눈이 매우 살벌했다고 말하고. 가족은 그 당시 내 표정과 눈이 매우 슬퍼 보인다 했으며 내가 거울을 봤을 때는 허무해 보였지.

그러던 중 나는 어느 날 여느 때와 같이 복도를 걷고 있었어. 그러던 중 8반에 그 당시 나와 비슷한 눈을 하고 항상 우울해 보이는 친구를 만났어.

나는 그냥 쟤도 나처럼 너무 힘든가 보다 생각하고 인사를 했지. 그 뒤로 그냥 보이면 인사하고 가끔 이야기 나누는 사이가 됐어. 뭐 그렇게 동질감? 같은 걸 느끼고 지나가는 거였지.

그렇게 나는 몸과 정신 둘 다 피폐해진 상태로 여름방학을 맞이했어. 다행히도 여름방학에는 내 정신도 몸도 다 회복했지.

솔직히 말해서 고2 후반 때까지는 미약한 공황증세는 있었어. 하지만 이건 어렸을 때부터 조금 그런 거라서 전혀 상관없는 일이었지. 나는 멘탈이 좋아졌어. 그리고 나의 정신이 유지될 정도를 파악하고, 적당히 공부를 했지.

뭐… 당연히 공부가 줄었으니 모의고사 성적 7.2로 내려갔지만, 나는 좌절은 하지 않았어. 그야 다시 올리면 되는 거거든.

내가 여름방학 동안 느낀 것은 '무엇보다 나의 건강이 우선이다'라고.

나는 그 생각을 가지고 공부한 결과 1학년 2학기 중간을 평균6.0을 맞았지. 그렇게 나는 힘을 얻어 다시 가려 하던 중, 위에서 말했던 친구가 "자살했다."라는 소식을 들었어.

솔직히 믿어지지 않았지. 뭔가 그래도 누군가 너 재랑 무슨 관계야? 라고 물으면

"아, 그냥 친구"

라고 답할 수 있는 그런 딱 그 정도의 사이였지만, 어찌 되었건 나의 친구이고, 지인이었거든.

나는 그때 처음으로 내 주위 사람이 자살한 것을 체험했어. 나는 그 당시에 느낀 점은 그냥 충격 그 자체였지. 심지어 걔는 우리 동네에 사는 애였어. 말로 형용할 수 없는 묘한 죄책감과 조금의 자기혐오까지 들 정도의 기분이었지.

"내가 막을 수 있었지 않았을까?"

학교에서는 결국 학업스트레스로 인한 자살로 끝맺었어. 하지만 학부모는 3년 내내 '학폭을 당했다'라고 주장하며 중학교 때 '학폭위원회가 열렸다' '뭐다'라는 말도 있었지만 그냥 그렇게 묻혀서 사라졌어.

나는 학부모께서 아들의 유품을 챙기고, 운동장에서 아무 일 없다는

듯이 운동하는 애들을 보고, '너희의 친구가 죽었다고'라고 소리 지르시는 그 안타까운 모습을 지금도 잊을 수 없어.

하지만 나는 오히려 이것을 계기로, 진짜 나는 반드시 꼭 행복하며 평화로운 삶을 얻을 거다라며 강하게 마음을 먹게 된 계기가 된 것 같아. 그리고 나는 2학기 기말 5.3, 2학년 1학기 중간 4.5, 기말 4.0, 2학기 중간 3.8, 기말 3.2라는 기적적인 성적 향상으로 나는 내가 원하는 간호학과에 갈 수 있는 성적이 되었어.

나는 수시로 갈 수 있었기에 그동안 내가 모르고 궁금하던 것과 오래된 나의 적인 '비만' 하고 내가 평소 모르던 기본 지식, 사자성어 등 그냥 배우면 유식해 보이겠다는 것을 공부했어.

그렇게 어느새 수능을 치고 최저 기준점을 맞추어 형과 같은 대학에 들어갔어.

솔직히 말하면 거의 대학 들어가서 6개월쯤은 형이랑 드디어 '나도 여기 왔다', '내가 해냈다' 거리면서 술 퍼마시며 놀았지.

그 뒤로부터는 고등학교 중학교랑 전혀 비교도 안 되게 순조롭게 모든 것이 척척 진행되었지.

대학교를 졸업하고 군대를 다녀오고 취직을 하고 2041년이 되었어. 여기까지가 나의 옛날 이야기고, 이제부터는 나의 현재 간호사 생활을 말할 거야.

*간호사(성인)가 된 나의 삶

나는 고등학교, 대학교를 졸업하고, 군대를 갔다온 후, 드디어 간호사로 거듭났다.

현재 나는 대구에서 살며 직장은 서울에 있는 종합병원이다. 출퇴근은 하이퍼루프 열차로 출퇴근한다. 하이퍼루프 열차는 시속 1019km로

갈 수 있어 현재 대한민국은 설날 빼고 교통체증은 없다.

병원에 도착하면 간호사실로 들어가 환복을 하며 3교대로, 원래 하고 있던 간호사와 간단한 인사 후 인수인계를 받는다, 그리고 바로 환자의 심장박동, 현재 뇌파, 장기상태, 통증수치, 불안감 수치, 스트레스 지수, 수면상태, 병의 진행도를 실시간으로 알려주는 모니터로 모든 환자의 상태를 하나하나 체크하고 평소대로 주사를 놓으며 병원을 돌고 약품 정리 및 환자의 요구사항 등을 간호조무사와 함께 해결하며 8시간을 일하고 다시 하이퍼루프를 통해 퇴근한다.

병원에서 일한 지 4년 후, 나는 최근 월급으로 완전자율주행 자동차를 사자고 마음먹었다
"다른 사람들 다 가지고 있다는 그 완전자율주행 자동차 드디어 나도 산다."
라며 어린애가 된 듯 즐거운 맘으로 샀는데, 솔직히 이게 진짜 편리하고 편했다.

확실히 2041년이 되니 드디어 그토록 내가 기다리고 바라던 완전자율주행 자동차가 상용화 되었다. 이제 자율 주행 중 사고는 100% 회사가 보상하며 자율주행을 켜고 있을 시 음주도 가능하다. 그리고 내가 타는 자동차는 완전한 전기차로 환경오염에 걱정이 없었고, 옛날에 전기차의 단점이던 '느리다', '충전이 느리다', '충전할 곳이 마땅히 없다', '별로 못 간다.' 등은, 요즘 초고속 충전과 충전용량이 대폭 늘어나고 전기 효율도 압도적으로 좋아져서 가솔린 자동차보다 훨씬 편리하며 좋아졌다. 근데 나는 간호사라서 솔직히 음주하며 자율주행하여서 어디 여행갈 시간이 잘 안 나온다.
'간호사가 되면 여성 비율이 높아서 나는 인기가 많겠지'라는 행복회

로를 돌린 적도 있다만, 지금 한국은 초고령 사회로 그냥 할머니, 할아버지들이 있는 요양병원이 병원의 절반이고 환자는 거의 항상 만석이라서 연애할 틈도 없다.

애초에 틈이 있어도 나한테 오기는 할까? 그건 그렇고 요즘은 180세 시대라는 말이 현실화 되었다. 현재 남성의 평균 수명은 169세, 여성의 평균 수명은 177세이다.

아마 이것을 20년 전 사람들이 들으면 갈라파고스 거북이냐면서 웃을지도 모른다.

누가 알았겠는가?

현재는 의료발달로 수술성공률은 기계에 이상이 없는 이상 100% 성공이고, 인류에게 커다란 난제였던 치매도 이제는 병원에서 꾸준한 뇌파 치료로 충분히 치료가 가능한데 이것이 대단한 것은 치매를 멈추는 게 아닌 점점 뇌를 회복시키며 말기 치매 환자라도 7개월 정도면 건망증 정도로 회복할 수 있으며 1년이면 완치한다.

현재 의사의 수는 의사를 준비하는 사람들에게는 절망적일 정도로 줄었다. 왜냐하면 의사는 그저 긴급 상황 시 수술 및 기계 확인, 환자에게 병명 설명 정도밖에 하지 않는다.

이렇게 변한 사회는 마냥 좋은 것만 있는 것은 아니다. 현재 대한민국은 사람들이 잘 죽지 않으며 출생 또한 하지 않는다.

현재 한국은 초고령 사회고 출생률은 −3.2라는 세계적으로 봐도 압도적인 수치이다. 이러한 것 때문에 사망원인은 1위가 사고사이고, 2위가 암이며, 3위가 자살이며, 매년 인구의 수는 줄고 있다.

현재 대한민국은 수명이 늘어나 더 이상 힘이 없고 삶의 가치를 찾지 못하는 사람들에 한해 '환자 안락사'를 허용하였다. 이것은 순수하게 환자의 선택으로만 할 수 있다. 이렇게 자신 스스로 삶을 끝낸 환자들은 자살이 아닌 자연사 처리를 한다.

요즘 사회 인식은 180년의 삶 중 고작 2~4년 더 살겠다고 고통스러운 나날을 보내니, 그냥 일찍 끝낸다는 인식이 잡혀 있는 거 같다.

처음에 '환자 안락사'라는 법안이 나왔을 때는 굉장한 파문을 불러왔다. '인권에 문제다'라니, '생명은 하늘이 준 거기에 자살은 교리에 어긋난다.'느니, '사는 건 선택이 아닌 필수다.', '자살 장려 법안이다'고 하며 굉장히 말이 많았다.

하지만 결국에 헌법재판소는 삶은 자신의 소유이며 그것을 끝내는 것 또한 자신의 권리이고, 그것을 국가가 막아서는 안 된다. 라는 결론으로 합헌으로 결정이 나 전국적으로 보급되었다.

나는 적어도 이 법에 대해 긍정적이다. 나의 생각은 무엇을 하든 개인의 선택을 가장 우선시해야 한다고 생각하기 때문이다. 자신의 선택을 국가가 막아서는 안 된다는 것이 내 입장이다.

*나의 직장에 대한 나의 생각과 사회 분위기

나의 직장은 그냥 평화롭고 귀찮으며 따분하다. 하지만 이러한 직장을 가지기 위해 노력했고 이 지루함과 따분함 평화로움은 내가 원한 것이기도 하다. 그저 노인들 대화 상대, 오물주머니 갈기, 상태체크, 주사 놓기 등 그냥 평범하다.

그 대신 달라진 점이라면 간호사의 수의 절반은 테슬라의 인간형 로봇이 하고 있다는 점이다. 이 로봇은 머리부터 발끝까지 완전한 사람을 닮아서 육아부터 시작해서 모든 인간이 할 수 있는 일을 대신할 수 있는 로봇이다.

굉장하지 않은가?

또한 수명이 늘면서 세대 간의 차이도 심해진다. 만약 옛날로 친다면 60대에 배우는 걸 그만두고 꼰대 마인드로 들어간다 해도 길어봐야 30년 꼰대짓하다가 갔지만, 지금은 60대에 그런 마인드로 가버리면 그의 손자에 손자한테까지 그런 틀에 박힌 마인드로 할 수 있다는 것이다. 끔찍하지 않은가?

그로 인해 옛날에는 70대 꽉 막힌 어른 등을 그러려니 했다면 지금은 사회악으로 받아들이기도 한다. 그리고 소소한 변화로는 식당에 100살 이하 흡연금지가 사라진 것이다. 요즘 그런 걸 붙여 두면 아마 동네에서 소문난 흡연가능 식당이 될 것이기 뻔하기 때문이다.

나는 최근 아버지한테 돈 대신 시가나 럼주 등 물건을 보낸다. 왜냐하면 아빠는 잘 쓰지 않기 때문이다. 엄마한테는 그냥 현찰로 드린다. 어머니는 잘 쓰시기 때문에.

나는 요즘 휴일이나 공휴일에 형이랑 맛집이나 좋은 술집 가는 것이 나의 취미이다. 가끔 가족끼리 모여서 여행도 가고 나름 좋은 삶을 보내고 있다.

내가 이렇게 간호사가 되기까지 좌절 ,슬픔 ,절망, 친구와의 이별 등 여러 가지 힘들고 괴로운 일들이 많았지만, 결국 나는 내가 원하는 직업을 얻고 행복함을 얻었다. 내가 원했던 모든 것을 이룬 것만 같다.

나는 그저 이 평화로운 시간이 계속 이어져 가기를 바란다. 여기까지 나의 별것 없는 이야기를 끝까지 읽어준 독자에게 감사의 말씀과 앞으로의 모든 길에 희망이 함께하기를 기도하며 나의 이야기를 마친다.

나는 이번 글을 쓸 때, 기본적으로 나의 바람, 꿈, 이루었으면 하는 것, 이루어야 하는 것 등 나의 목표, 희망 등을 적었다.

　2040년 이미 간호사가 되어 병원에 근무하면서, 간호의 손길이 필요한 사람들에게 내가 도움을 주는 생활을 그려보았다. 2040년에 나타난 간호계의 세계도 중간 중간에 상상력을 발휘하여 창작하여 자서전 성격의 소설을 완성했다.

　2040! 꿈을 이룬 내 모습을 생각하니, 가슴이 막 설렌다. 물론 꿈을 이루기까지 많은 시련을 이겨내고 극복해야겠지만.

　이 책의 내용은 내가 원하는 나, 나의 삶 그 자체이다.

　글을 창작한다는 것은 참 힘들었다. 하지만 2040 나의 꿈을 이룬 모습을 생각하며 글을 쓰니, 글이 잘 연결되어 한 편의 소설이 완성된 거 같다.

　내가 책을 쓰며 느낀 점은 '이런 삶이 되면 좋겠다.'라는 희망과 이런 삶을 꼭 만들겠다는 강한 의지와 각오라는 것이다. 무사히 한 편의 글을 마치니, 왠지 뿌듯함이 내 몸을 감쌌다.

　그린비 동아리 활동을 할 때, 책이 나오기까지 돼지국밥과 치킨과 피자 등 맛있는 음식을 자주 사 주신 성진희선생님께 감사한다. 또한 컴퓨터실에서 동아리 선배들과 친구들끼리 모여 밤늦게까지 책쓰기에 몰입하여 활동을 한 것에 대해 서로 격려해 주고 싶다.

다이브

다이브

2학년 이성헌

prologue

어떻게 하면 최악의 상황을 극복할 수 있을까?

행복의 진정한 가치가 무엇인가?

이 질문의 답은 다이브에 있다.

이 책은 주인공의 독백과 갈등에 대면했을 때 심리적 묘사가 짙다.

당신이 이 주인공의 상황이라면 무슨 감정을 느끼고 어떤 행동을 했을까? 하고 생각해 보는 것도 이 책을 읽는 데에 도움이 될 것이다.

2040년 그에게 무슨 일이 있었던 것일까?

그의 상상력이 곧 세계다.

다이브

나는 현재 신서고등학교라는 일반고 남고에 재학 중인 고등학교 3학년 학생이다. 나는 학교를 잘 가지 않는다. 내가 학교를 나오지 않는 날은 일주일에 1~3번인데 유급을 아슬아슬하게 피할 정도로만 학교를 가야 한다.

나는 부모님이 계시지 않아서 PC방 아르바이트를 하는데 대부분 PC방들은 무인 PC방이어서, 내가 아르바이트 하는 곳은 사람을 쓰는 유일한 일자리였다.

사실 나는 학기 초까지만 해도 학교에 잘 나왔고 매우 성실한 학생이었다. 1학기 기말고사를 2주 앞둔 종례시간이었다. 담임선생님께서 말하셨다.

"자, 이제 시험 2주밖에 안 남았으니 다들 열심히 해서 후회가 남지 않도록 합시다."

나는 생각했다. 내 마지막 내신도 잘 관리해서 명문 국립대학교인 S대학교에 무조건 입학하겠다는 3년 동안 그리고 어릴 때부터 꿈꿔왔던 나의 궁극적인 목표를 이루기 위한 노력들은 이제 아무렇게 되어도 좋다.

담임선생님께서 말하셨다.

"자. 실장 인사."

그 순간 다른 선생님께서 노크하시며 들어오셔서 나를 급하게 찾으셨다. 그 선생님께서는 조심스레 말하셨다.

"성훈아 병원으로부터 온 연락인데 너희 어머님께서 돌아가셨단다. 어서 병원으로 가보렴. 많이 힘들면 선생님한테 얘기하고……."

나는 이미 예전부터 어느 정도 각오를 하고 있었다.

약 1개월 전의 일이었다. 2040년 2월 12일. 설날이었다. 나와 엄마는 고향인 대구에 내려가기 위해 하이퍼루프를 탔다.

하이퍼루프란 마하 1.06의 속도를 내는 기차라고 생각하면 된다. 이 하이퍼루프를 이용하면 서울에서 대구까지는 10분 정도면 충분하다. 빠르게 지나가는 풍경들을 보며 잠시 멍을 때릴 틈도 없이 대구에 도착했다.

친척들은 나와 엄마를 반겨주었고 저녁에 나는 어른들의 권유에 어쩔 수 없이 술을 마시게 되었다. 내년이면 나는 성인이 되니까 일종의 성인식으로 받아들였다. 나는 내가 술이 셀 줄 알았는데 전혀 아니었나 보다.

한 잔 두 잔 마시다 보니 어지러워서 무슨 일이 있었는지 잘 모르겠지만 우리 엄마가 나를 자랑하시는 모습은 기억이 난다. 나는 이때 뉴턴의 중력 가속도법칙이 잘못되었다는 것을 깨달았다. 지금 나에게 느껴지는 지구의 중력은 마치 9.8N이 아닌 98N같았다. 나는 1층 안방까지 정신력으로 버티며 걸음을 내딛고 침대에 쓰러졌다.

　다음날 아침 친척들과 인사를 나누고 대구를 나선다. 하이퍼루프는 이용자가 너무 많기 때문에 왕복을 예약하기는 힘들다. 그래서 편도로만 예약했었고 우리는 전기자동차를 타고 경부고속도로를 달렸다.

　고속도로 한복판에서 나는 한 번도 들어본 적이 없었던 그리고 들으면 안 되는 소리를 들었다. 그것은 차가 급발진을 하는 소리였고, 이 절망적인 상황에서도 나는 포기하고 싶지 않았다. 기어를 N에 넣고 시동도 끄고 브레이크도 최대한 밟아서 시속 210km까지 치솟던 속도가 점점 줄어들고 있었다. 하지만 톨게이트 근처까지 와버려서 충돌을 피할 수는 없었다.

　그때 주마등처럼 어린 시절의 기억이 스쳐 지나갔다. 공부만 열심히 했었던 어린 시절의 내가 너무 미워보였다. 원래 죽을 때 되면 행복했던 기억들이 떠오른다고 했는데 나는 가장 행복했던 기억이 공부였나 보다. 그리고 시계소리가 들렸다. 마치 공부만 했던 나의 지난날들을 비웃듯이 하는 그런 시계소리가 듣기 좋았다.

　정신을 차리고 눈을 떠보니 병원에 있었다. 나는 복부와 다리에 경상을 입었다. 그래도 혼자 걸어 다니고 밥을 먹을 정도는 할 수 있었다.

　하지만 엄마는 뇌사 상태에 빠지셨다. 의사는 엄마가 다시 살아나는 것은 힘들다고 하시고 마음의 준비를 하라고 하셨다. 그때 나는 잘 키워주시고 세상 그 누구와도 비교할 수 없을 정도로 사랑해 주시던 엄마를 보내야 된다는 생각에 너무 겁이 났고 슬펐다.

　조금 진정한 후에는 나를 이 세상에 혼자 남게 한 신이 미웠고 이 아픔을 딛고 살아가야 할 시간이 미웠다. 그래도 나는 삶을 사는 진정한 방법을 깨달았고 곧 하늘에서 나를 보고 계실지도 모르는 엄마를 생각하면 죽고 싶어도 버텨야만 했다.

이것은 1개월 전의 일이었고 내 인생은 엄마가 돌아가시기 전과 후로 나뉘었다. 엄마의 흔적이 내 마음속에서 조금씩 잊혀 가고 시간이 지나자 나는 일상에 겨우 돌아올 수 있었다.

PC방 알바를 하면서 자주 보던 게임의 새로운 시리즈가 오늘 리메이크되어 출시된다고 한다. 나는 이 게임의 특이한 구동방식에 흥미가 있었다.

예전에는 키보드나 마우스로 조작하여 플레이했지만 이 게임은 머리의 뇌파를 이용해서 캐릭터나 인터페이스를 자유자재로 다루는 기술을 적용한 세계최초의 UBW(Using Brain Waves)게임이다.

이뿐만 아니라 게임 속에서 내 캐릭터가 겪는 모든 감각이 현실의 나에게 똑같이 느껴진다. 그래서 그런지 더 현실감 있고 몰입도가 높지만 매우 위험하기도 하다. 내가 말했다.

"민성아, 오늘 GTA:Ⅸ가 리메이크되어서 출시되었는데 같이 할래?"

민성이가 말했다.

"근데 나 잘 못할 거 같은데."

"걱정하지 마. 마우스나 키보드로 조종하는 게 아니라 자기 생각하기 나름으로 조종할 수 있어."

"아, 그래? 나 오늘 집가서 바로 다운받고 킬게."

"그래ㅋㅋㅋ 7시에 디스코드 신서고 채널 3-4방으로 와."

민성이는 나와 어릴 때부터 같이 지내온 친구였다. 유치원, 초등학교, 중학교, 고등학교를 같이 나온 친구로서 현재 나와 가장 가까운 사람이다.

중학교 당시 누구도 말릴 수 없었던 자유로운 영혼이었던 민성이는 평소에 파쿠르를 즐겼는데 유튜브에 영상을 올릴 때마다 조회수가 몇만씩은 나오는 실력을 가지고 있었다. 나도 그런 민성이가 멋있어 보여서 민성이에게 파쿠르를 좀 배웠고 같이 영상을 찍기도 하였다.

하지만 1년 전에 민성이는 불의의 사고를 겪어 팔 한쪽을 잃었다. 그래서 민성이와 더 이상 파쿠르를 할 수 없게 되었는데 이 게임을 보니 다시 민성이와 좋은 추억을 만들 수 있을 것 같았고 구속되어 버린 그의 영혼을 다시 자유롭게 해줄 수 있을 것만 같았다.

이 게임의 맵은 현실세계를 거의 복사하였는데 완성도가 높다. 이 게임은 아직 베타테스트 버전이라 게임의 콘텐츠들이 별로 없고 할 수 있는 게 많이 없어서 우리는 파쿠르나 해보기로 했다. 머리에 빵모자 같은 것을 쓰면 잠에 빠지고 게임에 접속하는데 우리는 이것을 다이브 (dive)라고 부른다.

나와 민성이는 게임에 들어와서 학교에서 만났다. 현실세계, 현실감각 그대로인 것마냥 느껴져서 설렜다. 1시간 동안 파쿠르를 하다가 움직이는 요령을 익힌 우리는 게임속의 '나'를 잘 컨트롤 할 수 있었다.

시내로 나가서 우리는 건물외벽을 타고 오르고 높은 건물의 옥상에서 상대적으로 낮은 건물의 옥상으로 점프하기도 한다.

그렇게 열심히 파쿠르를 하던 중 민성이에게 사고가 생겼다. 눈으로는 잘 보이던 바닥이 밟으려고 하니까 아무것도 없는 공간이었던 것이다. 베타테스트 버전이라는 것을 안일하게 생각했던 것 같다. 결국 민성이는 10층 옥상에서 추락해 버렸다. 게임에서 죽는다는 것은 곧 현실에서 죽는다는 것이기에 난 바로 게임을 끄고 민성이네 집으로 달려갔다.

식은땀이 흘렀고 가슴이 뛰는 것이 느껴졌다. 민성이 부모님께서는 혼이 빠져 나간 듯한 모습으로 나한테 무슨 일이냐고 물으셨다. 나는 괜히 죄라도 지은 것마냥 마음이 불편했다. 어디서부터 말을 드려야 할지 모르겠다.

그냥 게임의 버그 때문이라고 설명했다. 게임회사는 민성이네 가족에게 크게 사과하며 평생 일을 하지 않아도 3대까지 책임질 수 있는 큰 보상을 주고 이 사건은 마무리되었다.

하지만 이 사건은 나에게 큰 상처를 입혔고 나는 연이은 사고에 지쳐 폐인이 되었다. 이후 기말고사 시험은 대충 공부해서 쳤다. 게임을 하는 것은 내 마음 속 외로움을 메꾸기에는 충분하지 않았다. 그렇지만 달리 하고싶은 게 없었다.

나는 더 이상 사람들에게 피해를 주기 싫고 소중한 존재를 잃어버리는 것을 경험하는 게 힘들었기 때문에 얕은 사회적 관계만을 추구했다. 이게 더 편한 삶의 방식이라고 나는 느꼈다. 원래 내 꿈은 의사였지만 이제 인정이나 돈은 필요 없다. 그냥 별일 없이 살아가는 것 그것이 행복이다.

뉴스속보입니다.

"OECD 자살률 1위, 청년층 자살률 전년대비 23%증가 올해 마포대교에서 자살한 사람만 175명, 이틀에 1명 꼴……."

'나처럼 힘들어하는 사람들이 많네.'

이때 문득 생각이 떠올랐다.

'모든 것이 안전하고 모두가 행복할 수 있는 세상을 게임으로 만들면 어떨까?'

그리고 나는 다짐했다.

'그곳에 있을 엄마와 민성이도 꼭 행복하게 만들어 줄 거라고, 후회가 남지 않게 잘해 줄 거라고.'

3학년 1학기 기말고사를 대충 쳐 버린 나는 수시를 과감하게 버리고 정시준비를 했다. 공부를 하기에 이것보다 더 좋을 수가 없는 확실한 동기부여였다. 정시공부를 하면서 게임이론과 프로그래밍에 관한 자료들도 공부하기 시작했다. 좀 더 전문적인 지식을 쌓기 위해 독일에 있는 학비가 무료이고 세계적으로 유명한 B대학교로 유학했다.

UBW(Using Brain Waves)기술을 사용하는 게임을 만들려면 컴퓨터 1대로는 부족하다. 그래서 학교관계자들에게 양해를 구하고 매일 학교 컴퓨터실을 이용해서 게임을 만들기 시작했다.

현실과 같은 물리엔진을 구현시켜야 하기 때문에 프로그래밍도 매우 복잡하고 어렵다. 또한 SCE(Satellites copy the Earth)기술을 이용하는데 이 기술은 인공위성이 전 지구를 복사하여 그 자료를 프로그램화 시켜 이것을 아주 작은 반도체 칩에 넣을 수 있을 정도로 압축하는 기술이다. 쉽게 말해서 우리 지구의 모든 것이 작은 기계에 들어갈 수 있는 기술이라는 것이다. 이 기술을 이용하면 매우 간단하게 현실세계를 게임에 복사할 수 있다.

나는 2년 전의 세계를 복사하기로 했다. 그곳에는 이상적인 사랑이 있기 때문이다. 그리고 세상의 새로운 질서와 규칙을 만들어서 모든 사람들을 행복하게 할 것이다. 열심히 공부하고 만들어서 약 8개월 정도의 시간이 걸렸다.

게임을 하다가 바뀌지 않는 현실을 보면 괴리감이 들 거 같아서 장기간의 다이브(dive)를 준비했다.

다이브

얼마 지나지 않아 그는 대학을 중퇴하고 세계적인 게임회사의 CEO가 되었고 그의 성공스토리는 적지 않은 사람들에게 감동을 주게 된다. 그가 만든 새로운 질서와 규칙은 현실세계에서도 주목받게 되고 그의 큰 영향력은 세계를 변화시킨다.

자살률도 크게 줄게 되었고 여러 세계 간에 정보전달이 가능하게 되면서 경제가 발달하고 다수의 사람들은 두 가지의 삶을 살게 된다. 이로 인해 나타날 수 있는 문제들이 많았지만 이것들은 이전의 우리 삶의 문제들에 비하면 가벼운 문제들이었다.

어릴 적 고난을 겪는 천재주인공이 나중에는 성공해서 세상을 바꾸는 이야기는 자주 보이는 이야기 구성이지만 소재가 2040년이다 보니 더 참신하게 글을 쓸 수 있었던 것 같다.

이 주인공이 현실을 완전히 버리고 가상세계에서만 갇혀 사는 결말도 구상했었는데 그래도 결말은 해피엔딩으로 하는 게 좋을 거 같아서 그렇게 했다.

인생에서 정말 처음으로 소설을 써보았는데 부족한 점이 매우 많이 있지만 우리 그린비 동아리 친구들과 선생님께서 잘 도와주시고 이끌어 주셔서 잘 쓸 수 있었던 것 같다.

소드 아트 온라인(SAO)이라는 애니를 좋아하는 사람이라면 한 번쯤은 들어봤을 만한 만화에서 영감을 받아 이 소설의 내용을 구상하는 데에 약간의 도움이 되었다. 특히 가상현실에서 다른 세상이 존재하고 게임에서 느끼는 것이 현실에서도 적용된다는 점에서 말이다.

이 소설을 쓰면서 그러면 가상세계에서 또 가상현실을 만들어서 그 세계에 접속하게 되면 어떻게 될까? 라는 의문이 들었는데 이것에 대한 답은 여러분들이 상상하기 나름이다.

만약에 제1 가상세계에서 제2 가상세계로 제2 가상세계에서 제3 가상세계로 등등 이런 식으로 접속해 버리면 분명히 오류(죽는다, 또는 깨어나지 못한다, 또는 갇혀 버린다)가 발생할 것으로 나는 생각한다.

2040년쯤 되면 우리는 좀 더 편리한 삶을 살고 있겠지만 이 이상 훨씬 더 기술이 발달해 인간의 기술의 특이점에 도달한다면 나는 그 세상에 절대 가고 싶지 않을 것 같다. 그곳은 이런 오류들처럼 대단히 위험한 것이 많을 것이다.

아무튼 이 소설을 쓰면서 세상에 대해 많은 생각들을 해볼 수 있었다. 꽤나 재미있었고 책쓰기의 가치에 대해 다시 생각해 보는 계기가 되었다.

자율주행차

100억 분의 1

1학년 정승윤

어제 밤 동안 한 명이 죽었다. 전 세계 100억 명 중에 한 명이 죽었다. 자율주행차 앞에 고양이가 끼어드는 바람에 그 차는 그대로 가로수를 들이박았다고 한다. 그리고 탑승자는 자신의 심장을 부여잡은 채 영영 깨어나지 못했다.

　나날이 의료 기술이 발달해서 작년에는 인구가 100억 명을 돌파했다. 그런 마당에 사람 1명 죽었다는 소식은 나에게 그닥 빅뉴스는 아니었다. 오히려 오늘 새벽에 맨유가 리버풀을 5 대 0으로 박살내버렸다는 소식이 리버풀 팬인 나에게 더 충격이었다.

　아침에 변기에 쭈그려 앉아 그 경기 하이라이트를 보던 중 비서 수연에게서 전화가 한 통 걸려 왔다.

　"장관님. 소식 들으셨어요?"

　사실 나는 올해 초에 국토교통부 장관으로 임명받았다. 평생을 자율주행차 회사의 경영인으로 살아온 나에게 놀라운 일이 아닐 수 없었다. 내 부하직원들은 나를 '로봇'이라고 부르며 나의 차가운 인간성을 비꼬았지만 나라의 높으신 분들은 내 업무 추진력을 마음에 들어 하셨던 모양이다.

　"무슨 소식인데."

　"어젯밤에 자율주행차 운행 중 사고로 탑승자 한 명이 사망했답니다."

　"한 명 죽은 거 가지고 뭘 그렇게 유난이야. 지금 지구에 100억 명이 넘게 살고 있다고."

전화를 끊었다.

축구 하이라이트나 볼려고 했다. 다시 전화가 걸려왔다.

"또 왜."

"아니, 장관님. 장관님께서 자율주행차 전면 도입을 시행하신 지 한 달도 지나지 않았어요. 그런데 벌써 사고가 일어났으니 뭔가 대처가 있어야 하지 않을까요?"

그렇다. 내가 대한민국의 모든 도로 교통을 자율주행차로 바꾸자고 강하게 밀어붙였다. 사실 나의 주장에 반대하는 이들도 적지는 않았다. 안전의 문제가 완전히 해결되지 않았다나 뭐라나. 사고가 나면 탑승자 잘못인지 자율주행차 기업의 잘못인지 왈가왈부하는 이들도 많았다.

하지만 나는 그냥 무시했다. 자율주행차가 가져다 줄 경제적 이익이 훨씬 크니깐. 그래서 밀어붙였다.

실제로도 나는 틀리지 않았다. 자율주행차가 전면적으로 도입되고 난 후 차량 절도와 같은 교통 범죄가 눈에 띄게 줄었다. 운전 소외 계층들도 차량을 이용할 수 있게 되었다. 교통 순환도 빨라졌다. 물류의 이동도 활발해졌다.

"일단 알겠어. 출근하고 새로 이야기하자."

전화를 끊고 다시 축구 하이라이트나 봤다. 5 대 0이라니. 리버풀마저 내 속을 썩였다. 그대로 핸드폰을 끄고 샤워를 했다. 옷도 챙겨 입고 출근 준비를 마쳤다.

출근길은 항상 자율주행차로 붐빈다. 자로 잰 듯 반듯하게 달리는 차량들. 붉은 색, 푸른 색의 신호등의 지휘에 따라 왔다 갔다 하는 차량들. 처음에는 사람들도 신기해하는 듯 했다. 그저 사람 몇 명 들어갈 정도의 상자들이 자기들 맘대로 달리는 게 신기할 법도 했다.

얼마를 달려서 사무실에 도착했다. 우리 집에서 멀지도, 가깝지도 않은 곳이다. 자율주행차를 도입하기 전에는 차로 20분에서 30분 정도 걸렸던 것 같다. 그런데 이제는 10분만 달리면 된다. 차의 속도가 빨라진 게 아니다. 미숙한 운전자들이 없으니 쓸데없이 멈추는 일이 사라진 것이다. 이런 점만 봐도 자율주행차 도입은 옳은 결정이었다.

사무실에 들어가니 우리 직원들은 모두 전화기를 붙잡고 있었다. 또 기자들이 물어뜯을 이슈 하나 건진 것이었겠다. 그들은 이번 사건에 대한 우리의 입장과 대책에 대해 물어보고 있었다.

그렇지만 기자들이 결국 원하는 것은 나를 향한 비난의 여론으로 만드는 것인 게 분명하다. 대중이라는 피라냐 떼에 자율주행차 도입을 밀어붙인 국토교통부 장관이라는 먹잇감을 던져주면 나는 알아서 물어뜯길 것이다.

이럴 때 보면 생명이란 것은 참 대단한 것 같다. 얼굴도 본 적 없고 말 한 마디 섞은 적 없는 한 인간의 죽음이 다른 사람에게 비난을 줄 수 있는 도화선이 되다니. 겨우 100억 명 중에 1명일 뿐인데.

아침부터 이런 저런 사색을 하던 중 수연이 나에게 인사를 했다.

"장관님, 장관님! 좋은 아침입니다!"

뭐가 좋다는 건지 모르겠다. 그냥 고개만 까닥하고 방으로 들어갔다. 외투를 옷걸이에 걸고 컴퓨터 앞에 앉았다. 누군가 문을 쿵쿵 두드렸다.

"들어오세요."

"로봇 장관님. 30분 후에 회의 참석하셔야 합니다."

또 비서 수연이었다. 나를 로봇이라고 노골적으로 말하는 유일한 사람이다. 그 소리를 들을 때마다 내가 그렇게 차가운 사람인지 다시 한번 생각해 본다. 하지만 그런 생각은 그리 오래 가지 않는다.

"알고 있어."

"그럼, 조금 있다가 회의실 앞에서 뵙겠습니다."

오늘 그 사건 때문에 긴급 회의가 열린다고 한다. 사실 이렇게까지 해야 할 일인지 좀 의문이 들기는 한다. 아니 많이 든다.

회의하러 가기 전에 사건에 대한 국민들의 여론을 한번 보려고 인터넷을 열었다. 실시간 검색어에 '자율주행차 사망, 자율주행차 안전성'이 올라와 있었다. 심지어 내 이름 '이우진'도 올라와 있었다.

내 이름을 클릭했다. 그리고 광고 배너가 내 창을 가득 채웠다. 대한민국이 IT 강국이니 뭐라느니 떠들어 대던데, 이런 짜증나는 광고 배너 하나 제대로 처리 못해 주는 것인가. 광고 배너를 하나씩 지워나갔다.

하나 하나 지울 때마다 나의 짜증도 점점 쌓여갔다. 몇 분이 지났을까. 나의 짜증이 나의 인내심의 선을 넘으려는 순간 내가 없애고 있던 광고와는 조금 다른 광고가 눈에 띄었다.

원숭이가 다른 원숭이의 장난감을 빼앗았다. 그 원숭이는 장난감을 던져버렸다. 그런데 그 장난감은 부메랑이었다. 장난감이 다시 그 원숭이에게 날아와 머리를 강타했다. 심술궂은 원숭이의 장난이 자신에게 꽂혔다.

자업자득. 무슨 정보를 전달하려는 건지 알 수가 없는 광고였다. 내가 만들어도 이것보다는 더 잘 만들 수 있을 것 같았다. 다시 누군가 문을 두드렸다.

"장관님, 이제 회의하러 가셔야 해요."

그대로 문을 열고 회의실로 나섰다.

회의실에는 이미 사람들이 많이 있었다. 사고가 났던 자율주행차의 제조업체 AD에서도 참석했다. 정계에 몸을 담고 있는 사람들도 많이 있었다. 시민단체에서도 몇몇 참석했다. 내가 국토교통부 장관 공천을 받고 청문회에 참석했던 것이 기억나는 분위기였다. 숨이 턱 막힌다.

"장관님께서 도착하셨으니 회의를 시작해 보겠습니다."

웅성거리던 회의실이 순식간에 조용해졌다.

"오늘 회의 주제는 어제 일어났던 자율주행차 사고에 대한 대책 마련입니다. 자유롭게 의견 내주십시오."

"AD사의 상무 이사 박철한입니다. 우선 사고 희생자 분께 조의의 뜻을 전합니다."

AD사에서는 아마 기기 결함은 없었다고 얘기할 것이다.

"2040년 10월 19일 23시 36분 경 대구에서 이마트 칠성점 앞 사거리에서 직진 신호를 받고 직진하던 중 길고양이와 충돌하면서 방향을 놓쳐 그대로 가로수에 들이받으면서 이번 사고가 발생했습니다. 사고 이후 AD사에서 직접 차량을 조사한 결과 기기 이상은 없었다는 사실을 밝힙니다. 단순히 장애물과의 충돌 이후 운전 경로가 갑자기 바뀌면서 생긴 사고입니다."

박철한씨의 말이 끝나고 곧 바로 김동민씨가 손을 들었다.

"안녕하십니까? 시민안전단체 대표 김동민입니다. 저희도 이번 사건에 대해 깊은 애도의 뜻을 표합니다."

사실 시민안전단체는 자율주행차 전면 도입을 가장 반대했던 단체 중 하나였다. 그들이 무슨 주장을 할지는 뻔할 뻔 자였다.

"이번 사고에 대해서 자율주행차 전면 도입을 강력하게 밀어붙이신 이우진 장관님께 책임을 묻고 싶습니다. 베타 테스트 과정에서 몇 번의 사고가 있었음에도 불구하고 경제적 이익과 국민 삶의 질 향상이라는 명분으로 국민의 안전을 무시한 결과가 이번 사고라고 생각합니다. 따라서 지금 시행하고 있는 전면적 자율주행차 주행을 잠시 멈추고 기존의 탑승자가 직접 운전하는 방식으로 돌아갈 필요가 있다고 생각합니다."

사실 베타테스트 과정에서 조금의 사고가 있긴 했다. 낯선 도로 구조에서 자율주행차가 이동 경로를 벗어나는 사고였다. 하지만 우리나라에는 없는 도로 구조에서 생긴 사고였다. 모든 도로 정보를 수집해 보아도 그런 도로 구조는 없었다. 현실에는 문제가 없을 거라고 생각했다. 무엇보다도 이제 와서 다시 직접 자동차를 운전하자는 말인가. 말도 안 된다. 그리고 이미 경제적으로 엄청난 이익을 준다고 입증하지 않았는가.

어이가 없었다.

"저는 국토교통부 차관 전민석입니다."

전민석 차관은 나만큼이나 이번 정책을 적극 지지했다.

"우선 저희도 이번 사고에 대해서는 유감입니다. 그렇지만 이번 사고 때문에 자율주행차 도입을 처음 상태로 물리는 것은 과하다고 생각합니다. 빈대 잡으려고 초가삼간 태우는 셈입니다. 그리고 여러분들도 이미 자율주행차의 경제적 파급 효과를 보시지 않으셨습니까?"

"그러나 이미 사람이 죽었습니다. 한 생명이 자율주행차 때문에 그 꽃을 피우지 못한 채 떠났습니다. 대책이 필요합니다. 이대로 정책이 유지되어서는 안 됩니다."

시민단체 대표 김동민이 말했다. 계속 듣다 보니 짜증이 났다. 그래도 100억 명 중에 겨우 한 명이 아니던가. 나는 결국 손을 들었다.

"작년에 전 세계 인구가 100억 명을 돌파했습니다. 그 수는 점점 늘어나고 있습니다. 그런 와중에 한 사람이 죽었다고 사회 전체의 시스템을 엎을 수는 없습니다. 고양이가 끼어들어서 사고가 났다고 들었습니다. 자율주행차 주행 도로에 장애물이 없도록 잘 관리하겠습니다. 다시 한 번 자율주행차 도입 취소는 불가능하다는 의견을 밝힙니다."

이후에 서로 자신의 의견은 굽히지 않고 의미 없는 대화만을 지속했다. 자율주행차 전면 도입 상태를 유지하는 쪽과 처음으로 되돌리자는 쪽이 팽팽하게 맞섰다.

도저히 끝이 보이지 않았다. 서로가 서로를 이해하지 못한 채 감정의 골만 깊어져갔다. 나는 이 생산성 없는 말싸움의 필요성을 더 이상 느끼지 못해 다시 한 번 손을 들고 사회자를 쳐다보았다.

"장관님. 말씀하십시오."

"이렇게 해서는 제대로 된 대책 마련이 어려운 것 같습니다. 내일 새로 회의를 하는 게 어떨까요."

모두들 고개를 끄덕였다. 아마 진전 없는 말다툼에 지칠 대로 지쳤을 것이다. 나는 그대로 회의장을 나갔다. 솔직히 이해가 안 된다. 국민들 삶의 질을 바꿀 수 있는 자율주행차를 포기하다니. 그것도 고작 한 사람 때문에. 누군가는 나를 공감성 결여의 결과주의자라고 비난할 수도 있다.

하지만 나의 이런 업무 추진력이 지금의 자율주행차 시스템을 만들었고 나를 이 자리까지 올 수 있게 만들었다는 것을 믿어 의심치 않는다.

다시 내 방으로 돌아왔다. 사실 오늘 부동산 정책 때문에 청문회에도 참석해야 했다. 지금 자율주행차를 엎을지 말지가 문제가 아니다. 오후에 있을 청문회 준비를 먼저 마무리해야 한다. 많이 급하다.

'똑똑똑.'

누군가 문을 두드렸다.

"네. 들어오세요."

"로봇 장관님. 조금 있다가 청문회 참석하러 가셔야 합니다. 5분 후에 차를 대기시켜 놓을테니 내려오세요."

비서 수연이었다.

나도 모르게 신경질적으로 대답했다.

"알겠다."

수연이 나가는 것을 보고 컴퓨터의 시계를 봤다.

오후 3시 20분. 컴퓨터를 보니 아까 그 원숭이가 생각났다. 어이가 없어서 웃음이 피식 나왔다.

벌써 5분이 흘렀다. 차를 타러 사무실 밖을 나갔다. 사무실 직원들은 여전히 바빴다. 전화기를 붙들고 컴퓨터를 두드리는 직원들 사이를 빠져나왔다. 자율주행차가 사무실 앞에 대기하고 있었다. 자동차 뒷자리에 탔다. 수연은 앞자리에 탔다.

청문회장은 여기서 30분 정도 차를 타면 된다. 원래는 50분 정도 걸렸다. 내가 밀어붙였던 자율주행차 시스템 덕분에 더 빠르게 이동할 수 있게 되었다. 거리를 맘껏 누비는 자율주행차들을 보고 있으면 마음 한 켠이 뿌듯해진다. 아까 덜 봤던 축구 하이라이트나 마저 봐야겠다. 내가 애정하는 축구팀(리버풀)이 5 대 0으로 지긴 했지만 그런 모습들까지도 사랑하는 게 진정한 팬의 모습이 아니겠는가.

폰을 켰다. 그런데 문자가 한 통 와 있었다. 평소에 연락하는 사람도 거의 없어서 조금 의아했다. 문자를 확인했다. 그 순간 세상이 무너졌다. 문자에는 이렇게 적혀 있었다.

"[배성 병원]제2 영안실 사망자 신상언,(만 78세) 2040년 10월 19일 23시 36분 경 교통사고 이후 응급실 이송 후 사망. 신상언님 휴대폰에 저장되어 있는 모든 전화번호로 전송합니다."

내 어머니였다. 백발의 노인이 되었지만 항상 나에게 맹목적 사랑을 나누어 주시던 어머니였다. 그 어머니를 이제 부를 수가 없게 되었다. 어제 밤에 교통사고로 돌아가셨다고 한다. 어젯밤 교통사고? 무서웠다. 혹여 내가 방금까지 싸우고 왔던 그 사고가 아닐까. 나는 아무 말을 할 수가 없었다.

숨 막힐 듯 무거운 침묵이 차 안을 감쌌다. 내가 만든 침묵이지만 내 가슴을 계속 짓눌렀다. 이대로는 그 침묵이 내 심장의 정지를 야기할 것 같아 어렵게 입술을 뗐다.

"저기 임비서. 혹시 어제 자율주행차 사고 사망자 이름이 어떻게 되는지 알 수 있을까."

"대구에 사는 78세 신상언님입니다."

"왜 사망자가 누구인지는 보고하지 않았지."

"장관님께서 별로 궁금해하지 않으실 줄 알았어요. 항상 결과 보고만 받으셔서….."

내 잘못이었구나. 어디서부터 잘못된 것일까. 어떻게 하면 되돌릴 수 있을까. 내가 추진한 자율주행차 때문에 내 어머니가 죽었다. 나의 평소 생활 모습 때문에 어머니의 죽음을 바로 알지 못했다. 심장이 아팠다. 눈물은 일전에 말라붙어 흐르는 것을 멈춘 지 오래 되었다. 흐르지 않는 눈물이 내 심장을 더 아프게 했다.

내 차 밖은 평소와 다를 게 없었다. 다른 게 없어서 더 아팠다. 차 안에서는 미칠 것 같은 침묵이, 견딜 수 없는 죄책감이 내 심장을 아프게 만들었다. 내 심장은 멈춰버릴 것 같은데 도로 위 차들은 멈추지 않았다. 오히려 더 빠르게 달렸다.

내가 만든 이 자율주행차 시스템이, 보기만 해도 뿌듯했던 도로 시스템이 지금은 너무나 밉다.

오전에 봤던 원숭이들이 생각났다. 심술궂은 원숭이의 장난이었다. 내가 그 원숭이였던 것 같다.

자급자족이라고 했던가. 내가 던진 부메랑이 날아와 나의 심장에 꽂혔다. 내가 자초한 일인 것 같다. 나는 더 이상 할 말이 없다.

고백하건대 글의 주제를 마주하고 나서 많이 막막했었다. 2040년의 우리 사회의 모습을 그리라니. 한 편으로는 설레기도 했다. 평소에 글쓰기를 좋아했던 나였기에 이번 활동이 색다른 경험이 될 수 있을 것이라고 생각했다.

2040년. 지금으로부터 19년 후의 세상. 멀다면 멀고 가깝다면 가까운 그런 세상이다. 그런 세상을 상상하는 것은 나에게 많은 생각을 들게 했다. 그 시대에는 사람들이 어떻게 살고 있을지 궁금하기도 했다. 실제로 내가 상상하는 세상이 올지 궁금하기도 했다. 고등학교라는 숨막히는 학교생활 속에서 미래의 모습을 상상하는 것은 일전에 느낄 수 없었던 색다른 재미가 되었다.

그런데 부끄럽게도 내 소설 속은 그리 밝지만은 않은 것 같다. 내 소설에는 최고의 업무 수행 능력을 지녔지만 공감 능력이 부족하여 주변인들로부터 '로봇'이라고 불리는 '이우진'이 등장한다. 그는 자율주행차를 전면 도입하는 것에 적극 찬성했던 인물이었다.

그러다가 자율주행차 사고로 탑승자가 사망하게 되었다. 사실 그가 자율주행차 사고의 피해자가 자신의 어머니라는 것을 알지 못했을 때 그는 아무런 미동조차 없었다. 오히려 '100억 명 중에 겨우 1명인데 뭐 어때'라며 그 사건을 심각하게 받아들이지 못했다. 나중에 그 사고의 피해자가 자신의 어머니라는 것을 알아차리고 나서야 지난 날의 과오에 자책한다.

나는 이 글을 읽은 독자가 하나의 생명이라도 소중히 여겼으면 좋겠다고 생각했다. 우리가 별 관심을 가지지 않았던 한 생명이 알고 보니 우리에게 소중한 사람일 수도 있으니까. '이우진'과 같은 실수를 저지르지 않기를 바란다.

2040 사교육

저는 커서
별이 될래요

1학년 손연재

A.D 2040년 대(大)사교육 시대, '개천에서 용 난다'는 옛말이 된 지 오래다. 2000년 초부터 이어져 온 대한민국의 사교육 시장은 시간이 지날수록 점점 커지다, 2040년 현재 최전성기를 달리고 있다.

　아이들의 대학교까지의 학습 커리큘럼은 아이가 태어나기 전부터 짜여지기 시작하며, 아이들은 36개월부터 이러한 학습 커리큘럼을 따라 학원을 다니기 시작하고, 과외를 하기 시작한다.

　2040년 3월 2일 어느 해와 다름없이 코끝을 붉게 달아오르게 하는 꽃샘추위가 다가온 봄날이다. 어느 해와 다른 점이 있다면, 오늘은 나의 교직 첫날이라는 것이다. 나는 작년 초등교원임용고시를 합격하고, 올해 달산 초등학교로 첫 발령을 받았다.

　귀여운 얼굴의 나의 첫 제자들을 맞을 기대감과 혹시라도 실수하지 않을까 하는 두려움과 함께 나는 예정된 출근 시간보다 조금 일찍 집을 나섰다.

　학교는 집에서 10분도 채 안 되는 거리에 있어 금방 도착할 수 있었다. 그러나 그 10분은 나에게 있어 짧은 시간으로 느껴지지 않았다. 학생으로서만 걸어봤던 등굣길이 선생님으로서 걷게 되니 색다르게 느껴졌다.

　어린 시절 나의 군것질을 담당해 주던 문방구, 분식점들을 보니 어릴 적 추억들이 되새김질 되는 듯한 기분이 들었다.

　교문을 통과한 나의 눈에 가장 먼저 들어온 것은 담임을 맡게 된 2-2반이었다. 그리고 눈을 사로잡는 또 다른 한 가지는 현저히 줄어든 학급의 수였다. 내가 초등학교를 다니던 시절까지만 해도 7~8반 까지 있던 학급은 어느새 4반까지 줄어들어 있었다.

이런 놀라움을 뒤로 미루고 나는 설렘과 함께 2-2반의 문을 열고 교실로 들어갔다. 교실 문을 열고 들어간 나는 깜짝 놀라고 말았다. 내가 출근도 하기 전 한 아이가 나보다 먼저와 불이 꺼진 깜깜한 교실 속에서 홀로 책상에 앉아 문제를 풀고 있던 것이었다.

그 아이는 깜짝 놀란 나를 힐끗 쳐다보더니 다시 문제를 풀기 시작했고 아이의 반응에 나는 조금의 창피함을 느꼈다. 나는 그 조금의 창피함을 덜어보고자 아이에게 말을 건넸다.

"친구야, 안녕. 만나서 반갑다. 선생님은 오늘부터 너와 1년을 함께하게 된 한지우 선생님이라고 한다."

나는 교사가 되기 전부터 항상 생각해오던 인사말을 아이에게 건넸다. 그러나 나에게 돌아온 것은 아이의 무뚝뚝한 말 한마디뿐이었다.

"네. 안녕하세요."

"혹시 친구는 이름이 뭐니?"

"손현서요."

또 다시 나에게 돌아온 것은 무뚝뚝한 말 한마디였다.

나는 아이가 쑥스러워 말을 안 하나 싶어 또다시 말을 걸진 않았다.

짐을 정리하고 오늘 진행할 수업을 정리하고 나니, 어느새 아이들의 등교 시간이 되었다. 등교 시간이 되자 아이들이 하나 둘 교실로 들어오기 시작했다.

밝고 활기찬 얼굴로 교실에 들어올 아이들을 기대한 나는 하나같이 초점이 없는 흐릿한 눈빛에 깊은 다크 서클이 새겨진 아이들의 얼굴에 깜짝 놀라고 말았다. 이때 나는 사교육이란 어둠에 찌들어 버린 아이들을 처음 마주했다.

등교시간이 지나고 나는 출석을 불렀다. 줄줄이 아이들의 이름을 부르던 중 갑자기 그 대답이 끊겼다.

"손연재, 연재 안 왔니?"

그 순간 쾅 하는 소리와 함께 뒷문이 열렸다. 나와 반 아이들은 모두 뒷문을 바라보았다. 한 아이가 문을 활짝 연 채 나를 바라보고 있었다. 아이는 당찬 목소리로 나와 아이들에게 말했다.

"선생님, 안녕하세요. 늦어서 죄송합니다. 얘들아, 늦어서 미안."

"어, 그래. 연재야 어서와. 어서 가서 자리에 앉으렴."

연재는 지금까지 교실에 들어온 아이들과 다르게 초롱초롱한 눈망울과 밝을 얼굴을 가지고 있었다. 그래서인지 나도 모르게 연재에게 내 눈이 자꾸 이끌렸다.

1교시 수업으로 나는 자신의 이름과 장래희망을 소개하는 시간을 반 아이들과 가지기로 했다. 내가 수업할 내용을 아이들에게 소개하자 아이들은 유치하다는 듯 학원 숙제를 풀거나 심지어 어떤 아이들은 엎드려 자기까지 했다.

"얘들아, 학교 수업을 열심히 들어야 나중에 훌륭한 사람이 될 수 있단다. 자는 친구들은 일어나고 숙제하는 친….'

나는 아이들을 설득해 보고자 열심히 말을 이어갔다. 그러자 아침 일찍 학교에 등교해 문제를 풀고 있었던 주용이가 내 말을 끊고 말을 하기 시작했다.

"얘들아, 지금 뭐하는 거야. 초등학교 때부터 생기부 관리해야 안 그래? 진짜 얘들이 장난치나."

주용이의 말을 듣고 난 후 아이들은 서로 웅성거리다 내 수업을 따르기 시작했다. 아이들은 차례대로 발표를 하기 시작했는데, 그 꿈들은 죄다 검사, 공무원, 의사, 약사였고, 되고 싶은 이유는 하나같이 '안정적이어서', '돈을 많이 벌어서'와 같았다. 그중 한 아이만 빼고 말이다.

"저는 밤하늘을 밝히는 별이 될래요. 저는 모두를 환하게 밝혀주는 별처럼 모두를 밝게 웃게 해줄 수 있는 사람이 되고 싶어요."

아이들은 연재의 대답을 듣고 모두 비웃기 시작했다. 그렇다. 아무리 초등학교 2학년의 답변이라 할지라도 꽤나 유치하게 들릴 수도 있는 답변이었다. 그래도 나는 연재의 답변이 매우 마음에 들었다.

나는 연재의 답변에서 느낄 수 있는 순수함이 마음에 들었다. 연재에게서는 어린아이에게서만 느낄 수 있는 순수함이 느껴져서 좋았다.

"야, 별이 뭐냐? 별은 직업이 아니야. 너는 집에서 그런 것도 안 배워서 왔냐? 사람들 웃게 해주고 싶으면 그냥 개그맨이나 해라."

반에 한 아이가 말했다.

그러자 반에 있는 다른 아이들도 다 같이 비웃기 시작했다.

"나는 그냥 별 같은 사람이 되고 싶을 뿐이야. 어느 직업 따위를 갖고 싶은 게 아니라구."

연재는 심술이 난 듯 반 아이들에게 말했다.

"얘들아, 친구가 발표하는데 웃으면 안 되지. 너희들이 발표할 때 친구들이 웃거나 무시하면 기분이 어떨 것 같니? 모두 쉬는 시간에 연재에게 가서 사과하렴 알겠지?"

내가 말을 끝마치자 때마침 수업을 마치는 종소리가 울렸다.

그러나 아이들 중 그 누구도 연재에게 사과를 하는 아이는 없었다. 아이들은 그저 또다시 학원 문제집을 풀거나 엎드려 자기 시작했다. 나는 조용히 손짓으로 연재를 불렀다. 연재는 여전히 심술이 난 듯한 표정을 하고 있었다.

"연재야, 괜찮니?"

"아니요. 선생님… 저는 그저 제 꿈을 발표했을 뿐인데, 친구들이 비웃으니 속상해요. 혹시 선생님도 제 꿈이 우스우세요?"

"아니. 연재야, 선생님은 오늘 그 누구의 답변보다도 연재의 답변이 가장 마음에 들었단다. 별 같은 사람이 되고 싶다는 말은 참 참신하고 좋았어. 그리고 그 이유는 더욱 마음에 들었단다."

"정말요, 선생님?"

연재는 다시 처음 교실에 들어왔을 때의 미소를 되찾았다.

"그럼, 당연하지."

"감사합니다. 선생님."

2교시 종이 울렸다. 2교시 수업은 코딩 수업이다. 아이들은 노트북을 꺼내 들고 교과서 속 내용으로 코딩을 하기 시작했다. 아이들은 학원에서 배워 오는 것이 당연하기라도 한 듯 오늘 수업할 내용에 대하여 미리 다 알고 있고, 내가 설명을 끝마치기도 전에 프로그램을 완성해 놓았다.

그러나 이번에도 연재는 잘 따라오지 못했다. 나는 그런 연재의 코딩을 도와주었다. 연재는 처음에는 수업을 잘 따라오지 못했으나 내가 해주는 설명을 듣고 함께 코딩을 하니 금새 하나의 프로그램을 완성시켰다.

"선생님, 코딩 정말 재미있는 것 같아요."

"정말? 그렇다니 다행이구나. 그럼 이제 연재도 혼자 프로그램을 만들어 보거라."

나는 교과서 속 수업 내용을 다 마친 뒤 아이들이 스스로 프로그램을 코딩해 볼 수 있는 시간을 주었다. 몇몇 아이들은 숙제를 하거나 엎드려 자기도 했으나 대부분의 아이들은 자신만의 프로그램을 코딩하기 시작했다.

그러나 어째서인지 아이들은 주뼛대며 자신만의 프로그램을 만들지 못하고 있었다. 이번에도 단 한 명만을 제외하고 말이다. 처음 수업 내용을 잘 따라오지 못했던 연재는 오늘 배운 내용을 활용하여 자신만의 프로그램을 완성시켰다. 연재가 완성시킨 프로그램을 보고 주위친구들이 몰려와 감탄하고 칭찬을 해주었다.

"우와, 너 정말 잘한다. 너 이름이 뭐야?"

"나 말이야? 나는 손연재라고 해. 너는 이름이 뭐야?"

"나는 은혁, 최은혁이라고 해! 우리 친구하자. 너 짱 멋지다.""정말? 고마워 우리 친하게 지내자!"

연재에게도 어느덧 친구가 생겼다. 또 은혁이 뿐만 아니라 주위에 있는 여러 친구들도 연재에게 친해지자는 듯 말을 걸어왔다.

"나도! 나도! 우리 친구하자!"

"나도 너랑 친해지고 싶어!"

사교육에 길들여진 아이들은 자신의 창의력을 길러낼 시간이 없었고, 그저 정해진 틀 속에서 정해진 방법으로 문제를 풀어나가야 했다. 이렇게 길들여진 아이들은 당연히 자신만의 프로그램을 만들어 낼 수가 없었다. 그렇게 꽁꽁 싸매여 있던 사교육이라는 자물쇠는 하나 둘 그 비밀번호가 맞춰지는 듯 했다.

3교시는 체육시간이었다. 나는 체육 시간동안 아이들에게 운동장에서의 자유 시간을 주었다. 연재는 더 이상 혼자가 아니었다. 연재의 곁에는 여러 친구들이 함께 있었다. 연재는 친구들과 함께 피구공을 빌려가 친구들과 함께 피구를 즐겼다.

체육시간임에도 여전히 문제를 풀고 있는 아이들이 있었다. 아이들은 내가 잘 보이지 않는 구석에 앉아 문제를 풀며 연재와 아이들이 피구를 하며 노는 모습을 부러운 눈으로 바라보았다. 그럼에도 아이들은 부러움을 꾹 참아가며 문제를 풀어갔다.

그러던 중 연재와 아이들이 가지고 놀던 공이 공부를 하던 아이들 쪽으로 굴러갔다. 문제를 풀던 아이들은 가까이 온 공을 본체만체하며 공에 눈길조차 주지 않았다. 공을 주으러 온 연재는 그런 아이들을 발견하고, 손을 건네며 함께 피구를 하자고 물음을 건넸다.

"얘들아, 우리 같이 피구하지 않을래?"

"안 돼. 나 학원 숙제 해가야 돼! 오늘도 숙제 안 해가면 학원 선생님께 혼난단 말이야!"

"에이… 그러지 말고 우리 한 판만 같이 하자. 어때?"

"그럴까?"

"한 판 하는 것 정도는 괜찮겠지?"

아이들은 못 이기는 척 연재의 말을 따라 함께 피구를 시작했다. 당연히 아이들은 피구 한 게임을 하는 것이 아닌 땀이 뻘뻘 날 때까지 친구들과 함께 수차례 피구게임을 즐겼다. 그럼에도 꿋꿋이 자리를 지키고 문제를 푸는 한 아이가 있었다.

그 아이는 오늘 내가 학교에 출근하기도 전부터 와 있던 '손현서'라는 아이였다. 현서는 반 아이 모두가 피구를 즐기고 있음에도 혼자 구석에 앉아 문제를 풀고 있었다. 연재는 멀리서 그런 현서에게 다가가 말을 건넸다.

"구석에서 그러고 있지 말고, 너도 같이 피구하자."

"안 돼. 나 공부해야 돼. 지금부터 열심히 공부해야 서울대 의대에 갈 수 있다고!"

"너 정말 의대에 가서 의사가 되는 게 니 꿈 맞아? 너희 부모님 꿈이 아니라?"

"마, 맞아. 그거 내 꿈 맞다고."

"그래? 알겠어. 그게 너의 대답이라면, 아무 말도 하지 않을게. 공부 열심히 해!"

그렇게 연재는 다시 친구들과 피구를 하러 돌아갔다.

'이 배신자들 학원 숙제도 덜했으면서 피구를 하러 가다니. 하… 나도 피구 하고 싶다. 안 되지 안 돼. 방금 그렇게 말해 놓고 피구하러 가면 지는 거야. 서울대 의대는 절대 못 가는 거라고.'

친구들과 함께 놀고 싶은 마음을 꾹꾹 참으며 몰래 숙제를 하고 있던 현서에게 다가가 나는 질문을 건넨다.

"지금이라도 같이 피구하러 가는 거 어때?"

"안 돼요. 지금부터 열심히 공부해야 서울대 의대에 갈 수 있다고요."

"현서야, 9살은 놀아야 될 나이야. 지금 네가 가질 수 있는 추억과 행복은 나중에 더 큰 가치를 가진단다. 아마 네가 서울대 의대를 가서 얻을 수 있는 행복보다 더 클 걸?"

"아니에요, 선생님. 저희 엄마가 서울대 의대에 들어가면 누구보다 행복한 삶을 살 수 있다 하셨어요."

"현서야, 지금 네가 만들어가는 추억 하나하나가 미래의 너를 만들어 간단다. 그 추억들은 단지 문제를 풀며 보낸 시간들로 채우는 것보다는 친구들과 함께하는 시간들로 채우는 게 더 가치있고 소중한 일일 거야. 그 추억들은 지금이 아니면 더 이상 만들지 못하는 추억이잖니?"

"그래도… 저는."

현서는 마음속에 묵혀둔 이야기가 많은 듯 더 이상을 말을 이어가지 못했다.

"선생님, 정말로 지금 만들 수 있는 추억이 더 소중할까요?"

"그럼! 선생님은 백번도 더 장담하고 말할 수 있단다. 이제 더 이상 고민하지 말고 빨리 친구들이랑 피구하러 가는 거 어때? 친구들이 부른다."

"선생님, 감사합니다. 저 앞으로 학교 수업 열심히 듣고, 친구들이랑도 열심히 놀 거예요. 선생님."

현서는 손에 쥐고 있던 문제집과 연필을 뒤로 제쳐두고 친구들과 피구를 하러 뛰어갔다. 이렇게 나의 반을 둘러싸고 있던 굳게 닫힌 사교육이라는 문이 활짝 열려 교실 속에 환한 빛이 들어올 수 있게 되었다.

다음날 나는 활기찬 기분으로 학교로 출근했다. 아침 일찍 오늘 할 수업을 준비하던 나는 이상한 점 하나를 발견했다. 출석부 명부에 '손연재'라는 이름이 없어진 것이다. 1교시 시작 전 출석부의 이름을 부른

후 나는 아이들에게 물었다.

"애들아 연재 못 봤니?"

질문에 대한 답변 또한 나를 혼란스럽게 만들었다.

"선생님, 연재가 누구예요?"

"저희 반에 그런 친구가 있었어요?"

어제의 기억을 더듬어 나는 반 아이들에게 또다시 질문했다.

"어제 같이 코딩도 하고, 피구도 같이 한 친구 있잖아 애들아. 기억 안 나니?"

"선생님, 자꾸 누구를 말씀하시는 거예요?"

나는 아이들의 답변에 더욱 혼란해진 채 학교 수업을 마무리하고 집으로 퇴근했다.

머리가 복잡해진 나는 집에 와서도 가만히 있지 못하고 집안을 계속해서 돌아다녔다. 앞을 보지 않은 채 땅만 보며 걷던 나는 그대로 책장에 머리를 부딪혔고, 충격의 여파로 책장에서 책 한 권이 떨어졌다.

책은 내가 초등학교 시절 쓴 일기였다. 책을 다시 책장에 꽂고자 책을 든 나는 작게 열려진 틈새로 보인 일기의 내용에 눈이 쏠렸다. 일기 속 초등학생의 '나'는 꿈이 별이 되는 것이라 적어 놓았다. 그 내용을 보고 놀란 나는 일기 속 뒷 내용을 마저 읽어보기 시작했다.

일기 속의 '나'는 친구들이 못 풀던 수학 문제를 창의적인 방식으로 풀어냈으며, 반 아이들 모두와 함께 피구를 했다고 적혀 있었다.

그렇다. 연재는 나의 어릴 적 추억이었다. 어른이 되며 잊어가고 있던 나의 어린 시절 추억들이 나의 기억 속에서 밖으로 나와 나의 교실의 목을 꽉 붙잡고 있던 사교육이라는 장애물을 부서준 것이다.

지금까지 하나의 글을 제대로 써본 적이 없어 글을 쓰기 전 조금 두려웠다. 그래서 내가 과연 '내가 잘 할 수 있을까?'하는 고민을 하며 글을 썼던 것 같다.

　2040년은 어떤 세상이 펼쳐질까? 고민하던 나에게 영감을 준 하나의 글을 보게 되었다. 글은 요즘 아이들은 대략 36개월부터 19살까지의 학습계획이 짜여지며, 말도 잘 못하는 아이가 좋은 대학 좋은 회사에 입사하기 위해 공부한다는 내용을 담고 있었다. 이 글은 나에게 꽤나 큰 충격을 주었다. 그 글을 읽고 난 뒤의 든 나의 생각을 이 소설 속에 풀어 담아 쓰게 되었다.

　소설을 쓰기 시작하고 나서는 글을 쓰기 전 들었던 두려움을 뒤로 젖혀둔 채 글을 쓸 수 있게 되었다. 한 편의 소설을 쓰기 위해 재미, 교훈, 감동 등 여러 요소들을 넣어야 한다는 고민이 있었지만, 내 생애 처음으로 한 편의 글을 써본다는 데 초점을 두고 글을 쓰니 글이 쉽게 쓰였던 것 같다. 글을 쓰다 보니 이야기 속 주인공에 몰입되어 주인공이 맞닥뜨린 어려움을 진지하게 고민하며 글을 쓰게 되었다.

　글의 내용을 구성하면서 어떻게 문제를 해결해나가야 하는지에 대한 고민을 가장 많이 한 것 같다. 흔하면서도 흔하지 않은 것 같은 내용을 떠올리다가 주인공의 추억이 만들어낸 가상의 인물이 이야기를 풀어나가는 이야기를 쓰게 되었다.

　짧은 시간 안에 만들어내는 이야기라 이야기의 전개가 매끄럽지 않은 부분이 많기는 하지만, 나만의 힘으로 이렇게 한 편의 글을 완성하고 나니 왠지 모르는 뿌듯함이 느껴졌다.

우리는 누구나 어릴 적 추억을 가슴에 깊게 묻어두고 어른이 된다. 나이가 들수록 그 추억들은 점점 잊혀 간다. 그러나 그 추억들은 없어지는 것이 아니라 우리 마음 깊은 곳에 숨어 있는 것이다.

어릴 적 우리들이 쌓아온 추억 하나 하나가 지금의 우리를 만든다. 그 추억을 만들어주는 데 가장 큰 역할을 하는 곳 중 하나가 바로 학교이다.

그러나 요즘 아이들은 학교에서 사귄 친구들과 추억을 쌓는 시간보다 학원에서 하기 싫은 공부를 하며 시간을 보낸다.

나는 이런 우리나라의 사교육이 글의 내용처럼 더 심해지기 전에 어서 빨리 문제를 해결하고, 우리나라 어린이들이 꿈과 희망을 쌓을 수 있는 시간이 많아지길 바란다.

매너리즘

오늘도 똑같은
하루였다
-마주하고 싶지 않은 미래-

1학년 현주용

오늘도 똑같은 하루였다. 몸도 쭉 펼 수 없는, 3평도 채 안 되는 좁은 방에서 눈을 떠야 했고, 아침으론 모아둔 비상식량을 조금 먹었다. 씻을 겨를도 없이 방호복을 입고 거리로 나와야 했다.

　거리에는 한적하리만큼 사람이 없었다. 10분쯤 걷고 나니 작은 병원에 도착할 수 있었다. 사실 병원이라고 부르기에는 약도 떨어져 가고, 환자를 입원시킬 공간조차 부족한, 그런 초라한 상가 건물에 불과한 곳이었다.

　이곳에서 승윤, 병현이와 치료를 한 지도 벌써 1년이 다 돼가는 것 같다. 여느 때와 다름없이 40명 남짓한 입원한 환자들을 돌보았고, 새로운 환자들에게도 처방을 내려주었다. 다리가 부러진 환자, 목이 심하게 부은 환자, 눈을 다친 환자, 그리고 '그 바이러스'에 감염된 환자까지. 우리가 할 수 있는 한에서 최선을 다해 치료해 주었고, 치료를 끝내고 나니 벌써 9시가 다 되었다. 입원한 환자들을 마지막으로 확인한 후, 집으로 돌아왔다.

　아껴둔 물로 대충 씻고, 방호복이 마르도록 걸어둔 뒤, 좁은 방바닥에 누워 잠을 청했다. 오늘따라 달이 밝아서 그런지 잡생각이 많이 들어 잠이 잘 오지 않았다.

　'내일도 똑같은 날들이 반복되겠지……. 언제쯤 이런 생활에서 벗어날 수 있을까……. 아니, 이 사태가 끝나기는 하는 걸까…….'

　이런 생각을 하다 보니 나도 모르는 사이에 잠이 들었다. 오늘도 평소와 다름없는, 똑같은 하루였다.

　사실 내 인생이 원래부터 이렇게 암담했던 것은 아니었다. 내가 지금

하고 있는 일을 보면 알 수 있겠지만, 내 원래 직업은 의사였다. 의사를 처음 꿈꾼 건 중2 때였던 것 같다. 중2인 내 눈에 보이는 의사들은 너무나도 멋있었고, 무엇보다 남들은 할 수 없는, 생명을 다루는 직업이라는 사실이 아주 매력적이었다.

의사가 정말 힘든 직업이라는 사실을 중간에 알게 되긴 했지만, 그래도 내 목표에 변화는 없었다. 그렇게 의사가 되기를 꿈꾸며 3년 동안 노력한 결과, 가까스로 내가 원하던 의대에 들어갈 수 있었다.

그 후 6년간은 정말 열심히 공부했던 것 같다. 의사 국가고시에 합격한 후에는 3년간 군의관으로 군대에 갔다 왔고, 5년 동안 인턴과 레지던트 생활을 할 때는 포기하고 싶을 정도로 너무 힘들었지만, 아내와 아들, 딸을 보며 버틸 수 있었다.

결국 34살이라는 젊다고도 할 수 없지만, 그렇다고 늦었다고 할 수도 없는 나이에 전문의 자격시험에 합격할 수 있었다. 작긴 하지만 내명의로 된 병원도 하나 가지고 있었고, 환자들도 꽤 많이 와 병원 운영에도 큰 문제는 없었다.

그때까지만 해도 내게는 앞으로 모두가 부러워할 만한, 그런 찬란한 인생이 펼쳐질 것이라고 생각했다.

'내 인생을 송두리째 앗아간, 그 바이러스가 퍼지기 전까지만 해도 말이다.'

그 바이러스가 처음 나타난 건 2038년 11월 정도였다. 일하던 도중 인도 뉴델리에서 미확인 바이러스에 감염된 남성 두 명이 발견되었고, 증상이 나타난 지 8일 만에 두 명 모두 사망했다는 의사협회의 보고를 받은 것이 그 시작이었다. 보고서에는 이런 내용이 적혀 있었다.

'두 남성이 고열과 구토 등의 증상을 보이기에 타미플루를 처방함. 이틀 뒤, 증상이 더 심해져 입원 조치를 취함. 이후 목이 붓고 피부발진, 오한, 설사 등의 증상들이 추가로 나타나 각종 항생제를 처방했지만, 증상이 나아지지 않음. 결국 2038년 11월 24일, 증상 발현 8일 만에 온몸이 검은 반점으로 뒤덮이며 사망함. 사망 후 부검을 해보았지만, 알 수 없는 바이러스가 발견됨. 추가적인 연구가 필요해 보임.'

언뜻 보기에는 흑사병이나 독감으로 사망한 것처럼 보였지만, 처음 보는 바이러스가 발견되었다고 하니 알 수 없는 불안한 느낌이 들었다. 왠지 사태가 더 커질 것만 같았다.

아니나 다를까, 사건 발생 이틀 만에 두 남성과 접촉을 했던 사람들 사이에서 비슷한 증상을 보이는 사람 열맷 명이 나타났고, 모두 일주일 만에 사망했다.

이후 인도에는 정체를 알 수 없는 바이러스가 빠르게 퍼져나가기 시작했고, 첫 확진자가 발생한 지 정확히 2달 만에 전체 인구의 3분의 1 정도가 사망했다. 국민 수가 20억 명에 달하는 국가인 만큼 인구가 과밀집되어 있었고, 바이러스의 전파력을 올바르게 파악하지 못한 인도 정부의 늦은 대처가 패인이었다.

WHO가 7번째 팬데믹을 선언한 것도 이때쯤이었던 것 같다. 이후 바이러스는 인도에서 다른 국가들로 숙주를 옮기기 시작했다. 중국, 우즈베키스탄, 그리스, 이탈리아, 벨기에, 영국, 미국과 일본이 연이어 무너지기 시작했고, 우리나라에도 일본 유학생 오염택씨의 확진을 시작으로 2039년 7월 23일, 첫 확진자가 발생했다.

예상했던 대로 바이러스의 전파력은 상상을 초월했고, 서울을 중심으로 바이러스가 퍼져나가 첫 확진자가 발생한 지 4일 만에 확진자가 9000명까지 늘어났다. 끊임없이 불어나는 확진자에 우리나라의 의료 체계는 그 한계를 드러내었고, 나 역시 인력 부족으로 현장에 투입되었다. 사례가 존재하긴 했지만, 치료를 받아서 나을 수 있다는 보장도 없었고, 너무 위험하고 무서웠지만 어쩔 수 없었다.

내가 할 수 있는 일이 있음에도 불구하고, 국가가 무너져 가는 모습을 가만히 지켜만 보고 있는 것은 올바르지 못한 행동이었으니까. 더구나 내가 의사가 되기로 선택했기 때문에, 위험을 감수하면서라도 바이러스에 맞서 싸우는 것 역시 내 책임이자 도리라고 생각했다.

내가 떠나기 직전, 아내가 나에게 했던 말은 아직까지도 잊히지 않는다.

"여보."

"왜?"

"……."

"왜 불렀어? 나 지금 나가야 해. 할 말 있으면 빨리 얘기해."

"꼭…… 가야 하는 거지? 안 가면 안 되는 거지?"

"……여보, 미안해. 정말 미안해. 당신이랑 애들만 놔두고 가서. 근데, 내가 할 수 있는 일이 있는 데도 최선을 다하지 않고 가만히 지켜만 보는 건, 그건 너무 비겁한 행동이잖아. 내가 의사라는 직업을 선택했으니까, 지금 이렇게 떠나야 하는 것도 어쩌면 당연한 일일지도 몰라. 당신도 그렇게 생각하지?"

"그렇긴 한데, 그래도…… 걱정돼서 그래. 이건 너무 위험하잖아…… 한두 명이 죽은 것도 아니고. 혹시라도…… 흑, 혹시라도 당신이 못 돌아오게 된다면…… 흑…… 그럼 우리는…… 흑…… 어떻게 살라고…… 흑……."

"울지 마, 여보. 조금만, 딱 일주일만 기다리고 있어. 상황이 조금만 나아지면, 그러면 바로 돌아올게. 일주일만 지나면, 우리 가족 다시 만날 수 있을 거야. 알았지?"

"알았어. 밥 잘 챙겨 먹고, 몸조심해. 딱 일주일만 있다가 돌아오는 거야. 나랑 약속했다?"

"알았어. 이해해 줘서 고마워. 나 이제 나가야 할 것 같아. 애들이랑 잘 지내고 있어. 몸조심하고."

"조심히 다녀와. 사랑해."

"나도 사랑해."

결국 그 대화가 나와 우리 가족의 마지막 만남이 될 줄도 모르는 채로, 나는 집을 떠나 서울로 가게 되었다.

며칠 안 되는 짧은 시간이긴 했지만, 환자들을 치료하던 그 기간은 젊은 시절의 레지던트 생활에 육박할 정도로 힘든, 어쩌면 레지던트 생활보다 더 힘들다고 느껴지기까지 했던 시간이었다. 엄청난 수의 환자들을 치료하기 위해 매일 3, 4시간씩 자고 17시간 이상 일했으며, 밥을 먹거나 씻을 시간도 부족할 만큼 바쁘게 시간을 보냈다.

더구나 한여름에, 감염을 막기 위해 방호복까지 입고 일하다 보니 일의 강도는 상상을 초월했다. 하지만 모두가 이렇게 최선을 다해 환자들을 돌보았음에도 불구하고, 상황은 나아지지 않았다.

치료를 받고 회복한 사람들은 극소수에 불과했고, 오히려 매일 수만, 아니 수십만 명의 확진자가 추가로 나오면서 상황은 점점 악화되어 갔다. 사망자들 역시 기하급수적으로 늘어나 시체를 안장하기 위한 관이 부족한 상황에 이르렀다. 급기야 고된 노동을 견디지 못하고 의료시설을 탈출하는 의사와 간호사들까지 등장했다.

'이전의 팬데믹 사태를 겪어왔던 의사들은 전부 이런 생활을 했었겠지.'

이때까지 팬데믹 사태를 견뎌온 의사들이 새삼 대단하게 느껴지는 시간이었다.

하지만 의외로 상황은 빨리 종료됐다. 물론, 어쩌면 당연하게도, 바이러스가 종식되어 종료된 것은 아니었다. 하루 확진자 수가 100만 명을 넘어서자 정부는 모든 공공시설을 폐쇄하기 시작했고, 엎친 데 덮친 격으로 의사들 사이에서도 확진자가 발생하자 어쩔 수 없이 의료시설을 폐쇄해야만 했다.

가족들을 만날 수 있다는 사실은 기뻤지만, 곧 우리나라도 붕괴될지 모른다는, 그런 아이러니한 기분을 느끼며 6일 만에 집으로 돌아갈 수 있었다. 그리고 내 진짜 비극 역시, 6일 만에 집으로 돌아가게 된 날 시작되었다.

　가족들을 만난다는 기대감에 가득 찬 채로 문을 열었을 때, 그곳에서 오랜만에 마주하게 된 집의 공기는 평소와는 사뭇 달랐다. 인기척이라고는 전혀 느껴지지 않고, 나를 마주하러 나온 아내와 아이들의 모습도 보이지 않았다. 혹시 자느라 내가 오는 소리를 못 들었을지도 모른다는 생각에 아내를 불러보았다.

　"여보, 나왔어. 일이 일찍 끝나서 좀 일찍 왔네."

　아무 대답도 없었다. 내가 너무 작게 불렀을지도 모른다는 생각에, 다시 한 번 불러보았다.

　"여보, 나 왔다니까. 혜연아, 연재야, 아빠 왔어. 다들 어디 있는 거야?"

　이번에도 아무 대답이 없었다.

　알 수 없는 불안감에 휩싸인 채로, 신발을 벗고 집 안으로 들어가 보았다. 집안은 마치 누군가 뒤진 것처럼 엉망이 되어 있었고, 설거지거리도, 빨래도 잔뜩 쌓여 있었다. 사람이 살지 않는 집 같다는 느낌이 들었다. 그 순간, 안방 쪽에서 나오고 있는 듯한 기분 나쁜 악취가 내 코를 찔렀다. 수도 없이 맡아본, 너무나도 익숙한 피 냄새였다.

　'설마…… 아닐 거야. 아닐 거야. 절대 아닐 거야……. 제발, 제발, 아니어야만 해. 제발…… 제발…….'

　수없이, 수없이 빌면서 땀에 잔뜩 젖은 손으로 안방 문을 연 순간, 내가 우려하던 일은 현실이 되고 말았다. 방 한쪽 구석에는 더 이상 눈을 뜰 수 없는, 차가운 시체가 되어 버린 아내와 아이들이 나를 기다리고 있었다.

　죽은 지 3일도 더 된 듯했다. 집의 상태와 가족들이 입은 상처로 보았을 때, 바이러스로 세상이 혼란해진 틈을 기회 삼아 식량과 금품을 갈취하러 다니는, 그런 짐승만도 못한 좀도둑들의 짓인 것 같았다.

사람이 없는 줄 알았던 집에서 사람이 나오자, 당황해서 한 행동이었겠지. 내가 없는 사이에, 아내와 아이들이 겪었을 두려움과 고통을 떠올리니 눈에서 피눈물이 흘러내렸다. 사람의 감정이 극에 달하면 눈물이 피가 되어 나온다는데. 그런 피눈물을 가족들 앞에서 흘리게 될 줄은 상상조차 하지 못했다.

이후 내 생활은 180도 달라졌다. 낮에는 아무 의미 없이 멍하게 시간을 보냈고, 밤이 되면 술을 마신 뒤 가족들 생각에 울다가 지쳐서 잠들기 일쑤였다. 내가 떠나지 말고 거기 있었어야 했다는, 내 잘못된 선택 때문에 가족들이 죽었다는 생각이 머릿속에서 맴돌아 맨정신으로는 버틸 수 없었고, 술을 마시지 못한 날에는 정말 미쳐버릴 것만 같았다.

자살을 생각해 본 것도 수십 번이었고, 내 팔목에 잦은 자해로 인해 생긴 상처들은 아물 날이 없었다. 누군가는 내 행동이 너무 과하다고, 과거에 너무 심하게 묻혀 사는 것 같다고 말할지도 모르겠지만, 난 절대 그렇게 생각하지 않는다.

가족들은 내 인생의 모든 것이라고 말해도 과분하지 않을 만한, 그런 가치 있는 존재들이었으니까. 힘들었던 인턴, 레지던트 생활을 버틸 수 있었던 것도, 매일매일 쉬지 않고 일할 수 있었던 것도, 포기하고 싶었던 6일간의 고된 의료 봉사를 견딜 수 있었던 것도 모두 가족들 덕분이었다. 힘들게 일한 후, 집에 돌아가 맛있는 음식을 먹고, 가족들과 이야기를 하며 시간을 보내는 것. 아이들과 아내가 행복하게 웃는 모습을 보는 것. 그것이 내 삶의 유일한 낙이자 나의 존재 이유였다.

그런 가족들의 죽음이라는 충격적인 사건은, 한 남자의 몸과 마음을 서서히 무너트리기에 충분했다. 나중에는 무작정 아내와 아들을 죽인 범인을 찾아 나서기도 했다. 지금 생각해 보면 단서 하나 없이, 그것도 5달 만에 범인을 찾아 나선다는 것 자체가 불가능하고 미친 행동이었지만, 그때의 나에게는 그런 것들에 대해 생각해 볼 힘이 존재하지 않았다.

그렇게 열흘 정도 돌아다닌 후였을까, 아침에 일어나자마자 오른쪽 팔에서 극심한 고통이 느껴졌다. 그전이라면 대수롭지 않게 넘어갔겠지만, 이틀 전부터 아팠던 팔이었기에 좋지 않은 느낌이 들어 팔을 걷어보았다. 피부가 붉게 부어오른 모습이 보였다.

패혈증이었다. 몇 날 며칠을 제대로 먹거나 마시지도 못한 채로 돌아다니다 보니 면역력이 약해졌고, 그때를 기회 삼아 자해로 생긴 상처에서 감염이 발생한 것 같았다. 그날 오후부터 증상이 심해져 돌아다니기 힘들어졌고, 저녁에는 고열로 인해 앓아눕기까지 했다. 갑작스러운 여행이라서 간단한 비상약만 준비해 두었기에, 패혈증을 치료할 방법도 없었다.

'죽는 거구나.'

그날 저녁에 든 생각이었다.

점점 숨쉬기가 힘들어졌고, 정신이 혼미해져 갔다. 나 스스로도 죽음이 다가오는 걸 느끼고 있었다. 이때까지 살아왔던 36년간의 삶이 주마등처럼 스쳐 지나가는 듯했다. 어린 시절의 추억들, 의사가 되기 위해 노력했던 날들, 아내를 처음 만났던 날, 연재와 혜연이가 처음 태어났던 날, 전부 생생히 떠올랐다.

'되고 싶었던 의사도 돼 보고, 예쁘고 착한 아내도 만나고, 토끼 같은 자식들도 키워보고. 이 정도면 꽤 괜찮은 삶 아니었을까. 이렇게 죽고 나면, 불쌍한 우리 가족 다시 만날 수 있겠지. 여보, 내가 미안해. 혼자만 두고 가서. 연재야, 혜연아, 아빠가 미안해. 지켜주지 못해서. 이제 곧 만나러 갈게.'

이런 생각들이 들면서 서서히 눈앞이 희미해져 갔다. 이제 진짜 죽는 거구나.

다음 날 아침 눈을 떴을 땐, 주황색 텐트가 아닌 회색 빛깔의 천장 타일들과 갈색 침대가 나를 기다리고 있었다.

'여긴 어디지? 죽은 게 아니었나?'

이런 생각을 하며 방을 둘러보던 도중, 방 한쪽에 누워 있는 한 남자의 뒷모습이 눈에 들어왔다. 정장을 입고 있는, 어깨가 딱 벌어진, 한 눈에 봐도 다부져 보이는 체형을 지닌 남자였다. 먼저 말을 걸어온 건 그 남자였다.

"일어났어?"

어딘가 들어본 듯한 익숙한 목소리였다.

"누구……시죠? 왜 저를 여기까지 데려오신 거죠? 뭘 할려고……."

내 질문이 끝나기도 전에, 그 남자는 몸을 돌려 내 쪽을 바라봤다.

깊게 생각할 필요도 없이, 눈을 마주치자마자 그가 누구인지 알아챌 수 있었다. 동글동글한 얼굴에 짙은 눈썹, 그리고 큰 키까지. 내 중, 고등학교 동창이었던 승윤이었다. 현역으로 연세대 의대를 수석 입학한 후 서울에서 100평짜리 개인 병원을 운영하고 있는, 우리 학교의 자랑이자 내 자랑스러운 친구 승윤이었다. 결혼식에 간 적이 있긴 했지만, 둘이 따로 만난 건 15년 만이었다.

"혹시 승윤이 아니야? 승윤이 맞지?"

대답이 없었다.

"승윤이 맞잖아! 나 기억 안 나? 네 절친 주용이. 진짜 기억 안 나는 거야?"

"기억나. 당연히 기억나지. 광성중학교, 광성고등학교 나온 현주용. 맞지?"

"맞아. 진짜 오랜만이다. 그동안 어떻게 지냈어? 네가 날 구해 준 거야? 야, 역시 연세대 의대 수석 입학한 놈은 다르구나!"

"하……."

방 안의 공기가 싸해지는 것이 느껴졌다. 15년 만에 동창을 만난 즐거움이라고는 티끌만큼도 담겨 있지 않은, 그런 딱딱하고 차가운 목소리였다.

당황스러웠다. 나는 너무 반가운데, 오랜만에 친구를 만나게 되어 기쁜데, 승윤이는 그렇지 않은 듯했다. 내가 잘못한 게 있는지 생각해 보고 있을 때쯤, 승윤이가 말을 이어나갔다.

"그게 지금 중요해? 너 대체 뭘 하고 있던 거야?"

"뭐가? 왜 그러는 거야?"

"진짜 몰라서 물어? 야, 너 지금 일주일 만에 깨어났어."

"뭐?"

"너 일주일 동안 잠들어 있었다고. 멀리서 보는데 연기 자국이 보이길래, 그래서 한 번 가 봤는데 네가 텐트 안에 있더라. 끙끙 앓는 게 곧 죽을 사람 같아서 데려왔어."

"……."

"쓰러져 있는 동안 검사를 해봤는데, 간 수치랑 혈압, 혈당, 전부 엉망이더라. 꼭 몇 달 동안 술만 마신 사람처럼 말이야. 팔에 상처는 또 뭐고? 의사라는 놈이 패혈증까지 진행될 때까지 뭘 한 거야? 뭘 하고 있던 거냐고!"

"……네가 생각하고 있는 게 맞아. 정확히 그대로야."

"뭐? 네가? 아니잖아. 솔직히 말해 봐. 네가 그랬을 리가 없잖아. 넌, 내 중학교 동창 현주용은, 이런 사람 아니잖아. 대답해 봐. 네가 원래 이렇게 한심한 놈이었어? 내가 알던 현주용, 그 현주용이 이렇게 한심한 새끼였냐고! 대답해 봐!"

처음 보는 승윤이의 분노한 모습이었다. 내가 잘못한 게 있어서 화가 난건 아니었다. 아니, 나 때문에 화가 난 것이라고 말하는 게 맞겠지. 승윤이는 오랜만에 본 동창의 한심하고 폐인 같은 모습에 실망한 듯했다. 더구나, 자신과 가장 친했던 친구이자 가장 믿었던 친구가 누구보다 초라한 모습으로 몰락해 있는 것을 보았기에, 승윤이가 느꼈을 실망감은 누구보다 컸을 것이다.

"……아내와 아이들을 잃었어. 내가 없는 사이에. 의료 봉사 갔다 돌아오니 전부 죽어 있더라. 내 잘못된 선택 때문이야. 나 때문에 사랑하는 내 가족이 죽었다고 생각하니, 그 죄책감에 아무것도 할 수가 없었어. 그래서 몇 달째 술만 퍼마시고, 정처 없이 떠돌아다니고. 그렇게 살고 있던 거야."

"하……."

"구해 준 건 고마운데, 나보고 과하다니 뭐니, 그딴 잔소리만 지껄일 생각이면, 그냥 가던 길 가 줘. 참견하지 말고. 넌 날 이해 못 할 거야. 아니, 넌 날 절대 이해할 수 없어. 가족을 잃은 아픔이 얼마나 큰지, 내 가족이 나한테 어떤 의미였는지, 넌 아무것도 모르잖아."

생각했던 것보다 목소리가 커졌고, 방 안에서는 다시 한 번 차가운 기류가 흘렀다. 지금 생각해 보면 내 절친에게, 그것도 날 구해 준 생명의 은인에게 할 말은 아니었던 것 같다. 하지만 내 사연도 모르는 사람이 나와 내 가족에 대해 아무렇게나 말하고, 나에게 조언한다고 생각하니 순간적으로 화가 나 참을 수가 없었다. 이번에는 꽤나 오랫동안 정적이 지속되었다.

이번에도 그 정적을 깬 건 승윤이었다.

"지혜 기억나냐."

"뭔 소리야? 갑자기 무슨 지혜?"

"대답해. 아냐고, 지혜."

승윤이가 무슨 말을 하려는 건지 도무지 알 수 없었다.

"알지. 네 아내 지혜 말하는 거 아니야? 그때 결혼식도 갔었잖아."

"그래, 지혜. 나랑 3년 전에 결혼했던 지혜. 걔 작년에 죽은 거, 너도 알고 있었냐."

순간 머리가 멍해졌다. 생각지도 못한 대답이었다. 승윤이도 나랑 같은 사연을 겪고 있었다니.

"지금 유행하고 있는 바이러스. 거기에 감염됐어. 내 병원에 데려와서 치료해 보려고 했는데, 안 되더라. 그렇게, 지혜, 내가 보는 앞에서, 똑바로 된 치료 한번 못 받아보고 죽었다."

"……."

"나도 며칠간은 너처럼 행동했지. 술만 마시고, 미친 사람처럼 행동하고……. 근데 그렇게 살다 보니 갑자기 이런 생각이 들더라. '내가 이렇게 사는 게 의미가 있을까? 이게 진짜 내 아내가 원하는 모습일까? 이렇게 살다가 죽으면, 내 아내, 떳떳이 다시 만날 수 있을까?'"

맞는 말이었다. 내가 이렇게 행동한다고 해서 내 가족들이 돌아오는 것도 아닌데, 이렇게 행동하는 게 의미가 있을까? 젊은 시절, 일하느라 바빠서 잘 만나지도 못했지만, 그래도 사람 살리는 일 한다며, 좋은 일 한다며 항상 이해해 주던 아내였다. 내가 자기를 두고 서울에 갈 때도, 이해해 주었던 아내였다.

오히려 내 아내도, 내가 아무 의미 없는 생활을 이어나가다 죽기보다는 내가 할 수 있는 일, 사람 살리는 일을 최선을 다하며 살다가 자신을 만나러 오기를 바라고 있지 않을까?

승윤이는 계속해서 말을 이어나갔다.

"너랑 나처럼 가족 잃은 사람들, 셀 수 없이 많아. 근데, 너처럼 한심하게 행동하는 사람들도 그만큼 많을까? 아니야. 그럼, 그렇게 행동하지 않는 사람들, 나처럼 사는 사람들은 가족이 소중하지 않아서, 가족이 그만한 가치가 없어서 그렇게 행동하지 않는 걸까? 그것도 아니야. 그 사람들도 가슴이 찢어지는 것처럼 아프겠지만, 죽고 싶겠지만, 자신이 그러고 있는 모습을 보면 자기 가족들이 더 아파할 것을 아니까, 그러니까 미치지 않고 버티는 거야."

"네가 겪은 고통, 내가 누구보다 더 잘 이해한다고 자부할 수 있어. 근데, 지금 네가 하는 행동들, 그건 진짜 아니다. 아무 의미도 없고, 오히려 하늘에 있는 니네 가족들 가슴만 찢어지게 하는 행동이라고. 그러니 제발, 제발 정신 좀 차려. 하늘나라에서 널 지켜보고 있을, 네 가족들을 위해서라도."

이 말을 마지막으로, 승윤이는 병실을 떠나 한동안 병실에 돌아오지 않았다. 그곳에 승윤이가 두고 간 음식과 물을 마시며 회복하면서, 정말 많은 생각을 한 것 같다. 나와 같은 일을 겪었지만, 완전히 다른 삶을 살고 있는 승윤이를 보면서 내 삶을 반성할 수 있었다.

승윤이 말처럼, 이런 내 모습을 보면서 아내와 연재, 혜연이, 전부 땅을 치며 슬퍼하지 않았을까? 이제부터라도 내가 똑바로 사는 모습을 본다면, 가족들은 조금이라도 더 행복할 수 있을까?

15일 정도 지난 후, 내가 거의 다 회복했을 때쯤, 병실에서 승윤이를 다시 만날 수 있었다. 하고 싶은 말이 있었지만 보자마자 사과부터 했다.

"미안하다. 이렇게 약한 모습 보여서. 네 말 듣고 생각해 보니, 가족들한테도 너무 미안하더라."

"그래. 그러면 됐다. 네가 원래부터 그런 놈은 아니라는 걸 누구보다 잘 아니까, 또 1년 전의 내 모습을 보는 것 같았으니까, 나도 그렇게 말한 거였어. 참견해서 미안했고, 앞으로 똑바로 살아. 다음 번엔 둘 다 건강한 모습으로 만나자."

할 말이 덜 끝났는데, 승윤이가 문을 열고 나가버리려는 듯했다.

"잠시만!"

문을 열고 나가려던 승윤이가 뒤를 돌아보았다.

"그래서 말인데…… 혹시, 지금 네가 일하고 있는 병원에서 같이 일할 수 있을까? 그게 지금 내가 할 수 있는 최선의 선택이고, 가족들도 내가 이런 일을 하는 걸 원할 것 같아서, 그래서 부탁하는 거야."

"병원이라고 하기에는 좀 그렇고, 지금 작은 건물에서 병현이랑 둘이서 남은 약 가지고 환자들을 받고 있어. 그런 곳에서 일하게 되어도 괜찮다면, 그럼 받아줄 수 있을 것 같은데."

"당연하지."

"그럼, 지금 나랑 같이 가자. 마침 둘이서만 일하려고 하니 의사도 부족했었어."

"알았어. 다행이네. 받아 줘서 고맙고, 그럼 앞으로 잘 부탁할게."

"나도."

승윤이는 자신의 기억 속에 있던 진짜 주용이를 다시 만난 것처럼, 행복한 미소를 지어 보였다. 나 역시, 나의 삶을 올바르게 잡아주고, 일자리까지 만들어준 승윤이에게 보답이라도 하는 듯, 크게 미소를 지어 보였다.

그때 승윤이와 함께하면서부터 내 삶은 원래대로, 진짜 의사의 삶으로 돌아갈 수 있었다. 작은 건물에서 승윤, 병현이와 함께 매일 환자들을 치료했고, 의사로서의 본분을 다하기 위해 최선을 다했다.

하지만 그런 생활도 벌써 1년째, 점점 지쳐만 간다. 끊임없이 불어나는 환자들을 감당하기는 힘들어지고, 약도 서서히 떨어져 간다. 밥도 잘 못 먹고 하는 고된 노동에 몸과 마음은 지친 지 오래고, 스트레스는 산더미처럼 쌓였다.

우리가 포기하면 수백 명이 죽을 테니까, 그러니까 포기하면 안 된다고 믿고 있지만, 버티기가 더욱더 힘들어진다. 승윤이와 병현이 역시, 나와 같은 상태인 것 같았다. 오히려 이런 현실 속에서 맨정신을 유지할 수 있다면, 그게 더 이상한 게 아닐까. 끊임없이 머릿속에서 이런 말들이 맴돈다.

'포기하지 않는다면, 내일도, 내일모레도, 그다음 날도, 똑같은 하루가 반복되겠지. 포기한다면, 여기서 포기한다면 조금 더 편해지지 않을까.'

이런 생각을 하며, 오늘도 나는 병원으로 간다.

오늘도 여느 때와 다름없는, 똑같은 하루이겠지.

선생님께서 "책을 써 보겠니?"라고 하셨을 때, 나는 그린비 소속도 아니었고, 글을 잘 쓰는 편도 아니었기에, 답답하였고, 어떻게 써야 할지 생각도 잘 떠오르지 않았다. 계속해서 생각한 끝에 스토리를 겨우 짜내긴 했지만, 이것을 글로 표현한다는 것이 쉽지만은 않았다.

특히 시각적인 요소들 없이 모든 것들을 글로 표현해야 한다는 점이 가장 힘들게 느껴졌다. 중간중간에 스토리를 계속 바꾸었는데, 그러다 보니 글이 계획했던 것보다 2배가량 길어진 것 같아서 내가 표현하려고 했던 모습들이 제대로 표현되었는지도 걱정이다.

주제는 2040년의 모습이었다. 2040년의 모습을 상상해 본 사람들 중 대부분은 현대 기술로 인한 문명을 누리고 있는 밝은 미래를 상상하겠지만, 내 생각은 조금 달랐다. 나는 우리가 마주하게 될 가장 현실적인 미래는, 밝음과는 조금 거리가 먼, 그런 어두운 미래라고 생각한다.

물론 내가 비관론자라서 그런 것은 아니다. 최근 이상기후가 나타나고, 봄과 가을이 사라져 가고, 코로나 19 같은 새로운 전염병들이 등장하는 모습을 보니, 우리가 올바르게 대처하지 않는다면, 가까운 미래에 진짜 인류가 멸망할 수도 있겠다는 생각이 들었을 뿐이다.

그래서 일부러 소설도 재난소설을 골랐고, 내가 생각하기에 가장 막기 힘들고, 가장 현실적인 멸망 시나리오로 여겨지는 바이러스로 인한 지구 멸망의 이야기를 하기로 결정했다. 또 소설 속에서 내가 중점적으로 보여주고 싶은 모습은 지구 멸망보다는, 이러한 상황에서 서서히 무너져 가는 개개인의 모습이었다.

주용이는 그런 모습을 가장 잘 보여줄 수 있는 주인공이었고, 승윤이는 지구 멸망의 상황에서도 희망을 잃지 않고, 최선을 다해 살아가는 사람들을 대표하는 인물이었다. 상황을 완전히 다르게 받아들이는 두 사람이 만난 후 주용이는 과거의 모습을 되찾고 승윤이와 같은 삶을 살아가게 되는 것. 그게 내 소설의 핵심 이야기였다.

그렇지만 소설 특성상 지구 멸망에 대한 경각심을 깨우쳐 주는 부분도 필요했기에, 일부러 긍정적인 결말이 아닌, 결국 세 사람 모두 주용이와 같은 처지에 놓이게 되는 결말을 준비하였다. 내 의도는 이것이었는데, 의도한 대로 이야기가 잘 전달되었는지는 모르겠다.

처음에는 힘들었지만, 쓰다 보니 꽤 재미있는 활동이었던 것 같다. 그냥 읽기만 했던 소설을 직접, 내가 원하는 대로 써볼 수 있다는 점이 가장 인상 깊었다.

소설 퀄리티는 떨어질지 모르지만, 내가 쓴 글이 전국적으로 출판되고, 남들에게 보여줄 수 있다는 사실에서 그 의의도 찾을 수 있었다. 내 글이 영향력이 있는지는 모르겠지만, 사람들이 내 소설을 읽고 환경오염의 심각성에 대해 한 번 더 생각해 볼 수 있으면 좋겠다.

다른 아이들의 작품도 구경해 보고 싶고, 내년에 혹시라도 한 번 더 써볼 기회가 된다면 그때도 참여하고 싶다는 생각이 들었다.

책이 출판될 날이 기다려진다.

기자의 품격

철새들의 비행

2학년 박재형

"기후변화가 점점 심해지고 있습니다. 미국이 교토의정서를 탈퇴한 이후 온실가스 배출은 점점 늘어나고 있고 이제 도쿄, 워싱턴, 암스테르담 등 대부분의 도시들은 침수되었습니다."

오늘도 또 다른 항구도시가 침수되었다.

"지대가 낮은 지역의 섬나라들 국민 대부분은 난민신청을 했으며 이제 기후로 인해 생긴 난민 수는 전쟁을 통한 난민수의 2배를 넘어섰습니다."

오늘도 또 다른 나라가 침수되었다.
"도대체 즐거운 내용이라곤 하나도 없어."
나는 신경질적으로 TV의 전원을 껐다.
횡령, 비리, 절도, 강도, 살인, 방화, 테러……. 거기다가 이젠 기후변화로 인해 생기는 부정적인 소식들까지 들어오면서 OO신문사 사회부는 정신이 없다. 그러나 이젠 AI 기자의 등장으로 하나둘씩 인간 기자들도 사라지고 있었다.
그들은 정치권의 뇌물을 받지 않는다. 24시간 일주일 내내 잠도 안 자고 밥도 안 먹고 열심히, 묵묵히 기사를 쓸 뿐이다. 이제 사회부에 남은 인간 기자는 나를 포함해 5명뿐이었다. 그 정도면 충분했다. 이마저도 인근 신문사에 비하면 많은 편이었다.
"이젠 기사도 너희가 전부 다 쓰겠단 말이지…."
나는 한숨을 푹 쉬곤 문을 열고 집밖으로 나선다.

'미세먼지 매우 심각(1123일째) 헬멧 마스크 필수착용'

5년 전부터 이젠 밖을 나갈 때는 무조건 헬멧 마스크를 착용해야 했다. 이전과는 달리 이젠 눈까지 보호해야 하니 어쩔 수 없는 일이었다.

"후우…. 이제야 좀 살겠네…."

내가 신문사로 들어오자 보안장치가 가동되었다. 홍채인식, 맥박인식…. 여러 보안장치가 한꺼번에 가동된다.

'Welcome. Gardner smith'

스크린 화면에 나의 이름이 나오고 나는 나의 사무실로 들어선다. 커다란 사무실임에도 불구하고 책상은 5개뿐이다. 책상마다 서류가 가득히 쌓여 있었다.

"내가 검토만 하려고 기자가 된 게 아닌데…."

AI 기자가 도입된 이후 인간 기자들이 하는 일은 한가지였다. AI들이 쓴 글을 검토하고 틀린 것이 있으면 고치는 것. 그러나 그들이 틀리는 일은 거의 없다. 그저 그들이 쓴 기사를 검토하는 것뿐이다. 한마디로 하루 종일 AI들이 쓴 신문을 읽는 게 전부였다.

"이렇게라도 돈 버는 걸 고마워하며 살아야지…."

이젠 거의 대부분의 일은 AI가 맡아서 하고 있다. 밖에는 실업자들이 연일 시위하는 중이다.

정말로 이젠 나처럼 돈을 버는 것만으로도 축복인 세상이다.

"일찍 오셨네요?"

"그래…. 집에 있어봤자 할 일도 없잖나"

이젠 동료 기자들도 하나둘씩 도착했다.

"예전엔…이 사무실에 책상이 15개나 있었어."

"예? 정말요?"

"그래⋯. 아마 10년 전쯤이었을 거야⋯. 그때는 기자들이 직접 기사를 썼어. 그때 아마 자네들은 중학생이나 고등학생 정도였겠지⋯."

"예⋯. 인간 기자들이 기사를 썼다는 이야기는 텔레비전에서 본 적 있습니다."

"그때는 다들 열의에 불탄 느낌이었지⋯. 사람들에게 진실을 꼭 알리고 싶다는 정의감 같은 것도 있었고, 미안하네. 갑자기 이런 옛날이야기를 꺼내서⋯."

"아닙니다. 괜찮습니다."

나는 이제 이 사무실에서 최고참이었다. 후배 동료들은 젊고 유능했다. 하지만 그들은 예전동료들과는 다른 점이 하나있었다. 그들은 기자로서의 사명감이 없었다.

겨우 신문이나 읽는 일을 하니 사명감이 생길 리도 없었다. 또한 일자리가 절대적으로 부족하다. 그들은 이제 일자리라면 어디든 지원한다. 신문기자여도 좋고, AI 엔지니어여도 좋고, 다른 어떤 일자리여도 좋았다.

"저걸 보게."

나는 철새들을 가리키며 말했다.

"자네들은 저 새들이 기계가 아니라 그냥 자연 그대로의 새였던 적이 기억나나?"

약 5년 전부터, 자연적인 철새들은 거의 멸종하기 시작했다. 그러나 이전의 철새에 대한 그리움 때문에 사람들은 기계 새를 만들어 냈다. 이전의 철새들처럼 겨울에는 따뜻한 남쪽 섬나라로 이동했다. 실제 새들처럼 아름다운 울음소리도 내었다. 그러나 그들은 기계였다.

"예, 아마 제가 고등학교 때부터 기계 새들로 바뀌었습니다."

"저 새와 우리 세상이 닮은 점이 있지 않나? 모두 기계로 바뀌어 가고 있어. 그놈의 AI로 전부 대체하고 있어. 고철덩이들이 대체할 수 없는 게 있는 건데 말이야⋯⋯."

"가끔씩 이해하기 어려운 말씀을 하시는 것 같습니다."

"아무것도 아닐세. 다시 일이나 하지."

나는 다시 펜을 하나 잡고 신문을 보기 시작했다.

'실업자 비율 연일 최다치 경신⋯'

'올해 들어 침수된 도시 32개로 늘어⋯'

'자원 고갈 현실화, 이대로라면 10년 안에 석유가 고갈⋯'

더 이상 이곳에는 희망이 존재하지 않는다. 다양한 기사들이 알려주는 한 가지 진실이었다.

"음? 이게 뭐지?"

나의 눈길을 사로잡은 한 가지 기사가 보였다,

'화성이주 연합회의, 화성으로 3만 명 시험 이주 결정⋯'

나는 기사를 읽기 시작했다.

'화성이주 연합회의가 22일부터 시험이주를 결정함. 화성이주 연합회의 의장은 "지구의 환경이 너무 파괴되고 있다. 이젠 더 이상 지구에선 이제 신대륙이 아닌 신 행성으로의 이주가 시작된다. 이주를 원하는 사람은 누구든지 신청해 주기 바란다."라고 언급함.

'선착순 3만 명만 이주가능하며 3일부터 신청이 가능함'

"3일이면 내일부터잖아?"

사실 기자가 되기 전 나의 꿈은 우주 비행사였다. 나는 어렸을 적 우주와 관련된 영화를 좋아했고, 우주비행사가 되고 싶었다. 실제로 우주비행사가 되기 위해 노력했다. 그러나 나의 발목을 잡은 건 체력 테스트였다. 나는 좌절했다. 분명 나는 우주비행사 채용과정에 비리가 있을 거라 생각했고, 그 비리를 밝히기 위해 나는 기자가 되었다.

"아무나 신청이 가능한 건가?"

우주비행의 꿈을 키워가던 어린 시절에, 나는 부모님을 조르고 졸라 처음으로 항공우주 박물관에 간 적이 있었다. 모든 것이 꿈만 같았고 나의 가슴이 벅차올랐다. 마치 내가 우주비행사가 된 것만 같았다. 그 기사를 보자마자 마치 그때처럼 나의 가슴이 벅차올랐다.

"정말로 나도 할 수 있는 건가?"

나는 스마트 폰으로 허겁지겁 화성이주 연합회의의 사이트에 접속했다.

'누구나 새로운 콜럼버스가 될 수 있습니다!'

화성이주 연합회의의 슬로건이 크게 나오고 이후 '신청'이라고 적힌 버튼을 클릭 하자마자 신청 화면으로 바뀌었다.

'신청 요건 : 20-60세 사이의 건강한 신체를 가진 사람이라면 누구나.'

올해로 40세인 나는 정확히 중간이었다.

'증빙 서류 : 신분증명서'
'이 기기와 연결된 전자스캐너에 신분증명서를 놓고 '조회'를 누르시면 자격 요건에 충족하신지 확인이 됩니다.'

나는 주머니에서 주섬주섬 지갑을 꺼내 스캐너에 신분증명서를 올려 놓았다.

"이러면 되는 건가?"

조심스럽게 조회 버튼을 눌렀다.

'축하합니다! 신청요건에 충족 되셨습니다! 7일 이내로 화성이주 연합회의에 방문하시길 바랍니다.'

나의 손이 떨리기 시작했다. 가슴이 미친 듯이 두근대었다.

"정말로 이렇게나 쉽게 우주에 갈 수 있다고?"

나는 어릴 적으로 다시 돌아간 느낌이었다.

"정말로 너무 쉽게 가잖아…."

나는 벌써 눈물이 그렁거렸다. 드디어 인생에서 가장 중요한 것을 되찾은 느낌이었다.

"혹시 우시는 겁니까?"

옆에서 동료 기자가 고개를 갸웃 거리며 질문했다.

"아무것도 아니네. 아무것도 아니야"

나는 눈물을 훔치며 말했다.

"퇴근하셔야죠. 벌써 11시 30분입니다."

동료 기자가 짐을 싸면서 말했다.

"그래, 좋은 밤 보내게. 나 아마 내일은 출근 못 할 걸세."

"예? 왜 그러시죠?"

깜짝 놀라며 동료기자가 물었다.

"자네 내가 제일 좋아하는 말이 뭔지 아나?"

"뭡니까?"

"'가장 중요한 것은 눈에 보이지 않아'라는 말이네"

"예? 대체 무슨 말을 하시는 겁니까?"

"아마 아직은 이해 못 하겠지. 잘 가게"

지금껏 가장 가벼운 발걸음으로 나는 집으로 향했다.

"드디어 우주로 가다니….'

나는 행복하게 침대에 누워서 잠이 들었다. 그 날 밤, 나는 꿈을 꾸었다. 줄에 묶인 새들을 타고 하늘 높이 올라갔다. 계속 올라가며 밑을 바라보자 지구는 이미 창백한 푸른 점이 되어 있었다. 갑자기 밑에서 총소리가 들렸다. 누군가 내가 타고 있는 새들을 사냥하고 있었다. 나는 아래로 떨어지며 잠에서 깨어났다,

"으음…?"

나는 짹짹거리는 새소리에 일어났다. 아무리 실제 새 소리를 비슷하게 해봐도 기계 새 특유의 기계 같은 느낌을 없앨 수는 없었다. 오늘이 회사에 입사한 후 처음으로 휴가를 썼다.

"정말로 말도 안 되는군… 그토록 원하던 우주를 이제야 가다니.'

신나는 발걸음으로 나는 화성이주 연합회의 본부 건물로 들어갔다.

"반갑습니다. 화성이주 신청자 분이신가요?"

안내데스크에서 직원이 반갑게 맞아주었다.

"예."

"신분증명서 부탁드립니다."

나는 신분증명서를 꺼내 그녀에게 주었다.

"축하드립니다. 2층 면접실로 올라가 주십시오."

"예. 감사합니다."

2층으로 올라가서 '면접실'이라고 적힌 방의 문을 열자 면접관으로 보이는 남자 2명이 앉아 있었다. 예전에 내가 우주비행사 면접을 보았을 때도 생각이 났고, 신문기자 면접을 보았을 때도 생각이 났다.

"화성이주 신청하신 분 맞으시죠?"

"네…."

면접관의 얼굴이 약간 찡그려졌다.

"화성은 새로운 개척지입니다. 개척자들은 척박한 환경에서 살아남기 위해 강인한 신체를 가지고 있었습니다. 그러나 귀하는….."

우주비행사를 지원했을 때의 악몽이 다시 떠올랐다.

"중요한 건 체구가 아닙니다! 저의 개척정신과 열정을 봐주십시오!"

"그래도 귀하께선 너무 왜소하신 거 아닙니까."

"그 예전 다윗 왕은 자기 몸집보다 훨씬 큰 골리앗을 무찔렀습니다."

"그렇단 말이죠? 그럼 증명해 보십시오. 팔씨름이 뭔지 아십니까?"

"네. 당연히 알고 있습니다."

"2주의 시간을 드리겠습니다. 저를 찾아오셔서 저를 상대로 팔씨름을 이기시면 즉시 이주시켜드리겠습니다"

"예…?"

"그럼 2주 뒤에 뵙겠습니다. 오후 4시까지 여기로 다시 와 주시면 됩니다."

나는 당황한 기색으로 쫓겨나듯 면접장을 나갔다.

"어떻게 해야 이길 수 있지…?"

이내 정신이 들었고 스마트폰으로 팔씨름을 이기는 방법에 대해서 검색하기 시작했다.

'팔씨름 잘 하는 법'

'팔씨름 필승 법!'

나는 검색하면서 이번에도 할 수 있겠다는 희망이 생겼다. 마치 나의 학창시절이 생각이 나는 듯 했다. 내가 학교를 다닐 때까지만 해도 화성이주 연합회의 본사처럼 사람 안내직원이 대부분이었다. 현재는 전부 무인 기계로 교체되어 사람 안내직원은 찾아보기가 힘들다.

팔씨름도 마찬가지다. 내 학창시절까지만 해도 팔씨름을 대부분이 알고는 있었다. 그러나 이젠 대부분 팔씨름이 어떤 놀이인지조차 모르는 사람들이 태반이다. 팔씨름이라는 말 자체를 들어본 지가 벌써 5년 가까이 지났다.

"할 수 있어. 뜻이 있는 곳엔 길이 있기 마련이야."

내가 예전에 공부를 하거나 우주비행사 시험을 준비하거나 혹은 어려움이 있을 때마다 홀로 되뇌었던 말이다. 이런저런 여러 가지 필승법을 검색한 후 집 주변에 운동용품점으로 향했다.

"여기 악력 기랑 근력 밴드 있나요?"

"아, 예."

운동용품점 주인이 주섬주섬 일어나서 이것저것 소개시켜 주었다.

"이건 어떠세요? 초보자분들이 쓰시기 에는 좋은데."

"아, 예 그럼 그걸로 살게요."

내 손을 가져다 대자 자동으로 결제가 되었다.

"감사합니다. 다음에 또 오세요."

나는 집으로 들어가서 바로 팔 운동을 시작했다. 2주 내내 단 하루도 쉬지 않았고 예전에 우주비행사를 준비할 때보다 훨씬 열심히 했다. 하루하루 희망이 가득 했다.

"오늘 오후 4시구나…."

면접실로 가면서 예전에 읽던 소설이 생각이 났다.

"네가 오후 4시에 온다면, 난 오후 3시부터 행복해질 거야…."

그 소설 내용을 조용히 되뇌었다.

"너의 장미꽃이 그토록 소중한 것은 그 꽃에 들인 시간 때문이야…."

그 소설의 대사를 말할 때마다 불안함이 희망으로 바뀌어 갔다.

나는 화성이주 연합회의 본부 면접실 앞에 섰다. 이번 기회를 놓친다면 다시는 우주로 나설 수 없을 것이다. 난 시계를 가만히 바라보았다. 3시 57분이었다. 가슴이 두근댔다. 숨을 크게 들이쉬고 내쉬었다.

"후우…."

면접실의 문을 열고 들어섰다.

"정말로 오셨군요?"

그 남자가 내 앞에 서 있었다.

"예. 약속하셨지 않습니까?"

"약속대로 저도 귀하를 제외한 29,999명의 나머지 이주희망자를 선별했습니다."

"정확히 3만 명을 맞춰야 제 마음이 편할 것 같네요"

"저도 그런 마음입니다. 물론 봐드릴 생각은 없습니다."

그가 책상에 앉으며 말했다,

"약간의 스릴감은 있어야 하지 않을까요?"

그가 갑자기 꽃병을 가져와 깨뜨렸다. 유리 파편이 책상에 흩뿌려졌다.

"지금 뭐하시는 거죠?"

난 그의 행동이 당황스러웠다.

"걱정하지 마십시오. 특별히 3분만 버티시면 이기신 걸로 해드리겠습니다."

"근데 꽃병은 왜….."

"나머지 29,999명을 기다리게 하셨으니 책임은 지셔야 하지 않을까요?"

"이게 무슨….."

"싫으시면 뒤에 문을 열고 그냥 나가시면 됩니다."

가슴이 미친 듯이 뛰었다. 여기서 진다면 아마 한 쪽 손은 못 쓰게 될 것이다. 그러면 기자생활도 이어가기가 어려울 것이다. 아무리 신문만 본다지만 글도 못 쓰는 기자를 계속 쓸 이유가 없었다. 밖에는 실업자가 넘쳐났고 내 자리를 대신할 사람도 많았다

"이제 시작할까요?"

그가 타이머를 책상에 올려놓고 3분을 맞췄다.

"네….."

손을 맞잡았고 그가 타이머를 눌렀다.

'3:00…2:59…2:58…'

타이머가 흘러가고 있었다. 어떻게든 3분만 버티면 된다.

"2주 동안 운동을 많이 하셨나 보네요?"

처음엔 꽤나 팽팽했지만 조금씩 나의 손이 밑으로 내려가고 있었다. 있는 힘껏 팔에 힘을 줬다. 다시 팔을 제자리로 되돌렸다.

'2:00…1:59…1:58'

1분이 지나가자 다시 팔이 조금씩 내려가고 있었다.

"1분이 한계이신가 보네요?"

어릴 적의 우주비행사들, 부모님을 졸라서 간 항공우주 박물관, 언제나 체력시험에서 떨어진 우주비행사 시험 …. 내가 왜 이곳에 있는지 생각했다.

'1:00…0:59…0:58'

정말로 이젠 한계였다. 팔이 조금씩 내려가기 시작했다. 유리 파편들이 점점 가까워졌다.

"죄송하게 되었습니다. 어쩔 수 없네요. 개척자가 되기엔 아직은 아닌 것 같습니다."

'0:03…0:02…0:01'

유리파편이 손에 닿는 것 같았다.

'삐…빅 삑 삑'

알람 음이 울렸다. 간발의 차로 버텼다.

드디어 화성에 갈 수 있다.

"저 이긴 거 맞죠?"

"축하드립니다. 과소평가 했군요. 이런 불굴의 개척 정신이라면 어디든 성공하실 겁니다."

"정말 감사합니다…."

눈물이 흘러내렸다.

"오늘이 화요일이니 3일 동안 회사, 집, 이러저러한 다른 것들 처분하시고 금요일 오후 4시까지 다시 이곳으로 찾아오시면 이주절차 진행시켜드리겠습니다.

그가 조그만 전자이주 증서를 주며 말했다.

"감사합니다…. 정말 감사합니다…."

나는 눈물을 흘리며 면접실을 나왔다.

"진짜로 갈 수 있는 거구나."

집에 들어왔지만 아직도 믿을 수가 없었다. 그러나 아직 정리할 것이 많이 남았다. 회사도 이제 그만 둬야 하고 집, 여러 가구들, 나머지 중요한 것들을 전부 처분해야 했다.

"이것들은 이제 중요하지 않아. 정말로 소중한 것은 눈에 보이지 않는 법이야."

그는 혼자 중얼거리며 집과 여러 가구들을 처분했다. 어떤 것은 재빨리 다른 사람들에게 팔았고 어떤 것들은 그냥 폐기했다. 3일 안에 전부 다 팔 수는 없었다. 값이 나가는 몇 가지 물건들은 그냥 폐기 해버리기도 했다.

이제 이 사회의 모든 것을 정리하고 꿈에만 그리던 우주, 그것도 화성으로 나설 차례였다. 집을 나서자 하늘에는 철새들이 날아 다녔다. 겨울이 다가오고 있었고, 그들은 이제 남쪽 나라로 떠나야 했다. 나도 새로운 곳에서 새롭게 시작하고 그들도 새롭게 시작해야 했다.

"잘 있게. 지구 친구. 너무 많은 폐를 끼쳐서 미안하네. 난 이만 가겠네."

지구에 마지막으로 작별인사를 하고 화성이주 연합회의 본부로 들어갔다.

"전자이주 증서 부탁드립니다."

그 안내직원이었다.

"예, 여기 있습니다."

전자이주 증서를 그녀에게 넘겨주었다.

"이주 번호 30,000. 128번 차량에 탑승해 주시기 바랍니다."

밖으로 나가 128번 차량에 탑승했다. 30분 정도 가자 가장 인근의 우주 발사센터에 도착했다. 이미 2만 9900명 정도가 화성에 도착했고, 마지막 100명이 나와 내 곁에 있는 사람들이었다. 나는 로켓에 들어섰다. 밖에는 새들이 날아다녔다.

"저게 뭐지?"

새들이 떨어지고 있었다. 예전에 실제 새를 사냥하듯 기계 새를 사냥하는 중이었다. 분명히 저 행위는 불법이었다.

"신속히 탑승해 주십시오."

승무원으로 보이는 남자가 이야기했다.

"예…."

약간 껄끄러웠지만 탑승했다.

"이륙하면서 로켓이 많이 흔들리고 중력 가속도의 영향을 크게 받을 수 있습니다. 조심하시기 바랍니다."

로켓이 요란한 소리를 내면서 추진하기 시작했다.

"어? 약간 이상한 소리 나지 않아요?"

약간 로켓이 흔들리는 소리가 났다. 이내 로켓이 아래로 추락하기 시작했다.

"추락에 대비하십시오. 추락에 대비하십시오."

"우리가 아까 전에 사냥 당하던 그 철새인가 보군. 철새들은 따뜻한 남쪽 나라로 가는 도중 적지 않은 수가 죽기 마련이야."

아까 전에 나와 이야기 하던 그 승무원이었다.

"네? 무슨 말씀이신지?"

요란한 소리와 함께 로켓이 땅으로 추락했다. 로켓이 폭발했다.

'삐…빅 삑 삑'

"2040년 10월 22일, Gardner smith씨 안락사 선택하셨습니다. 그곳에선 편안하게 영면에 드시길 바랍니다."

일자리는 점점 더 줄어들고 이젠 공무원의 정년도 40세였다. Gardner smith는 어젯밤에 회사에서 해고당했고 그는 가족도, 친구도 딱히 없었다. 그는 안락사를 선택하기 전 모든 재산을 사회에 환원했다.

그는 어렸을 때 원했던 우주비행사에 관한 꿈을 꾸고 죽고 싶었다. 그는 자기가 가장 좋아하던 책을 읽고 안락사를 선택했다.

죽기 전 원래는 유족들로 가득 차야 하는 방에는 그와 안락사 담당의사 단 2명만이 있었다. 그는 의사에게 마지막으로 이렇게 말했다.

"이것 하나만 기억해 줘요. 가장 소중한 건 눈에 보이지 않아요. 난 가장 소중한 걸 언제나 가지고 싶었고, 그걸 드디어 얻을 수 있어요. 그걸 나에게 줘서 고마워요. 난 아마 우주비행사가 아니라 철새가 되고 싶었는지도 몰라요. 이제 남쪽 나라로 떠날게요. 잘 있어요. 다음에 봐요."

그는 살면서 가장 행복한 표정으로 잠이 들듯이 죽음을 맞이했다.

'새는 죽을 때 그 소리가 구슬프고, 사람은 죽을 때 그 말이 아름답다.'

"옛 중국의 철학자가 이렇게 말했죠."

안락사 담당의사가 조용히 중얼거렸다.

A.D.2040년에 대한 글을 쓰면서 이대로라면 미래가 조금씩 나빠질 것 같다는 생각을 했습니다. 2040년이 된다면 우리는 기성세대가 될 것이고 우리 한명 한명이 이 사회의 구성원이 되어서 사회를 이끌어 나 갈 것입니다.

환경은 파괴되고 있고 저출산은 심각해지고 있습니다. 컴퓨터와 인공지능이 개발되었고 이는 우리의 삶을 윤택하게 만들어 주었습니다. 그러나 컴퓨터와 AI들이 인간의 일을 대체하는 일이 빈번하게 발생하고 있습니다.

실제로 미래가 되면 사라질 직업들 중에 기자는 상위권에 항상 속하고, 인공지능 기자가 실제로 기사를 쓰는 일이 빈번한 것도 우리 사회의 현실입니다. 이러한 모습들을 소설에 많이 담아내었습니다.

미래에 대한 안 좋은 모습들을 담아서 독자 여러분들에게 보여드리고 경각심을 심어드리기 위해서 이 소설 속 세상을 상당히 디스토피아적으로 묘사했습니다. 만일 우리가 사회의 문제점에 무관심하고 문제를 해결하려고 힘쓰지 않는다면 우리 사회가 저의 소설과도 같은 세상이 될지도 모릅니다.

그러나 우리는 미래에 대한 희망을 잃어서는 안 됩니다. 이 소설에서 저는 우리의 미래 사회를 부정적이게 표현했지만 저는 희망적인 이야기를 하고 싶습니다. 인류 역사를 살펴보면 언제나 인류에겐 문제점이 뒤따랐고 그때마다 지혜롭게 문제를 헤쳐 나갔습니다.

변화가 필요한 시기입니다. 그리고 우리에게는 변화시킬 잠재력이 있습니다. 저는 우리의 역사 또한 하나의 커다란 소설이라고 생각합니다. 소설은 계속 진행되고 있습니다. 우리에겐 이 소설의 결말을 바꿀 수 있는 힘이 있습니다.

우리 역사라는 거대한 대하소설의 주인공들은 특별하거나 위대한 영웅들이 아닌 우리 같은 일반적인 시민들이라고 생각합니다. 시민구성원의 힘은 위대합니다. 그들은 독재자에 대항했고, 나라를 금융위기에서 구해 냈습니다.

저는 민중들의 힘을 믿습니다. 그들은 주인공이었고 우리가 역사의 주인공이 될 차례입니다.

독자 여러분, 저는 미래 세대들에게 지금보단 나은 세상을 물려주고 싶습니다. 독자여러분들에게 저의 이러한 목표에 동참해 주실 것을 간곡히 부탁하기 위해서 이 소설을 썼습니다. 비록 미약한 필력이지만 재밌게 봐주시고 미래에 대해서 조금만 생각해 주시기 바랍니다.

이번 소설쓰기 작업을 하면서 이러저러한 힘든 일도 많이 있었습니다. 그럼에도 불구하고 그린비 동아리 학생부원들과 함께 A.D.2040에 대해서 머리를 맞대고 한 편 한 편 글을 모아서 책을 한 권 만들어 내니 뿌듯한 느낌입니다.

또한 소설을 써서 책을 만들어내는 일이 이렇게 어려운지 이번에야 처음 알았습니다. 어떨 때는 머리를 싸매고 고민해도 쓰기가 어려운 적도 있었습니다. 물심양면으로 도와주시고 소설 쓰는 데 많이 지도해 주시고 신경 써 주신 성진희 선생님께도 감사의 마음을 드리고 싶습니다.

또한 나머지 그린비 부원들도 너무 좋은 여러 작품들을 많이 만들어 줘서 훌륭한 책이 나온 것 같습니다. 나머지 부원들에게도 감사한 마음입니다.

독자 여러분들도 항상 행복한 일만 가득하시길 바라며 이 사회를 바꾸는 역사라는 거대한 대하소설의 주인공이 되실 그날까지 전 항상 응원하고 기원하겠습니다. 다시 한 번 미약한 제 소설을 읽어주셔서 감사

하다는 말씀을 드리고 독자 여러분들이 제 소설을 읽고 여러 가지 생각
을 해볼 수 있는 계기가 되었으면 좋겠습니다.

다시 화타로

2040 의학 일기

2학년 한성준

1

2040년 1월 10일

어느 때보다 추운 아침이다. 내 키보다 몇 배는 큰 침대와 포근한 이불속에서 지렁이 마냥 꿈틀거리다 일어나고는 침대 옆 협탁에 놓인 시계를 들어 쳐다본다.

6시 40분, 그저 그런 기상 시간, 추운 아침을 따뜻하게 달래어 줄 재즈 LP판을 돌려놓고는 양치를 한다.

오늘 아침 식사는 누에와 닭가슴살을 섞은 샐러드, 밀웜 반죽으로 만든 빵에 ABC주스이다. 어렸을 적 혐오스러운 음식, 못 먹는 음식이라는 말을 자연스럽게 내뱉게 하던 곤충 음식은 언젠가부터 자연스레 우리의 식단이 되어갔다. (아직까지 맛있다는 생각은 전혀 들지 않지만)

옷을 두껍게 껴입고 헬멧을 챙기고는 사랑하는 우리 가족, 귀여운 나의 강아지 보디에게 인사를 하며 집을 나섰다. 추운 겨울, 안락한 자동차로 출근하고 싶지만, 이 추운 겨울에 교통 체증으로 고통 받고 싶지는 않아 스마트키를 눌러 내 수소 스쿠터를 작동시켜 내 앞으로 데려온다. 늦지는 않았지만 그렇다고 이르지도 않은 나의 2040년의 10번째 날은 이렇게 시작된다.

2

나는 한성준, 부끄럽지만 대한민국 최고의 암센터로 평가받는 OO대학병원에서 혈액종양내과 부교수를 맡고 있다. 혈액종양내과, 이 글을 읽는 여러분들에게 다소 생소한 분야일 수 있다. 혈액종양내과 의사로서 나의 일을 간단히 설명하자면 항암제로 환자들을 치료하는 것이다.

중학생 시절, 충격적인 아버지의 암 소식을 듣고는 좌절하던 시기가 있었다. 아버지를 아프게 했던 병에 대해 더 자세히 알아보면서 이 신기한 암세포에 관심을 가지게 되었고 그때 이후 나의 진로는 암과 싸우는 사람이 되자는 것이었다.

3년간의 열정적인 고등학생 시절을 넘어 2023년, 나는 그토록 마음속에 품고 살아왔던 의대에 입학하게 된다. 이 기쁨도 잠시, 나는 내 38년 인생에서 가장 큰 갈림길에 선다.

'내과에 종사할 것이냐, 외과에 종사할 것이냐?'

어디로 가야 할까, 고등학교 1학년 때 처음 만나 아직까지 연락하고 지내는 친구에게도, 그때 정말로 사랑했던 옛 애인에게도, 존경하는 선배님께도 조언을 요청했다. 그러나 돌아오는 대답은 항상,

"네 가슴이 시키는 대로."

선택장애에 우유부단의 극치였던 나는 몇 주의 고민 끝에 내과에 진학하기로 했다. 아버지를 살려주신 그 의사는 외과 의사였지만, 외과적 치료만으로는 암을 정복할 수 없다는 게 그 이유였다. 항암제를 개발하고 이를 환자 치료에 사용한다면 내 인생은 그 누구보다도 힘들고 피곤하며 공부해야 할 것이 많아질 게 뻔하지만, 그런 나의 땀이 환자들에게는 단비가 되고 기쁨의 눈물이 될 수 있다는 것이 낭만적이었다.

3

암을 다루는 과는 예전과 다르게 인기과가 되어 버렸다. 나 때만 하더라도 다들 돈을 벌기 위해 성형외과, 정형외과 혹은 육체적으로 조금

은 편할 지도 모르는(경험은 해보지 않았다만) 안과, 영상의학과 등이 인기과인 경향이 우세했다. 적어도 내과, 특히 내가 희망하던 혈액종양내과는 공부해야 할 양이 너무나도 많아서였나, 그렇게 인기가 좋은 분야는 아니었던 것으로 기억한다.

내가 의학대학에 입학할 무렵, 면역항암제로 의료계가 한창 떠들썩했던 적이 있었다. 미국의 한 제약사와 우리나라의 제약사가 공동으로 참여한 프로젝트에서 뭔가를 개발했고 그게 임상 3상까지 통과해서 FDA 승인 받고 우리나라 식약청에서 유통 허가를 비교적 빨리 내줬다나 뭐라나.

이 약의 등장과 허가를 받은 지 6년이 지났을 때, 나는 본과 4학년 마무리를 하고 있을 때, 병원에서 인턴을 하던 친한 선배에게 그 해 OO병원 암 전문의 지원자 수가 늘었다는 소식을 접했다.

물론 외과 지원자 수가 내과에 비해 압도적으로 많긴 했다만, 암에 대해 관심을 가지는 의학도들이 점점 많아지고 있다는 생각에, 그리고 앞으로 내 후배들이 늘어날 거란 생각에, 내가 종사할 분야가 세상의 관심을 받고 있다는 생각에 조금은 신이 나기도 했다.

이후, 암에 대한 끊임없는 연구와 우리나라 제약회사들의 멋진 활약으로 암을 다루는 과는 점점 인기가 많아졌다.

'아, 이 약이었구나.'

의료계의 이목을 암으로 끌기 시작했던 그 약이 오늘, 내가 맡아야 할 첫 번째 환자에게 투여될 것이다. 34세의 남성, 직업은 디지털 포렌식 수사관. 범죄 후 남는 흔적들을 컴퓨터, 스마트폰 등의 디지털 상에서 수사하는 직업이라고 하는데 흉악한 범죄들이 많다 보니까 세상이 두려워 담배를 시작했고 그게 습관이 되어 폐암에 걸렸다고 한다.

예나 지금이나 디지털 세계는 너무 무서운 공간이다.

"선생님, 아프지는 않겠죠?"

"그래도 전에 받으셨던 수술보다는 덜 아프실 겁니다. 주사 맞으실 때 아픈 거, 부작용 때문에 아픈 거 조금만 참으시면 됩니다. 부작용이야 그렇게 심한 편은 아니니까요."

"조금은 위안 되는 말씀이네요. 오늘 11시에 주사 맞는 거 맞죠?"

"11시 투여 맞습니다. 그때까지 암 병동에서 편히 쉬세요. 나중에 AI 간병인 보내드릴 테니까, 간단히 건강 체크하시고 그때 뵙겠습니다."

내 첫 번째 일정은 끝이 났다. 오늘은 오전 회진을 더불어 40명이 조금 넘는 환자들과 상담 및 진료를 해야 한다. 암병동의 시계는 바쁜 내 발걸음에 맞추어 흘러간다.

4

암 백신. 의학에 관심이 있다면 누구나 한 번쯤은 생각해 봤을 획기적인 약이다. 2020년 즈음, 한창 생활기록부 작성을 위해 동아리 발표를 MiRNA나 p53 단백질로 했을 만큼 암에 관심을 가지던 그 때, 나는 학교 수업 시간에 2040년 미래의 모습을 '암을 백신으로 예방하는 삶'일 것이라 예측했었다.

그러나 아직 그런 세상은 오지 않았다. 암, 특히 항암제를 향한 세상의 관심과 의학도들의 지원은 늘어난 것이 사실이다만, 암 백신은 아직 연구 중에 있다. 항암제야 3세대를 넘어서 4세대 항암제인 대사항암제 사용이 활성화되었다고 할 수 있지만, 암 백신의 연구와 임상은 임상 3상에 머물러있는 상태이다. 정말 넘기 힘든 3상의 벽, 아마도 미국의 강한 제약 회사들이 가장 먼저 넘지 않을까라는 생각이 있지만, 마음 한 구석에는 우리나라를 응원하고 있다.

내가 도는 회진의 4분의 1은 만성 골수성 백혈병 환자이다. 이제는 내게 친숙한 질병, 잊을 만하면 찾아오는 친구 같은, 그러나 환자들에게는 지옥과도 같은 질병이겠지. 성숙하지 않은 백혈구의 수가 급증하면서 생기는 이 병의 치료법은 두 가지로 나눌 수 있다.

항암제 치료 혹은 조혈모세포 이식. 과거에는 백혈병 완치의 길을 오직 조혈모세포 이식 말고는 없을 것이라 생각하곤 했다. 조혈모세포 이식에서 자가 이식은 어디에 숨어 있을지 모르는 백혈병 세포 때문에 불가능해 동종 이식을 하는 수밖에는 없는데, 그 성공률이 그렇게 높지 않으며 글리벡이라는 획기적인 표적항암제의 등장에도 생각지 못한 내성의 발생으로 인해 백혈병을 정복하는 일은 없을 것이라는 것이 의학계의 입장이었다.

그러나 2030년대에 들어, 효과적인 활성 효소 억제제의 개발로 우리는 약으로서의 백혈병 완치를 기대해 볼 수 있게 되었다.

똑같은 질문에 똑같은 대답의 연속,

"완치 가능할까요?" 혹은 "부작용 없을까요?"

나도 모릅니다,

이렇게 말할 수는 없기에 AI 의사에게 밀려나지 않기 위해 의사는 환자를 이해시키기 위해, 그리고 심적인 안정을 주기 위해 조금 더 포근하고 상냥하게 대답해야 한다.

AI 의사는 우리의 동업자이다. 특히 외과에서 AI는 큰 활약을 펼치고 있어 정말로 일자리를 잃을까 두려워하는 의사가 종종 있다고 한다. 그렇지만 나는 의사라는 직업이 AI에게 빼앗길 일은 적어도 가까운 미래에는 없을 것이라고 생각한다.

환자와의 교감, 결정권이라는 의사의 막대한 임무는 아직까지 AI가 어찌할 수 없는 영역이다.

"치료 자체에 집착하지 마라. 치료는 수단일 뿐 환자가 먼저다. 환자를 나쁘게 하는 치료는 환자를 좋게 하는 말 한마디보다 가치 없는 것이다."

존경하는 종양학 교수님께서 하신 말씀이다.

환자를 치료하는 것이 의학의 목적이다만, 환자를 생각하지 않은 치료는 의학이 아니다. 의사는 의학을 배우고 배운 것을 환자에게 행하는 사람, 시간이 흘러도 이러한 의사와 환자 간에 지켜져야 할 기본적인 윤리는 변하지 않을 것이다. 그것이 2020년이든, 2040년이든 그 이후든 의학의 발달과는 무관하게 여전히 머무를 것이다.

5

어느새 오전 일과가 끝이 났다. 다른 병원에서 항암제 처방을 받고는 생긴 부작용 때문에 나를 찾은 4명의 환자를 제외한다면 오늘도 별 다를 게 없는 하루였다.

일전에 항암제 관련 연구를 공동으로 진행했던 한 대형 제약사의 간부 중 한명이자 내 고등학교 동기와의 점심 약속이 잡혀 있어 옷을 다시 껴입고 교수님께 인사를 드리고는 병원 밖으로 나선다.

춥지만 따뜻한 햇빛덕분에 기분 좋은 점심시간이다. 인턴, 레지 때는 병원 창문으로 저무는 해만 바라보다가 긴급 콜 때문에 뭔가 가슴 속에 벅차오르는 느낌을 받을 수도 없었는데, 이제는 그 전보다는 여유가 많아졌다. 이런 소소한 행복, 암 환자들도 받을 수 있도록 노력하는 것이 내 일이고 의사의 소명이다.

오랜만에 만난 친구와의 맛있는 점심 식사에는 조금 중요한 대화들이 오갔다.

"항암제 개발은 어떻게 돼 가?"

"괜찮은 것 같아. 지금 유전자 분석으로 5세대 항암제가 조금씩 기어올라오고 있는 건 알지? 우리 회사가 이번에 간에서의 세포 증식 억제 유전자 시그니처를 발견했는데, 이걸 활용하면 큰 성과를 얻을 것 같아."

사실 나는 전문의 시절, 제약의사라는 직업을 동경하기도 했다. 의사로서의 경험을 쌓고 그 경험을 바탕으로 제약회사에서 임상 관련 업무나 의료 자문 등을 하는 의사. 항암제와 함께 살다시피 한 18년 동안, 항암제에 대해서 연구하고 사용하며 투여만 해봤지, 직접 개발하지는 못했다는 아쉬움은 조금 남아 있다. 저 회사의 성과를 보니 오래전 꿈꿔왔던 제약에 대한 동경이 다시 생기기 시작했다.

그 친구와의 만남을 뒤로하고 병원에 다시 돌아와 오후 진료를 보기 시작한다. 오후 진료는 오전보다는 바쁘긴 하다.

오전에 상담했던 한 백혈병 환자의 조혈모세포 이식 수술을 위해 외과 교수님과의 대화도 해야 하고 남은 오후 진료와 상담은 물론 항암제를 받고 집으로 간 환자들과의 원격 회진 또한 준비해야 한다.

작성하던 대사 항암제의 내성 발생에 대한 논문도 마무리해야 하며 진료한 환자의 특이 상태 및 내일 일정 등에 대하여 교수님, 펠로우들과의 회의도 잡혀 있다.

그러나 내 머리 속은 제약에 대한 열망으로 가득 차 있다. 의사로서 환자들을 직접 대면하고 치료하는 삶을 살아갈 것인가, 제약의사로서 환자들이 볼 수 없는 곳에서 그들을 위한 항암제를 만들며 살아갈 것인가. 비교적 일찍 끝난 내 오늘의 병원 일과를 뒤로 하고 내 마음을 확실히 할 겸 한강 공원에 들린다.

거의 다 마무리한 논문을 담은 태블릿을 의미 없이 접었다 펴 본다. 평범하게 시작했던 2040년 1월 10일은 나를 세게 흔들어 놓고는 끝이 난다.

참 어렵다는 생각을 많이 했다. 소설을 쓰기 위해서는 글쓰기 실력만 있어서는 안 된다는 것을 글 쓰는 순간마다 뼈저리게 느끼고 있다.

이 소설(혹은 일기)은 2040년의 의료계 동향을 큰 주제로 하고 있다. 대사 항암제의 개발과 아직은 연구조차 시작되지 않은 5세대 항암제에 대한 나의 견해도 조금 담아봤다.

2040년의 의료 환경 또한 현재와는 정말 다를 것이다. 위에서 언급했던 원격 회진과 진료의 활성화, AI 간병의 등장 등 첨단 기술과 의료 환경의 조합은 환자는 물론 의사의 편의 및 효율을 최대한으로 늘릴 수 있을 것이다.

앞으로 이런 환경 속에서 일할 내 미래가 기대되기도 했으며 이 소설의 주인공인 '한성준'처럼 낭만적인 삶을 살아갈 수 있을까 궁금하기도 하였다.

소설을 쓰기 위해 자료 조사를 하던 중, 제약의사라는 직업에 대해 흥미가 생겼다. 실제로 항암제 개발 관련 직업에 관심이 있었는데 의사라는 직업을 유지하면서도 이 분야에 종사할 수 있다는 사실을 처음 알게 되었다.

우리나라의 항암제 개발 사업은 활발히 이루어지고 있다. 제약 분야에서의 최강국인 미국과 함께 하는 공동 개발은 물론 폐암 면역 유전자 시그니처 발견 등 유의미한 연구 및 개발이 이루어지고 있는 추세이다.

암은 인간이 의학에 관심을 가지기 시작한 이래로 계속해서 관심의 대상이었고 현재까지 암 정복을 향한 여정은 계속 되고 있다. 외과적으로 암을 치료하는 것이 현재 가장 효과적인 방법이긴 하나 이것에는 혈액암 등의 한계가 존재하고 앞으로의 의료 기술의 발전은 언젠가 항암제 치료의 부흥을 불러올 것이다.

의사로서 하루 일과를 제대로 담아내지 못했다는 아쉬움이 남는다. 다음 기회가 있다면 그 때는 조금 더 시간을 가지고 사전 조사를 철저히 해 의사의 일과와 미래 모습을 더 구체적으로 묘사한 글을 써 볼 것이다.

정말로 혈액종양내과 의사가 되어서 제약의사로 활동하게 된다면 미래의 첨단 기술들을 적극적으로 활용하여 암 환자들의 치료와 항암제 개발에서 큰 활약을 펼치는 사람이 되고 싶다.

2부

…

그린비, 메타버스 (metaverse)에서 노닐다

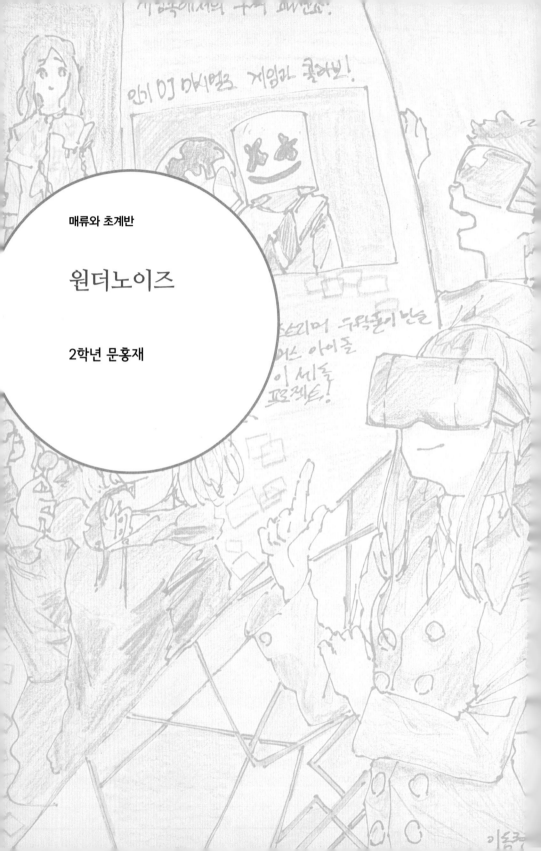

매류와 초계반

원더노이즈

2학년 문홍재

-로딩 중 99%⋯⋯ 100% 접속이 완료되었습니다.—

대륙 동쪽 외곽 대도시 카부키쵸.
"村の名前投票スタート！(도시 이름 개표 시작!)
"硫磺里边"
"발해!"
"歌舞伎町!!"
"鐵巣!!"
"Равные деревни."
"歌舞伎町!!"
"歌舞伎町!!"
"Soul Society!"
"歌舞伎町!!"

여러 나라의 언어가 들려온다.

"今回も歌舞伎町に決定!!(이번에도 가부키초로 결정!!)"
"20만 표 정도차이⋯⋯ 완패군."
"일본 본토에서 나키코모리 100만을 이기는 건 무리였지."
"본토는 아니지 니조. 단지 너희 나라 위에 운 좋게 필드가 생성돼서 일본사람들이 먼저 정착했을 뿐이잖아."
"결국 그게 이곳에서는 본토의 개념이지. 이곳의 주민인 나에게서도 말이야. 한 나라에서 처음 언어를 먹었던 지역이 다른 언어를 쓰는 지역으로 바뀐 경우는 현실에서 수몰된 키리바시와 몰디브, 그리고 플라즈마폭격 맞은 북한뿐이라고 들었다. 세상을 바꾸는 게 그리 쉬운 일이 아니군."

"수몰된 두 나라의 필드는 미국과 중국이 이주 전쟁을 벌여 반반씩 갈라먹었고, 북한쪽은 너희가 먹었으니 상관없잖아? 뭐 너희는 애초에 같은 언어였으니 정말 상관없었겠지만. 아 에도가 조금만 가까웠어도 우리가 먹을 수 있었을 텐데 아쉽다."

"조금만 가까웠으면 먹히는 건 너희 쪽이었을 거다. 현실에서 5년 전에 통일되고 나서 인구 역전된 거 모르지?"

"그럼 뭐하니, 이쪽 세계 가입자 수는 우리가 훨씬 많은데. 너흰 처음 너희가 먹었던 서북부 지역 지키기도 벅차잖아. 스위스 사람들이 이쪽 세계에 관심이 적은 걸 감사하게 여겨. 국제기관 유치 못 했으면 너흰 그냥 속에 든 거 없는 요새니까."

"최고의 요새지. 스위스 국민은 애초에 자기 나라 필드 위에 생성된 가짜 세계엔 관심도 없었고 현실 대한민국 근처에 생성된 필드가 없었던 우리의 입장에선 그곳을 돈 주고 매입하는 건 당연지사였다. 아니, 사실 스위스가 현실세계에서 가지는 권위와 상징성만 없었어도 탐험을 통해 그곳을 먼저 발견한 우리가 돈까지 지불할 일은 절대 없었겠지."

여러 개의 쇠와 쇠가 교차하는 소리가 났다.

"후드 뒤집어 쓴 저 두 명을 잡아라!(フードを被ったあの二人をつかめ！)"

"뭐야. 왜 열 명씩이나!"

"뛰어!"

"정체가 들키기라도 한 거야, 니조? 그리고 일본 쪽 디렉터는 실력자가 넘쳐 나나? 왜 떼거리가 몰려오는 거야!"

"우리 쪽 디렉터는 장인정신 문화 때문에 스스로 만들어 쓰지 해킹 안 하거든? 분명 제 3세력이다."

"그럼 쟤들은 누가 해킹한 거야!"

"…… 일단 로그아웃해서 러시아 쪽 루딘카 지역으로 가서 타스만을 만나라. 이 사건으로 당분간 영주의 감시가 심해져서 난 못 나올 거야."

"쟤들은 어떻게 하려고?"

"영혼 없는 피라미 몇 명 해킹하는 실력으론 막부 근처에 가기만 해도 우리 쪽 디렉터들에게 소멸될 거다."

"젠장 나중엔 그런 놈들을 상대해야 한다니 토가 나오는군."

"헤어지기 전에 한 마디만 해주지. 러시아 가서도 그 말투면 혁명이고 뭐고 일으키기 전에 맞아죽는다. 그리고 마지막으로 한 마디."

"뭔데."

"내 동생을 잘 부탁한다. 토이 로베스."

－서막 끝－

사실 위의 이야기는 에필로그도 다 적고 난 뒤에 적은 겁니다.

에필로그에서는 상상에 맡긴다고 했지만 마지막 문장에서 눈치채셨겠죠.

가공도 제대로 되지 않은 원석에 가까운 파편들이니 꽤나 많이 손질을 해야겠지만, 그래도 나름 선별한 원석들이니까 힘이 닿는다면 모두 하나의 반지에 박힐 수 있으리라,

믿습니다.

그럼 정말로 안녕!

안녕하세요?

이 책을 보시는 독자 여러분은 모든 글들이 한 권에 담겨 있어 실감이 잘 안 나겠지만 사실 이 후기는 본 글이랑 쓰이는 시점이 무려 3개월이나 차이나 있답니다.

무려 년도가 바뀌었다고요! 한국사람 평균수명이 83세니, 제가 살아 있을 날도 64년 밖에 안 남았다고 할 수 있겠네요. 굼벵이 앞에서 주름 잡는다고도 말할 수 있겠지만 여러분들이나 저나 굼벵이는 아니잖아요? 우화하기 전의 장수풍뎅이 유충쯤으로 하죠.

그건 그렇고 주제가 메타버스여서 약간 루시드 어드벤처 느낌으로 써보긴 했는데 말이죠.

메타버스라는 게 가상 속 세상이잖아요? 메이플스토리라는 거잖아요?

메씨는 흔하지 않으니 분명 둘이 같은 성씨일 테고. 그럼 메타버스를 체험하려면 결국 메이플스토리를 하면 되는 거 아닐까요? 뭐? 아니라고요?

'무슨 소리야. 정신만 다른 세계에 전송해서 거기서 용사노릇 하는 게 가능할 리 없잖아. 현실에 있는 우주도 정복하지 못한 녀석들이 그보다 조잡한 무한한 세계에 들어가서 뭐 어쩌려는 거야. 차라리 제대로 말하지 그래. 죽음이 무섭다고. 지식을 쌓지 못하게 되는 게 무섭다고. 어떤 길을 가야 할지 모르게 되는 공허함이 무섭다고. 이것들과 싸워서 이길 자신이 없다고. 도망친 곳엔 낙원도 지옥도 없어. 도망친 자

의 공허함이 있을 뿐이야.'

아, 갑자기 읽기 싫어질 정도로 진지해져 버렸네요. 그래도 투정치
곤 꽤 괜찮았나요?

물론 오늘도 열심히 연구해 주시는 과학자 여러분들 감사합니다. 다
만 전 정신만 이동시키는 고도의 과학기술에는 회의적입니다.

메타버스는 딱 VRChat 수준에 머물러 있어준다면 좋겠지만 그럴 리
없으니 아쉽다는 게 이 글을 쓰면서 든 생각입니다. 영화에서 보면 이
렇게 과학기술에 대해 부정적인 이야기를 적어놓은 일기장의 주인은
항상 죽은 채로 등장하던데 하하.

뭐 어때요? 이 책을 진지하게 읽으려고 가질 사람은 없을 테니까 후
기를 빙자한 잡담나누기정도는 괜찮잖아요?

그럼 이만 줄일게요.

메타버스 속의 대결

소환사의 협곡

1학년 유승훈

"소환사의 협곡에 오신 것을 환영합니다."

정신을 차려 보니 어떤 협곡에 들어와 있었다.

"여긴 어디지?"

생각이 전혀 나지 않았다.

주변을 둘러보니 정말 큰 협곡이 있었고 둘러보니 커다란 생명체 4마리가 있었다. 정말 그들의 크기는 컸다.

"넌 누구야?"

라고 그 생명체 중 가장 작아 보이는 생명체가 나에게 말을 걸었다.

"여기 어디야?"

"여기 소환사의 협곡이라는 곳인데 이제 슬슬 출발해야 해"

"어디로?"

"너 정말 몰라? 우리는 같은 팀인데 상대 성을 부수러 가야지 이제. 시간이 다 됐어."

'어… 뭔가 익숙한 얼굴과 많이 본 장소인데.'

그때 난 생각이 났다. 여기는 내가 하던 게임과 같았다. 그리고 모든 것이 이해되기 시작했다. 미래의 기술로 인해 사람들이 직접 밖에서 게임을 하는 것이 아닌 실제로 자기가 하는 게임의 캐릭터가 되어서 게임을 하는 것이었다. 그리고 난 이해를 하고 주변을 둘러보았다.

'어, 이상하다. 주변에 분명히 상점이 있어야 하는데'

그때 난 상점을 찾았다. 그 상점은 밖에서 모니터 속으로 보던 상점과는 달랐다. 훨씬 커 보였고 사람들도 많았다. 거기로 가서 난 검과 회복약을 샀다. 그것들을 사고 나서 커다란 생명체가 있는 곳으로 갔다.

"난 이제 어디로 가면 되지?"

그러니 제일 크고 대장 같아 보이는 생명체가 말했다.

"넌 약하니까 나랑 같이 가고 각자 전장의 진영으로 가라."

라고 말했다.

난 그 말을 처음 들었을 때 내가 약하다고 하여서 기분이 별로 좋지는 않았지만 그래도 가장 쎄 보이는 생명체와 가서 든든하기는 하였다. 그리고 이제 그 생명체를 따라가다 보니 많은 것들이 보였다. 게임하면서 본 우리팀의 본부, 타워, 아군 등이 보였다. 난 내가 직접 이 게임에서 실제로 한다는 것이 믿기지 않았다.

"빨리 와."

커다란 생명체가 날 재촉했다.

우리 진영에 도착하니 우리 아군과 상대 적군이 싸우고 있었다. 대장이 상대 적군을 공격하자 약해 보이는 적군들은 한 번에 죽었다. 그러더니 우리 아군과 전진을 하고 있었는데 저기 멀리서 우리 대장 같은 크기의 상대 적군이 보였다. 그리고 전진을 하다 보니 상대 타워가 또 근처에 있어서 싸우기는 불리하였다.

그래서 대장과 나는 후퇴를 하였다. 그런데 그 순간 상대에서 갈고리를 쓰는 것 같은 생명체가 빠르게 나타나서 나와 대장을 그들의 타워 쪽으로 당겼다. 그래서 대장과 나는 순식간에 다치게 되었고 그 상태로 죽었다.

'여긴 어디지'

"빨리 일어나. 다시 복수하러 가야지"

머리가 아팠지만 일어났다. 그리고 다시 곰곰이 생각해 보니 내가 하던 게임은 캐릭터가 만약에 상대에게 잡혀 죽었어도 시간이 지나면 부활을 할 수 있는 게임이었다. 그리고 난 바로 이해를 하고 상점으로 갔다.

왜냐하면 방금의 전쟁으로 내가 더 많은 돈을 얻었기 때문이다. 난 그 돈으로 방금 전 전투를 나가기 전보다 훨씬 좋은 무기들을 상점에서 샀다. 그리고 다시 대장과 그 지역으로 갔다.

그 지역으로 가보니 우리 아군들은 많이 죽어 있었고 타워가 하나 부서져 있었고 그 다음 타워를 부수려 하고 있었다. 그때 그 순간 대장이 바로 빠르게 나갔다. 너무 빨라서 난 따라갈 수가 없었다.

대장은 마법 같은 것을 사용하고 순간이동을 하면서 몇 번 움직이니 상대는 사라지고 없었다. 나는 아무것도 한 것 없이 그 작은 전투에서 이겼다. 나도 활약을 하고 있었지만 아직 내가 직접 이 게임을 하는 것이 잘 적응되지 않아서 조금 힘들었던 것 같다. 하여튼 우리도 상대의 타워를 깨러 갔다.

상대의 생명체가 부활하는 시간이 오래 걸려서 우리는 쉽게 그들의 두 번째 타워까지 쉽고 빠르게 다 부술 수 있었다. 그리고 그들이 두 번째 타워를 부순 후 다시 우리의 진영으로 돌아왔다. 돌아왔을 때 많은 전리품과 돈이 있었다. 근데 그때 우리팀의 아군이 당하여 부활하였다.

"대장, 우리 지역이 너무 힘들어. 사람이 너무 적어."

"우리는 타워를 다 부쉈으니까 도와주러 갈게. 근데 우리가 도와주러 가는 것을 그들이 눈치를 채지 못하게 일부러 후퇴하면서 싸워라."

"알았어. 대장."

그리고 그들이 먼저 떠나고 대장은 상점에 갑옷을 사러 갔다. 나도 나의 무기를 강화하려고 하였기 때문에 따라가서 강화를 하였다.

그때 대장이 말했다.

"넌 나를 따라오지 말고 우리가 원래 가던 지역으로 가서 우리 타워를 지켜라."

난 순간 믿기지 않았다. 제일 센 대장이 다른 지역으로 가고 난 혼자 가라니 이게 뭔 소리인가 했다. 그리고 대장은 밀리고 있던 지역으로 가버렸다. 난 멍하니 있다가 이러면 진다고 생각하여서 빨리 갔다.

가보니 멀리서 상대의 적군들이 몰려오는 것이 보였다. 하지만 뒤를 돌아보니 우리의 아군도 오고 있었다. 그리고 우리의 타워 근처에서 우리의 아군과 상대 아군, 나와 상대의 생명체와 계속 대치하면서 싸우고 있었다.

그 순간 상대의 생명체가 나에게 돌진하였다. 난 당황하여서 대처를 하지 못하고 타워를 지키지 못하고 죽을 것 같았다. 그래서 난 눈을 감았다. 그때 그 순간 우리의 부대장이 등장하였다. 부대장은 별일 아닌 듯이 상대에게 돌진하여 칼질을 몇 번 하니 상대는 죽어 있었다.

"감사합니다."

그런데 부대장은 아무 말도 하지 않고 그 자릴 그냥 떠났다. 그리고 난 많이 다친 상태라 본부로 돌아왔다. 본부로 돌아와 보니 대장, 부대장, 그리고 나와 두 생명체가 있었다. 대장이 말했다.

"이제 우린 상대의 타워를 다 제거하였다. 이제 마지막 본부로 가야하니 마지막 전투 준비를 하도록."

이 말을 듣고 난 이 게임이 이제 거의 다 끝나가는 것을 느꼈다.

"하지만 이 전투에서 질 경우에는 우리도 우리의 타워가 거의 다 부서진 상태이므로 우리는 게임에서 지게 된다."

라고 부대장이 말했다.

이 말을 듣고 난 후에는 매우 떨렸다. 난 이 게임에서 제대로 한 것이 없었고 다른 부원들의 힘으로 버텨냈기 때문이다. 그리고 상점으로 가서 무기들을 고르고 있었다.

그때 상점 주인이 나에게 말을 걸어 왔다.
"팀에게 도움이 되고 싶나?"
"아, 예."
"그럼 혹시 만약에 위기의 순간이 온다면 이걸 쓰게."
"이게 뭔가요?"
"그때 가면 알게 될 거야."
라며 말한 후 많은 사람들 속으로 사라졌다.
'이게 뭐지….'
그때 대장의 목소리가 들려왔다.
"이제 출발한다. 다 준비해."
그리고 우리는 상대 본부와의 제일 빠르게 갈 수 있는 지역으로 빠르게 전진했다.

다행히도 우리 팀원 중 한 명의 역할이 길을 밝히는 역할이라서 피해를 입지 않고 안전하고 빠르게 갈 수 있었다. 가보니 상대의 대장 같아 보이는 생명체들과 적군들에 의해 아군이 상대의 본부에서 힘을 못 쓰고 당하고 있었다.
상대의 대장은 우리의 대장보다 강해 보이지 않았다. 그래서 난 쉽게 이길 줄 알았다. 그리고 마지막 전쟁이 시작되었다. 시작하니 처음에 쉽게 이기고 있었다. 하지만 그때 상대의 대장이 이상한 약 같은 것을 먹고 매우 강해졌다.

우리의 아군 중 약한 아군들은 그냥 그의 근처에 있기만 해도 바로 죽었다. 그리고 상대의 대장은 우리 생명체에게 돌진했다. 길을 밝히는 생명체와 다른 생명체는 바로 죽었다. 그리고 대장과 부대장을 힘을 합쳐 적군의 대장과 부대장과 싸웠으나 밀리고 부대장은 죽고 말았고 대장은 거의 죽기 직전이었다.

그때 난 상점에서 그 상점 주인이 준 것을 생각했다. 주머니에서 꺼내보니 무슨 '수호천사'라고 적힌 것이 있었다.

내가 그것을 꺼냈을 때 상대의 적군 모두 나를 쳐다보았다. 내가 가진 이것이 상당히 좋은 것인 것을 그때 느꼈다. 그리고 모두 나에게 뛰어들었다. 난 당황하여 이것을 사용하지 못할 뻔하였으나 바로 난 이 물건을 사용했다.

그것은 굉장한 빛을 냈다. 눈부셔서 눈이 감겼고 눈을 떠보니 커다란 생명체들이 있었다. 죽었던 우리의 아군과 부대장과 대장이 강해진 상태가 되어 있었다. 강해진 우리의 아군은 상대의 적군을 쓸어버렸고 적군들은 다 죽었다. 그리고 난 생각했다. 이 물건은 죽은 우리 아군을 살리는 물건이라는 것을 알았다.

"너 뭐야. 잘했어."

"잘했어, 잘했어."

대장과 부대장 아군들에게 칭찬을 받았다. 그리고 우리는 상대의 본부를 깨고 게임을 끝냈다.

"승리"

1부의 글을 창작할 때와는 달리 메타버스에 관한 글을 쓸 때는 조금 힘들었던 것 같다.

　나는 평소 즐겨하던 게임을 바탕으로 나의 아바타를 설정하여 메타버스에서 직접 전투를 하는 과정을 글에 담았다.

　이 소재는 누구나 알고 있는 리그 오브 레전드라는 게임으로 팀원들과 함께 상대팀의 진영에 침입해서 상대의 넥서스를 파괴하면 게임에서 이기게 되는 것이다. 평소 재미로 게임을 했었는데, 게임하는 것보다 더 자세하고 특이하게 모든 것을 상상하여 글로 창작해 보니, 신기하기도 했다.

　또한 게임 속의 다양한 캐릭터를 글로 묘사해 보니, 참 재미있었던 것 같다. 글은 상상력을 자극하여 무한한 열정을 주는 것 같다.

　글쓰기 부원들과 윤독하며 서로 부족한 부분을 채워주는 것에서 협업을 기른 것 같고, 책이 출간되도록 끝까지 지도해 주신 성진희선생님께도 감사를 드린다.

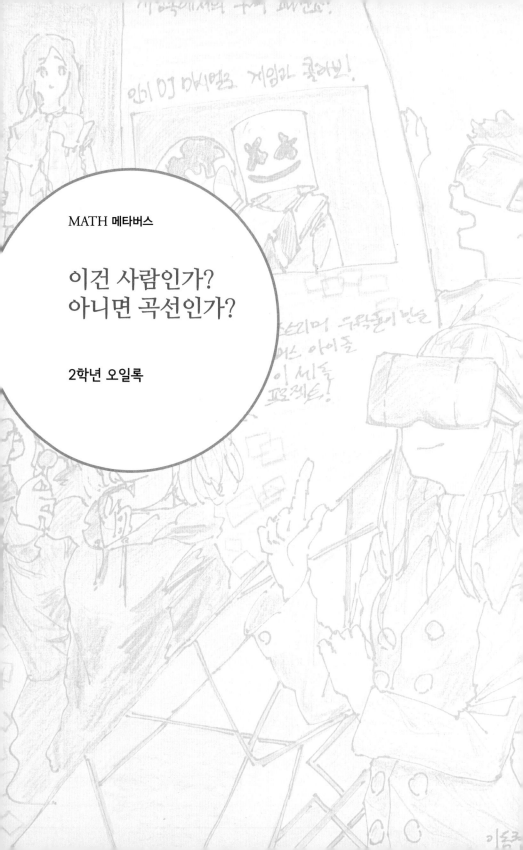

MATH 메타버스

이건 사람인가?
아니면 곡선인가?

2학년 오일록

어렸을 때 걸어가다가 친구를 만나면 같이 가면서 이야기도 나누고 했던 학교를 나는 아직도 기억이 생생하기만 하다.

지금 이 생각을 하는 순간에도, 지금 내 아들 대길이가 내 옆에서 기기를 통해 이미 수업을 듣고 있는 이 순간에도 말이다. 아니면 특히 지금의 상황 때문에 이 추억이 계속해서 회상되는 걸지도 모른다.

학교를 가던 때와 비교해서 너무나 첨단화되고 기기 의존적이게 된 지금은 나에게는 무리가 있는 듯하다. 오히려 내가 내 자식에게 이 기기는 어떤 역할인지, 어떤 부분에 해당하는지 등을 배우고 있다. 나의 부모님께서 내 세대의 유행을 못 따라가서 나한테 물어보신 게 이해가 된다.

다들 이런 변화무쌍한 세상에 적응을 못하는 사람이 많은 줄 알았는데, 적어도 내 친구는 아닌 듯하다. 오일록은 평범히 가족을 꾸린 나와 달리 어릴 때부터 수학 관련 진로를 꿈꾸어서 수학 쪽에서 일하고 있는 친구이다. 일록은 동료 수학자가 따로 또 있는지, 허공에서 손길질을 하며 말을 하고 있는 걸 본 적이 있다.

근데 가끔씩 일록이는 회의가 끝나고 난 뒤에는 다수의 사람들이 여가 활동을 하거나 오락을 하며 휴식을 취하는 공간에서 '이상한 짓'을 한다.

이는 내가 몇 달 전에 본 일인데, 나도 물론 사회생활이 이런 이상한 기기로 다 행해지기 때문에 여기에 몸을 맡기고 있다.

저녁이 되기 전에 일이 일찍 끝나서 시간도 쓸 겸, 저번에 대길이가 나한테 알려준 것도 다시 볼 겸 이를 찾은 적이 있었다. 시행착오를 겪으면서 여러 설정과 조작들을 익혀가는 중에 다른 사람과 소통하며 어느 정도의 친분도 쌓을 수 있었다. 그렇게 만난 사람 중에 한 사람이 일록이다.

일록이는 누가 봐도 이상한 아바타를 사용하고 있었는데, 일록이가 말하기로는 쌍곡선의 그래프라고 했다. 나는 수학에 그다지 친분이 없었던 지라 처음엔 일록이를 극도로 기피했다. 근데 내가 그와 말을 나누게 된 것은 그가 먼저 내게 말을 걸었을 때부터다.

"저기요. 지금 뭔가 잘 안 되고 계신 거 맞죠? 혹시 뭐 드릴까요?"

나는 여러 번 다른 사람과 만나면서 도움을 받았지만, 전문인이 아니어서 제대로 된 지식을 얻지는 못했다. 그래서 이러한 나에게는 그러한 물음은 매우 좋은 기회였다.

"제가 그 전에 아들한테 배운 건데, 기억이 안 나서 말이죠. 혹시 다리의 움직임과 팔의 움직임이 모두 자연스럽게 나오려면 어떻게 해야 되는지 알려주실 수 있을까요?"

"아, 그거는 컴퓨터로 직접 설정을 하셔야 돼요. 컴퓨터 있으시죠? 아, 그리고 제가 말하는 거는 어디다가 적어놓으시는 게 편할 걸요? 일단 처음에 설정란에 들어가서 '피지컬 이펙트(physical effect)'라는 창을 발견하셨으면, 거기서 양쪽 팔과 다리의 움직임을 감지해 줄 수 있는 센서랑 실제 기기를 각각 연결을 해주셔야 해요…."

"아이고. 감사합니다. 가르쳐 주시느라 힘드셨을 텐데 나중에 연락 주세요…."

나중에 일록이와 만나고 이후로 친분을 쌓다 이런 관계에 다다르게 된 것이다.

일록이는 나와 만나기 전부터 그런 이상한 그래프인지 그라탕인지 뭔지를 사용하며 다른 사람들과 대화를 나눴다는데, 이러는 과정에서 자기가 다른 사람들에게 수학 지식 같은 것도 알려주고 도움도 주면서 뿌듯했다고 했다.

그러면서 만난 사람들 중 기억에 남는 사람들에 대한 이야기도 해주었는데, 처음은 동료 수학자이다. 그도 역시 돌아다니다가 직장 동료를 만나는 일은 없을 거라고 생각했는지 둘 다 이름과 신상 등을 알게 되면서 깜짝 놀랐다고 했다. 둘은 일록이가 아바타를 바꿔가며 그들과의 문제를 풀었던 추억들을 공유했다고 했다. 나는 솔직히 그런 거를 가지고 어떻게 이야기를 만들어 낼 수 있었는지가 더 놀랐다.

거기다 하루는 자기가 비슷한 유형의 아바타를 사용하고 돌아다니는 사람을 만난 적이 있다고 했다. 그 사람의 아바타는 '생 바나나'였다고 했다. 바나나와 이상한 구불구불한 선의 만남이었던 것이다. 둘은 이상한 아바타를 자랑하기도 했다는데, 일록이가 그런 면에서 특출하다고 할지라도 그 사람도 만만치 않아 내기에서 졌지만 선의 곡률과 모양 어쩌고저쩌고 말을 하면서 안 졌다는 둥 말을 했다.

그런 그에게 좋지 않은 기억도 존재했다. 그 날에 만난 사람이 유난히 짜증이 났던 것 같다고 했다. 평범한 사람 같았던 그 사람은 갑자기 일록이에게 화를 내더니 이런 거로 장난치면서 다니는 게 좋냐면서 다툼이 일어났다고 한다.

그를 최대한 진정시키려고 했으나 마음대로 안 되고 점점 자신도 화가 나자 그도 같이 싸우게 되었다고 한다.

"제가 하고 싶은 거를 하겠다는 건데, 제가 다 알아서 할 테니 가던 길 가셔요."

"네가 하는 게 내가 싫단 말이야. 내가 싫은 거를 어떻게 하는 것도 안 되나? 하. 세상 참 무질서하게 돌아가네.. 쯧쯧..."

이러다가 질서 유지를 위해 내부에 탑재된 프로그램에 의해 적발되어, 둘이 같이 과태료를 내게 되었다고 한다. 일록이가 불쌍하긴 하지만, 나로서는 그 사람의 심정도 의미심장하게 이해가 되었다.

이렇듯 일록이는 자기 일도 하면서, 지금의 기술에도 자기 나름대로 잘 적응한 것이다. 내 독특한 친구 일록이가 자기만의 시간을 즐기면서도 지금의 사회에서는 제대로 성장한 사람이라고도 할 수 있다.

　어릴 적에 힘들었던 수학과 먼 나도 수학 난제를 창의적으로 해결하려는 모습을 보면 이렇게 멋진 일을 하고 싶다는 생각을 하곤 한다.

이 글은 '메타버스'란 기술이 중심이 되어 돌아가는 사회를 배경으로 하여, 평범한 가족의 가장인 '나'를 서술자로 하여 친구인 '오일록'에 대해 소개하는 글입니다.

'오일록'은 어릴 때부터 수학 관련 진로로 진학하기로 생각하여, 결국 수학 관련 직종으로 일하고 있는 사람입니다. 가끔 업무가 끝나고 나면 쌍곡선 그래프나 함수식 등을 아바타로 설정해서 돌아다니는 특이한 기행을 보이기도 하는 것으로 창작했습니다.

이는 '메타버스'와 '가상현실'이란 것을 생각했을 때, 여태껏 일반적인 사람 형태의 아바타만 봤지, 독특한 아바타를 보지 못해서 이런 것을 주제로 하면 좋겠다는 바람이 반영되었습니다.

글을 쓰면서 '메타버스'란 개념이 알고 있던 '가상현실'과는 다른 개념일 뿐만 아니라 '가상현실'이 이에 속함을 알게 되었습니다.

또한 저의 미래와 이를 연결지음으로써 진로를 다른 방법으로 어떻게 구축할지 생각하는 시간으로도 충분히 도움이 되었습니다.

예를 들어 글을 쓰는 과정에서 이러한 일이 실제로 벌어지면 어떨까 하고 썼기 때문에 진로와도 연관점이 많았습니다.

수학과 관련된 글을 창작할 수 있어서 무척 뿌듯했습니다.

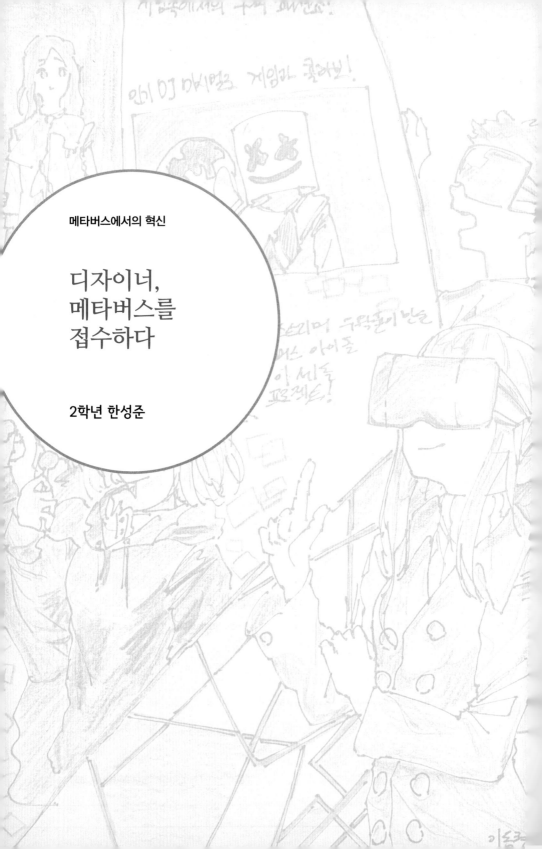

메타버스에서의 혁신

디자이너,
메타버스를
접수하다

2학년 한성준

세웅, 32세 한국인, 직업은 패션 디자이너.

어렸을 적부터 숲, 바다와 같은 자연 환경과 친하게 자랐고 그의 어린 시절 자연의 모습을 유려한 소재와 디자인으로 표현해내는데 소질을 보였던 그는 20세에 독일의 한 디자인 전문학교를 진학하였고 여러 해외 유명한 디자이너와 함께 옷을 디자인하여 큰 인기를 끌면서 금세 대한민국을 대표하는 패션 디자이너의 거장이 되었다.

그가 전개하는 브랜드, 세웅 옴므는 항상 패션계에서의 혁명의 중심이었고 매 시즌마다 새로운 컨셉과 이에 어울리는 런웨이를 선보였다.

패션계에서 일하고자 하는 사람들에게 세웅 옴므의 MD나 바이어, 전속 모델 등이 되는 것은 그들에게 주어지는 최고의 영광일 것이다. 패션에 대하여 잘 알고 예술적인 조예가 깊은 사람들이 이 브랜드와 함께 일하는 것은 당연하게 여겨진다.

그러나 이 브랜드는 다르다. 세웅이 한 패션 메거진에서 말하길,

"저는 이 브랜드의 예술적 가치를 매우 중요시합니다. 그러나 저는 옷에 대한 재능만을 가진 사람들의 한계를 보았습니다. 아무리 뛰어난 재능이 있다 하더라도, 그들에게 새로운 기술을 다룰 줄 아는 능력이 없다면 그 사람은 곧 패션계에서 도태되고 말 것입니다."

그의 이 한 마디는 패션계에서의 큰 반향을 불러 일으켰다. 기존의 디자이너들에게는 비판을 받기도 하였으며 이 발언이 있던 해의 브랜드 매출은 15% 정도 하락하였다. 그래도 그는 위 입장을 고수하면서 비밀리에 대한민국의 첨단 기술 전문가들을 영입하기 시작했다.

경욱. 세웅이 선택한 첫 번째 전문가이자 5명으로 이루어진 세웅 옴

므의 전문가 집단에서 리더 역할을 맡게 되었다. 그는 국내에 잘 알려지지 않았던 메타버스 콘텐츠 크리에이터로 메타버스를 활용한 여러 콘텐츠를 제작한 경력이 있지만 세상의 이목을 끌지는 못했다.

"세웅 사장님, 저희는 패션에 있어서는 문외한입니다. 저희가 이 브랜드에서 무엇을 할 수 있나요? 저희를 영입하신 지 일주일이 다 되어 가는데 한 것이라곤 브랜드 교육 받는 것 말고는 없습니다."

경욱이 따지듯이 세웅에게 말했다.

"혹시 패션위크의 목적에 대해서 아시는 게 있으신가요?"

"그냥 모델한테 옷 입혀서 옷 자랑하는 행사 아닌가요?"

"대충은 맞습니다만, 더 중요한 것이 있죠. 세상의 관심을 받는 것. 브랜드의 입지, 매출, 앞으로의 트렌드 등을 확고하게 해야 할 필요가 있습니다. 그러나 예술성만으로 이를 충족하기에는 한계가 있어요. 대중성. 이번 저희 첫 번째 프레타포르테는 최대한 대중성을 목적으로 한 고급 기성복을 선보일 예정입니다. 그에 대한 컨셉도 물론 준비되어야 하고요. 이것이 바로 제가 여러분들을 모신 이유입니다. 이번 SS시즌에 어울리는 컨셉을 여러분들이 제작해 주세요."

그들이 할 줄 아는 것이라곤 메타버스 콘텐츠 기획 및 제작 말고는 없었다. 그러나 패션위크와 메타버스의 조합은 그들의 시선에서는 조화롭지 못한 것이었다.

"우리가 할 수 있는 게 이것 말고는 없구나⋯. 혁신이라면 이 분야로 톡톡히 할 수는 있을 테니까⋯."

"La Fashion Week de Paris a commence!"

파리 패션위크는 시작되었다. 여러 유명 브랜드들이 자연, 동물 등을 주제로 한 그들의 SS 컬렉션을 선보였다. 화려한 옷을 입은 모델들이 쭉쭉 뻗은 다리로 런웨이를 흔들어 놓았으며 몇몇 신예 디자이너들이 획기적인 디자인으로 스포트라이트를 받기도 했다. 그에 비해 독창성은 조금 부족한 세웅 옴므의 컬렉션을 앞두고 경욱은 걱정스러운 마음이었다.

드디어 세웅 옴므의 런웨이 쇼 시작 시간이 되었다. 세계 각국에서 찾아온 디자이너들과 바이어 등 패션업계 종사자들은 그의 첫 번째 프레타포르테에 집중하기 시작했다. 평소 유려한 재질을 잘 활용한 옷을 선보이는 브랜드인 만큼, 그 런웨이 무대 또한 화려할 것이라고 시작 전부터 저널리스트들은 예측했다.

완전히 다른 무대였다. 화려한 무대 장치나 소품, 심지어는 조명도 없었다. 무대에 놓인 것이라곤 대형 스크린 하나와 자그맣게 들려오는 재즈 소리. 매니저들은 그들의 런웨이를 기다리는 이들에게 한 짝의 장갑과 안경을 나눠주었다. 어리둥절해하는 사람들 사이로 스크린의 화면이 켜졌다.

"느끼는 런웨이의 시작"

세웅 옴므의 런웨이에 참석한 사람들의 휴대폰에는 동시에 같은 문자가 도착했다. 문자에는
'메타버스 런웨이에 당신을 초대합니다!'
라는 문구가 링크와 함께 있었다.

사람들은 궁금해하는 표정을 지으면서 받은 장갑과 안경을 끼고는 링크를 클릭하여 들어갔다.

그들의 눈앞에서는 그들이 한 번도 본 적이 없는 색다른 런웨이가 펼쳐졌다. 메타버스 세상 속에서 기존의 모델들에 비해 훨씬 더 가벼우면서도 진중한 걸음걸이로 무대를 걸어 다니는 아바타 모델은 세웅 옴므가 지향하는 옷의 무드를 완벽하게 이해하였다. 메타버스 런웨이에 참

석한 사람들은 기존의 런웨이에서 옷을 느끼던 방식에서 벗어나 완전히 다른 개념의 런웨이를 경험할 수 있었다.

이 공간에서는 옷을 본다는 관점을 뛰어넘어 옷을 직접 만질 수 있었다. 자세히 보고자 하는 옷은 그들이 쓴 안경으로 360도 방향에서 볼 수 있고, 그들이 착용한 장갑은 그 옷 소재의 느낌을 느낄 수 있게 해주었다. 메타버스 속의 아바타가 된 그들은 메타버스 속의 모델과 직접 마주하여 모델들이 그 옷을 직접 입어본 소감에 대하여 소통할 수 있었다.

"가상의 런웨이로 느끼는 옷의 아름다움"

다음 날 프랑스의 한 패션잡지에서는 세웅이 선보였던 첫 번째 프레타포르테이자 최초의 메타버스 런웨이를 이렇게 표현했다.

세웅은 이 날의 패션쇼를 이후로 세계를 대표하는 혁신적인 패션 디자이너 및 기획가의 반열에 올라섰다. 메타버스를 적극적으로 활용한 쇼핑몰 운영을 시작으로 메타버스 패션 커뮤니티 및 CS센터 운영 등 이 기술을 패션에 접목시켜 큰 호응을 얻었다.

세웅이 패션계를 은퇴하고 나서 쓴 회고록에는 이런 문장이 담겨 있다.

"그날 그 패션쇼는 제 능력만이 아닙니다. 다섯 명의 숨겨진 전문가들이 아니었다면, 그때의 행사는 크게 주목받지 못했을 것입니다. 이름이 경욱이었나요? 그의 능력과 메타버스는 제 예술적인 능력을 극대화해 줄 수 있었습니다."

메타버스라는 개념은 내게 익숙하지 않았다. 명확하지도 않을 뿐더러, 한 번도 경험해 본 적 없는 공간이라 그런가? 최근 부상하고 있는 분야라고 하긴 하던데, 아직까지 나는 접해 본 적 없는 것이었다.

글을 쓰면서 메타버스에 대하여 조사해 보았는데, 생각보다 활발하게 다방면으로 적용되고 있는 분야였다. 기술은 생각보다 간단하면서도, 특히 지금과 같은 팬데믹 시대에 적재적소로 활용될 수 있다는 장점이 있다.

거기다가 위 소설에 나왔던 장갑이나 안경처럼 감각 전달 장치가 더욱 개발되고 발전한다면 메타버스라는 분야는 미래의 삶에서 큰 부분을 차지할 것으로 보인다.

세웅과 경욱이 메타버스를 적용시켰던 패션 분야는 물론 앞으로 의료분야에서도 실습이나 카데바 해부 등의 수업에서 메타버스가 활용된다면, 의사 양성의 효율성을 높일 수 있을 것이라고 기대한다.

꿈의 메타버스

2040 메타버스
(metaverse)

2학년 신승민

2040년 현재, 메타버스는 상용화되어 우리의 삶에 녹아들었다. 새로운 세계에서는 기존의 세상에서는 경험해 볼 수 없는 일들을 할 수 있게 되었다. 무엇이든 가질 수 있으며, 어디든지 직접 가 볼 수 있게 되었다.

이처럼 마음속으로 상상만 해오던 일을 실현할 수 있는 메타버스는 누군가에게는 자신의 꿈과 자아를 실현할 수 있는 공간, 누군가에게는 삶의 피로로부터 잠시 쉬어갈 수 있는 공간일 수 있다. 하지만 또 다른 이에게는 그저 허상, 현실로부터 도피한 채 무의미한 쾌락만을 추구하는 공간으로 여겨질 수 있다.

나도 한때 이것에 빠져 살았던 적이 있다. 자신이 바라 왔던 외모, 능력, 자산을 가진, 심지어 성격마저 정할 수 있는 자신만의 아바타들을 만들 수 있는 세계, 어떤 사람이 이를 마다하겠는가?

나만의 아바타를 만들어 메타버스 세상 속에서 원하는 일, 하지 못했던 일을 하며, 다양한 사람들을 만났다. 메타버스 속 화려한 삶을 맛본 나는, 현실 속의 나의 삶이 지루하고, 따분하게만 느껴졌다.

그렇게, 나는 메타버스에 빠져 생리활동을 제외하고는 현실을 뒤로한 채, 새로운 삶을 살았다.

하지만 메타버스 속에서 아바타로서의 삶 역시, 시간이 지날수록 무디어져갔다. 노력 없이 이루어낸 성취가 오래갈 수는 없었던 것이다. 그럼에도, 나는 현실의 삶으로 돌아가지 않았다. 나는 아바타들이 지루해지기 시작할 때마다, 새로운 아바타를 만들고 지우기를 반복했다.

이런 아무 의미 없는 생활을 이어나가던 어느 날, 문득 과거에 처음 메타버스에 들어왔을 때 만났던 친구들이 그리워져, 그 아바타에 다시 접속했던 적이 있다.

돌아왔을 때, 나를 기다리던 사람은 없었다. 내가 떠나가 버린 것처럼, 그들도 자신의 아바타에 실증을 느끼고 떠나버렸다. 실망과 함께 나는 메타버스의 접속을 종료했다.

그렇게 메타버스에 대해 회의감을 느낀 채, 그동안 외면해왔던 현실을 돌아보게 되었다.

현실 역시 별반 다를 바 없어보였다. 모두가 날 떠나버린 것처럼 보였다

하지만 가족과 '진정한' 친구들은 남아 있었다. 메타버스에서는 결코 형성할 수 없는 '진정한' 인간관계였다. 다시 현실로 돌아온 나는, 이제는 좀처럼 메타버스에 접속하지 않는다.

이처럼 메타버스의 인간관계는 끝까지 지속될 수 없다. 또한 단지 메타버스로만 형성되는 인간관계는 그 자체로 목적이 아닌, 쾌락을 위한 수단일 수밖에 없다. 그렇기에 메타버스만으로는 '진정한' 인간관계를 형성하기 어렵다. 메타버스의 무한한 쾌락은 끊임없이 당신을 유혹할 수도 있다. 메타버스는 현실 속에서 쉬어가는 공간일 뿐, 현실을 우선하는 공간이 아니다.

누군가에게 있어서 아편은 현실의 고통을 줄여 주는 진통제로서 사용될 수 있지만, 쾌락만을 위한 마약으로서도 사용될 수 있다. 메타버스도 이와 별반 다르지 않다고 생각한다.

당신도 현명하게 메타버스를 즐기길 바란다.

요즘 들어 우리 사회에는 메타버스 열풍이 불어오고 있습니다. 많은 기업에서 메타버스 플랫폼을 출시하고 있고, 관련주가 급등하고 있습니다. 하지만 진정한 의미의 메타버스에 도달하는 것은 아직은 먼 얘기입니다.

그럼에도 이와 유사한 것들을 우리 사회에서 볼 수 있습니다. 게임과 SNS 등 사이버공간입니다. 현재에도 현실을 외면한 채 이러한 공간에 중독되어 살아가는 사람들이 있습니다. 또한 사이버 공간 속에서의 관계에 집중하며 현실의 관계를 소홀히 하는 사람들이 있습니다.

이는 메타버스에서도 마찬가지일 것입니다. 이 책을 읽는 분들이, 그리 멀지 않은 미래에 다가올 메타버스의 어두운 면에도 경각심을 가지고, 주체적으로 메타버스를 사용하시길 바랍니다.

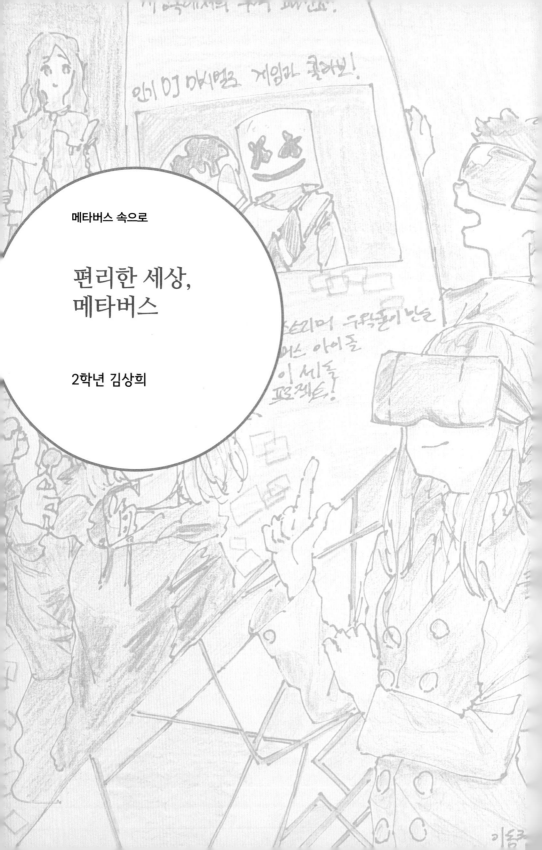

메타버스 속으로

편리한 세상,
메타버스

2학년 김상희

눈부신 햇살을 받으며 눈을 뜬다. 부스스한 눈으로 시계를 보니 벌써 오전 10시였다. 화들짝 놀라 메타버스에 접속하려는 순간 토요일임을 깨닫자 긴장이 풀리고 미소가 나왔다.

그대로 이불을 뒤집어쓰고 잠깐 눈을 감은 채로 휴식을 만끽하다 고글을 끼고 메타버스에 접속해 집 냉장고 속을 들여다보았다.

아침은 간단하게 커피 한 잔과 신선한 과일, 에그 토스트를 먹기로 정했다. 아침을 든든하게 먹은 후 다시 방 침대로 가서 고글을 착용하고 메타버스 상에서 구현되어 있는 병원으로 출근했다.

월요일 오전에 심장 스탠트 시술이 잡혀 있는 환자가 있어서 메타버스 상으로 시술의 시뮬레이션을 해보려는 작정이다. 처음 메타버스에 구현된 병원에 갔을 때는 이질감도 들고 현실성이 떨어진다는 느낌도 없지 않아 있었는데 시간이 지나면서 그래픽 기술이 발전해 2040년 현재는 진짜 현실과 거의 흡사하게 느껴져서 간혹 현실과 메타버스 세계를 구분하기 힘들 때도 있다.

인체를 구현하는 기술도 좋아져 의료 분야에서는 수술이나 해부 등을 메타버스 상으로 해보는 것도 상당히 보편화되었다.

이 환자는 5년 전 심장통증으로 응급실에 들어왔고 급성심근경색으로 진단되어 두 개의 스탠트를 시술하였다. 심장은 크게 3개의 혈관에 의해 산소와 영양분을 공급받고 3개의 관상동맥 중 어느 하나라도 혈전증이나 혈관의 빠른 수축에 의해 갑작스럽게 막히는 경우 심장 전체 또는 일부에 산소와 영양공급이 급격하게 줄어들어 심장 근육의 조직이나 세포가 죽어 심근경색을 유발하며 생명에 큰 위협을 준다.

이 환자는 당시 2개의 혈관에 혈전이 너무 심해 급히 스탠트를 2개 시술했고 정기적인 내원과 검사를 받으며 잘 관리하고 있었지만 최근 혈전이 생겨 나머지 하나의 혈관도 좁아지는 상황이어서 3번째 스텐트 시술을 하기로 했다. 하지만 스탠트를 집어넣기에 혈관 모양이 까다로운 경우여서 메타버스 기술이 발달하기 전이었다면 어떠한 연습도 불가능하였겠지만 지금은 이런 복잡한 시술도 예행연습이 가능해졌다.

진료 중 확보해 놓은 환자의 혈관 사진을 통해 메타버스 상에서 그 혈관을 구현하고 스탠트 장비 등과 같은 시술 장비들이 모두 갖추어진 수술실로 들어왔다. 여러 번의 연습을 해볼 예정이었으나 다행히도 생각보다 수월하여 시술 시뮬레이션을 마치고 메타버스 상의 병원에서 퇴근을 하고 나니 12시 30분이었다.

나는 서울에 있고 부모님은 고향인 대구에 계셔서 주말마다 메타버스 상에서 만나 함께 시간을 보낸다. 부모님에게 접속 신호를 보내고 기다리는 동안 잠시 달력을 봤는데 다음 주 수요일이 엄마 생신이었다. 일에 치여 살다 까마득히 잊을 뻔했는데 늦지 않게 알게 되어 다행이었다.

놀란 가슴을 쓸어내리며 오늘 생신 선물을 사드려야겠다고 생각했다. 요즘은 메타버스 상에 구현되어 있는 상품들을 사용하거나 착용해본 후 주문하면 메타버스 상에서도 아바타를 수령 가능하고 현실에서도 택배로 받을 수 있다 보니 현실 세계에서의 체험 매장들은 많이 사라진 상태이다. 그러던 사이에 로딩이 끝나고 부모님과 연결됐다.

"요즘 건강은 좀 어떠세요?"

내가 여쭈었다.

"요즘 류마티스 관절염 때문에 잘 걷지도 못하고 힘든데 어제 메타버스에서나마 설악산에 단풍 구경 갔다 오니 기분이 좀 좋아졌어."

아빠가 말씀하셨다.

"넌 요즘 어떻게 지내니? 얼굴이 많이 야위었구나."

엄마가 물으셨다.

"수술이 계속 잡혀 있어서 바쁘게 보내고 있어요."

"바빠도 밥 잘 챙겨먹고 다녀야지. 엄마는 항상 네 걱정뿐이다."

"네, 알았어요. 너무 걱정 마세요."

'메타버스의 구현 기술이 너무 좋아져서 이런 일도 일어나는군.'
하며 나는 아빠의 건강에 계속해서 관심을 가졌다.

"아빠. 메타버스로 단풍 보러 갔다 오신 건 잘하셨지만 그래도 하루
에 한 번씩은 실제로 밖에 나가서 가벼운 산책과 운동을 꼭 하세요."

아빠는 웃으며 알겠다고 대답하셨다.

요즘은 사람들이 메타버스에서 보내는 시간이 늘어나면서 집 밖을
잘 나가지 않고 현저한 운동량 감소로 인한 여러 신체적 질환이 많이
늘어나고 있는 추세이다. 20여 년 전 전례 없던 팬데믹을 불러왔던 코
로나 19가 유행했을 때 이정도 기술력의 메타버스가 있었다면 전파가
확연히 줄지 않았을까 하는 생각이 든다. 실제로 요즘에는 감기나 독감
등 전염성 질병의 발생이 10여 년 전에 비해 많이 줄어든 상태이다.

잠시 다른 생각을 하다가 다 같이 메타버스로 구현된 △백화점 ㅁ매
장으로 이동하였다.

"아들, 3일 뒤에 엄마 생일인 거 알지? 네가 엄마한테 뭘 선물할까
고민할까 봐 엄마가 미리 옷 3개를 골라봤단다. 네가 보고 괜찮은 거
하나 골라주렴."

"오, 좋아요. 제 고민을 하나 덜어주셨어요. 고마워요. 하하하."

나는 그 옷들 중에서 엄마한테 가장 어울리는 옷 하나를 선택해 선물해 드리고 다음 주에 다시 만나기를 기약하며 부모님과 헤어졌다. 실제로 백화점에 갔다 온 것 마냥 피곤함에 졸음이 쏟아져서 잠깐 잔 후에 눈을 뜨니 벌써 오후 5시가 다가왔다.

냉장고에 남은 음식들로 간단하게 배를 채운 후 미용실로 갔다. 어제 메타버스 상에서 평소에 생각하던 헤어스타일을 내 아바타에 적용시켜 보니 괜찮아 보여서 오늘 그 헤어스타일로 머리를 하기로 예약하였다. 생각보다 머리하는 데 시간은 걸렸지만 결과물이 마음에 들어 만족감을 느끼며 집으로 빠르게 돌아왔다.

오랜만에 부산에 있는 대학 동기와 메타버스 상으로 만나 공연을 보기로 했던 약속에 다행히 늦지 않았다. 현재 가장 인기 있는 뮤지컬 공연을 친구가 어렵게 예매한 것이어서 꼭 지켜야 하는 약속이었다.
"ㅁㅁ아 오랜만이다. 잘 지냈냐?"
"그럼, 잘 지냈지. 넌 얼굴이 좀 좋아 보인다?"
"오늘 엄마랑 만났는데 나 얼굴 안 좋다 하던데?"
"에이 엄마들은 다 그렇게 얘기하시지"
"하하, 그렇긴 해. 너 덕분에 이런 좋은 공연 볼 수 있어서 고마워. 나중에 내가 밥 한 끼 살게."
"당연하지. 엄청 맛있는 거 사줘야 된다."
"알았어. 이제 공연 시작하겠다. 빨리 들어가자."
공연장에 들어서니 이미 많은 관객들이 입장해 있었고 실제 공연장과 같은 설렘과 열기가 그대로 느껴졌다.

3시간 동안의 공연이 끝난 후 나와 친구는 온몸으로 느낀 공연의 감동과 그 여운에 젖어 한참을 이야기하고 나서야 헤어졌다. 오늘은 메타버스 상에서 많은 시간을 보냈지만 내일 하루는 메타버스에 접속하지 않고 근처 공원이나 가서 바람을 쐬며 여유로운 시간을 보내기로 마음 먹었다.

의사 생활에 있어서 체력이 가장 중요하기 때문이기도 하거니와 메타버스에서 볼 수 있는 아름다운 자연경관도 좋지만 피부에 닿는 시원한 바람과 자연의 냄새가 나는 여전히 더 좋기 때문이다.

현재 메타버스라는 용어가 급부상하면서 다양한 분야에서 메타버스를 이용하는 모습이 많아지고 있습니다. 앞으로는 우리 일상생활 속에 메타버스가 깊이 스며들어 있을 것이고 그 모습을 상상해 저의 미래 모습을 그려보는 작업이 재미있었습니다.

이 글을 쓰기 위해 먼저 메타버스의 정확한 의미에 대하여 알아보았습니다. 메타버스는 '가공, 추상, 초월'을 뜻하는 메타(Meta)와 '우주'를 의미하는 유니버스(Universe)의 합성어입니다. 즉, 가상과 현실이 상호작용하며 그 안에서 사회, 경제, 문화 활동까지 가능한 3차원 가상세계를 뜻합니다.

현재 사용되고 있는 메타버스의 사례들에는 홍보/마케팅, 패션, 금융, 엔터테인먼트, 정치 등이 있습니다. 많은 기업이 메타버스 사업에 더욱 힘을 싣는 행보를 보이고 있습니다. 이런 지속적이고 끊임없는 투자들이 2040년 소설 속의 사회를 만들었고 패션, 의료, 관광, 공연 등을 메타버스를 이용해 묘사했습니다.

앞으로 메타버스는 우리가 상상한 것 이상으로 발전할 수 있을 것이고 이로 인해 발생할지도 모르는 부작용들도 잘 개선하면서 우리 삶의 질을 높여주면 좋겠습니다.